完美世界19

PERFECT WORLD

Oriental Fantasy

辰东◇著

山东画报出版社
济南

图书在版编目（CIP）数据

完美世界. 19 / 辰东著. — 济南 : 山东画报出版社, 2018.6（2023.8重印）
ISBN 978-7-5474-2746-0

Ⅰ. ①完… Ⅱ. ①辰… Ⅲ. ①长篇小说 – 中国 – 当代
Ⅳ. ①I247.5

中国版本图书馆CIP数据核字(2018)第104250号

WANMEI SHIJIE 19

完美世界19

辰东 著

责任编辑 许 诺
装帧设计 张 鼎

主管单位 山东出版传媒股份有限公司
出版发行 山東畫報出版社
社 址 济南市市中区舜耕路517号 邮编 250003
电 话 总编室（0531）82098472
市场部（0531）82098479
网 址 http://www.hbcbs.com.cn
电子信箱 hbcb@sdpress.com.cn
印 刷 湖南天闻新华印务有限公司
规 格 169毫米×233毫米 16开
20印张 300千字
版 次 2018年6月第1版
印 次 2023年8月第5次印刷
书 号 ISBN 978-7-5474-2746-0
定 价 34.80元

CONTENTS

目录

第856章 深渊之战

"轰！"

惊天动地的一声巨响，天功展现出巨大的威势，磅礴之力如同满天星斗般砸落下来。

一道又一道光束冲起，继而向前砸去。这是天功带来的场域之力！

六种宝术叠加，不分彼此，威力如滔天洪水一般势不可当。

巨大的轰鸣声，震得人的神魂都要破碎了。

邀月公主和玄昆不禁睁大了眼睛，不可思议地看着石昊。

六种宝术交织，形成本源的符文，不断地向前攻去，杀伤力惊人！

风行天再次咯血，哪怕他催动黑暗天功，也还是受了不小的创伤。他的身体笼罩在一片黑雾中，看不真切。

随后，风行天整个人被石昊击飞，像一颗陨星一样砸向那片地宫。

"这么厉害的少年！"邀月公主叹道，眼中尽是惊讶。

她来自九天十地中顶级的长生世家，见多识广，一眼就看出石昊施展的是六道轮回天功。

"你逃不了！"石昊喝道。他身若大鹏，双臂一振，扑杀而去，天风猎猎，气势不凡。

"哪里来的野小子？凭你也敢在这里大言不惭！若非你三人联手，来一个我斩一个！"风行天怒斥道。

风行天现在虽然受伤了，但并不沮丧，他认为自己不是败给了一个人，而是被三人同时施展古天功打败的。

风行天是自信的，也是强大的，他拥有龙虎般的体魄，的确有傲视群雄的资本。吐出一口鲜血后，他发出一声长啸，阵阵黑雾散发出来。

"谁敢过来！"风行天喝道。

地宫被浓浓的黑雾笼罩，变得伸手不见五指，更加神秘莫测。

风行天就是这么狂——谁敢入地宫与他争夺仙缘，他就杀无赦！

敢这样说话的人，必须有强大的实力才行。风行天非常自信，觉得这黑暗的深渊中蕴含的力量与他的本源力相符。

“口吐鲜血，败象已露的人也敢口出狂言！我一人来，你又能如何？”石昊没有停顿，当即冲了进去。

“砰！”

一声巨响，黑暗中有一只大手拍来，带着一股阴寒之气。这只手被浓重的黑雾笼罩着，不断汲取空间内最黑暗的力量。

风行天出手了！

石昊想都没想就施展出至刚至阳的骨文。雷电成片击出，化作长河，散发出刺目的光芒。

黑暗被划破的刹那，石昊毫不犹豫地挥出一拳，跟那黑色的大手撞在一起。

撞击的声音如同闷雷一般，让人心惊胆战，深渊周围的地面瞬间崩塌，露出更为广阔的地下空间。

唯有地宫完好无损，仍静静地矗立在那里。

两人以一击之力惊天动地。这里虽是仙家战场，但还是被两人的力量毁得不成样子。

风行天倒退了几步，脸色有些阴晴不定。他的第一次袭击失败了，刚才那一击居然被石昊硬扛了下来！

风行天对自己的肉身很有信心，他自幼就浸泡在各种灵液中，熬炼成了金刚不坏之身。

他成年时，肉身已达到了不可思议的境界，即使不动用任何宝术，仅凭肉身，也可以击败那些强大的对手。

他是风族的天之骄子，一身修为在同龄人中称得上无与伦比，在肉身搏斗中更是保持了不败的战绩。

可是他刚才那一击，却没有伤到对方，两人平分秋色。

风行天不相信对方在肉身层面能够与他对抗，他原以为有如此实力的只有绿陀等少数几人。

这个家伙是从什么地方冒出来的？一个名不见经传的家伙，怎么会有这么厉害的体魄？

无声无息地，风行天又出手了，这次他使出了黑暗魔拳。

这是一种古老而可怕的大法，是黑暗天功中的精粹。

这一击没有发出一点声响就砸了过去，一拳冲向石昊的后心，一拳砸向石昊的后脑勺。

这样的攻击若是成功，足以令对手形神俱灭，什么都不剩下。

这时，石昊在黑暗中霍然转身，双手捏着拳迎了上去。

“当！”

火星四溅，金属的颤音震耳欲聋，让人的神魂都不禁跟着一颤。

这根本不像拳头撞在一起，反倒像金属之间的碰撞。

风行天的黑暗魔拳遇上石昊的古天功，并没有占上风，也无法伤到石昊。

这并不是说黑暗魔拳不强，相反，这恰恰可以证明它无比强大，居然可以挡住石昊的古天功。

这魔拳很特别，仿佛融化了虚空、击穿了苍穹，它与石昊的拳头撞在一起后才发出声音。

四周一片黑暗，看不到一点亮光，周围的虚空早已残破不堪。

深渊破灭！

除了地宫，这里已被夷为平地。

黑暗魔拳无声无息，毁灭了一切。

“这么强！”风行天喃喃自语，觉得自己的拳头很痛。一股巨大的力量传来，他的手臂都在轻轻颤动。

对于风行天来说，如果不能以压倒性的优势在肉身比拼中取得胜利，那么就算失利。尤其是今年他沐浴凰血，洗礼肉身，完成了一场惊人的蜕变，体魄更加强大了。

这个突然冒出来的少年究竟是谁？他凭什么与自己旗鼓相当？

风行天确定天神书院的真凰血池没有为这个陌生人开放过，那还有什么比真凰血更适合熬炼体魄呢？

虽说这真凰血并不纯净，是融在神泉中的，但也是天下罕有的。

“轰！”

惊天动地的一声巨响，石昊突然出手，从黑暗中现身，攻向风行天。

四周又一次迸发出灿烂的光芒，那是骨文在相互碰撞，神力在释放，更是两人开启肉身宝藏后的竭力一拼。

一时间，这里法则交织，秩序神链布满天空。灿烂的光束瞬间点亮了黑暗，好不壮观！

这就是法则所化、秩序神链凝聚而成的光！

“轰”的一声，乾坤碎裂，这个地方彻底混乱了，迷蒙一片。

两人又一次碰撞在一起，战况非常激烈。

“哧！”

一声轻响，邀月公主出现了。她抬手发出一道虹光，径直攻向风行天。

随后，玄昆也对风行天出手，虽然他在监狱中负伤了，但展现出来的力量还是很惊人。

“噗！”

风行天喷出一口血。他觉得有点憋屈，原本自己是为了斩灭绿陀、邀月公主等人而来，没想到现在竟负伤了。

风行天一转身，向地宫中冲去。

此时地面上已经聚集了很多人，这里的战况太激烈了，吸引了一大拨人前来观战。

众人看到如此惊心动魄的对决，无不觉得震惊，纷纷议论起来。

“那个人是谁？他竟敢与风行天对决，我怎么从来没有见过他？”

“我刚才似乎看到那个人将风行天击得咯血了！”

第857章 地宫

深渊本就巨大无比，经过一番激战后，四壁崩塌，显得越发空旷了。

地宫是由一大片地下建筑构成的，气势恢宏，不知道过去了多少年，它们始终矗立着。

风行天第一个冲了进去，闯入地宫。

出乎意料的是，地宫中并没有什么可怕的符文，他们很顺利地进去了，没有发生任何意外。

一进去，一株碧绿的古树就映入了他们的眼帘，如同由绿玉雕琢而成。无论是叶片还是树干，抑或是根茎，都是绿莹莹的，充满了活力。

他们来到这片古战场，见到的都是缺少生机的红褐色物体，没想到在这地下世界居然见到了植物。

“咦？”

石昊一进入地宫，就觉得有些不对劲，这些植物都太茂盛了。

自成一界！

这是一个小千世界，远非他们早先看到的灰蒙蒙的地宫那么简单。

早先他们看到的地宫，各种古老的建筑都被这些茂密的植物掩盖了。

“砰！”

一声巨响，黑气弥漫。

风行天又使出一记黑暗魔拳，直接攻向石昊。

然而，这一招还是没有伤到石昊。他们这个级别的人真要斗起来，短时间内不可能会有结果。

“我不甘心！你可敢与我单独一战？”风行天喝道。

“单独一战，你也不是我的对手！”石昊大声道。

“笑话！单独一战，我除掉你不会费什么力气。”风行天笑道，目光冷峻，盯着石昊。

石昊嘴角微撇，冷然一笑，道：“那好，这里只有我们两个人，你大可过来试一试。”

银铃般的笑声传来，邀月公主点点头，道："你们尽可以在此决战，我们两人绝不插手！"

言罢，她一马当先向地宫深处冲去，眨眼间便进入了茂密的古树林内。

玄昆随后离开，也深入地宫寻找仙缘去了。

风行天抬起手，结出神秘法印，这下不再是黑暗之气沸腾了，而是刮起了一阵狂风。

风族起名字是很有讲究的。

地火风水这四种元素中，风之力是他们的立足之本，不仅造就了惊天的宝术，还有对应的古天功。

一瞬间，地宫中风声隆隆，如同天雷炸开，景象惊人。远远望去，成片的星辰浮现，密密麻麻地向石昊压过去。

这是异象！

风行天不可能吹落满天星辰，不过能制造出这种异象并非毫无根据，他的老祖宗当年就可以做到这一点——诸天星斗可在一念之间随风而落。

这足以说明风族强者的可怕！

"哧！"

突然，一道月光从远处射来，径直扫向风行天。

邀月公主出手了。

同一时间，玄昆发出一声断喝，施展大法。土黄色的烟雾弥漫，一股巨大的力量击向风行天。

两人说会置身事外，结果都是骗人的。

他们想立刻除掉风行天！

"就知道你们不守承诺。"风行天冷冷地道。

"跟你还讲什么承诺？"玄昆回应道。他在养伤之际被对方偷袭，险些殒命，心中自然愤愤不平。

至于邀月公主，她只是单纯觉得风行天对自己威胁太大。他不仅掌握了风族的传承，还得到了某种黑暗古天功，实力不容小觑。

"开始！"风行天喝道。他隐去身形，从这里消失了。

黑雾弥漫，这里瞬间变得暗无天日，什么都看不到了。

石昊等人都睁开了天眼，仔细寻找。

可是，他们即便睁开天眼，也还是觉得四周光线昏暗，甚至连神觉都受到了严重的影响。

黑暗天功与风族的本源力结合，相辅相成，威力更加可怕，足以让众人胆战心惊。

“当！”

清脆的声音响起，一杆黑色战矛扫出，险些在玄昆的腰际划出一道可怕的伤口。他一掌劈开战矛，躲过一劫。

“嗡！”

风声中夹杂着一声轻响，一道身影迅速扑向邀月公主，两人激烈碰撞，展开生死搏斗。

不一会儿，他们便结束了对决。早先受伤的邀月公主气喘吁吁，显然很吃力。

“咚！”

一声巨响，石昊耳边一阵轰鸣。

黑暗无处不在，风行天已经暗中对他出手了。

石昊反应迅疾，瞬间撑开唯一洞天，禁锢一切。接着他施展出各种天功，与那道黑影展开了激烈的战斗。

此时，上面有几个人按捺不住，向地宫俯冲了过去。他们也想跟着探险，得到仙道传承。

这几人刚进入地宫所在的小千世界，马上就感受到了一种巨大的压抑感，身上开始冒冷汗。

“噗！”

这几个人还未张口呐喊，刹那间就化成了灰烬，被一阵风吹散了。

他们虽然都是书院的正式弟子，但是进入地宫所在的小千世界后，无一例外都被风行天的场域击灭了。

接着又有几人进来，同样难逃厄运——四大高手释放出的宝术之力瞬间让他们身负重伤。

还好他们的保命符起到了作用。那些骨符吸收精血后全部冲天而起，带着主人逃离这里。

深渊上的人看到这种景象，一个个大惊失色。

没想到下去的人都发生了意外。

如果没有这种骨符，那些人早就形神俱灭了。

“我的天，这是怎么回事？书院的正式弟子下去后都会被瞬间斩灭吗？实在太可怕了！”

“你们听，下方风声呼啸，多半是风族的天之骄子在发威！”

“唔，跟他对战的究竟是什么人，居然可以将他击伤！不知道现在战况如何了。”

深渊上方，人们议论纷纷，都想知道究竟谁占上风。

地宫中的这片小千世界内，林木葱郁，古树参天。

黑暗之中，石昊与风行天仍在激烈地打斗，虽然看不清楚两人的招式，但从他们散发出来的气势可以推断出这是一场生死之战。

稍不留神，就可能被对方斩灭。

邀月公主、玄昆、石昊、风行天四人的神经都紧绷了起来，不敢有丝毫的大意。

石昊结出六道轮回印，演化出了一种不同于以往的奇异的奥义，身前出现了六个黑洞。

这黑洞就像是六个世界的入口。

风行天催动大法，风声猎猎，仿佛可以击杀神魔，斩下日月，可是六个黑洞瞬间就把风吸走了。

这时，石昊乘势一拳砸向风行天，刹那间地动山摇。

风行天踉跄着后退了几步，感到手臂一阵剧痛，口中溢出鲜血。

六道轮回印演化出的六个黑洞，仿佛六个世界的门。它们旋转着，纠缠在一起，神秘莫测。

这四个人一边争斗，一边闯进地宫深处，沿途见到了许多奇景。

在激烈的搏斗过程中，他们接连负伤，不过没有一人吭声。渐渐地，他们接近了目的地。

一道神光闪耀，原来是一株神药。

接着，它一头扎进泥土中，遁走了。

随后，他们看到了一个池子，氤氲灵气从那里腾起。

难道这就是无头生灵的葬身之地？

“先除掉风行天！”邀月公主提议道。

“可以！”石昊点头。

他语气平淡，就像在说一件与己无关的事一样。

玄昆也加入了战斗，与石昊、邀月公主一起围攻风行天。

“咦，这池子中怎么冒出了仙气？”邀月宫主说道。

旁边的那方池子看着很破旧，竟冒出了缕缕仙气，让人有些惊讶，同时又充满了期待。

第858章 蝶

这个破旧的池子，以灰色的金刚岩围砌而成，直径不超过五尺，虽然很小，但是有一种独特的气息。

这不仅是一方池子，而且是一个历史的见证者。

那些金刚岩早已破损、风化，所幸在灵气的浸染下，被丝丝缕缕的仙气滋养着，因此还能保持不塌。

四大高手仍在打斗，不时传来闷哼声。虽然现在石昊、玄昆、邀月公主看似联手了，一起攻击风行天，但是他们互不信任，彼此戒备。

这时，他们都快速奔向那方池子。每个人都不甘落后，唯恐错过最大的机缘。

他们知道，既然从池子里散发出仙气，那里面的东西绝对价值连城，无法估量。

他们都觉得池中有至宝，很有可能是当年遗落在这片战场的残破仙器。

这种宝物一旦重见天日，必定会震动九天。它和九凰炉一样，是长生者留下的无上法器，人间寻不出几件来。

只要这池中的器物不是残破得太厉害，就会成为绝世大杀器。如果它的品相比九凰炉好一些，那么毫无疑问会成为无量天第一法器。

“哧！”

一声轻响，玄昆咬牙跟石昊过了一招。他起初和石昊并肩而行，可石昊很快就超过了他，眼看就要接近那破旧的古池了。

虽然他们刚才联手了，但是现在事关一件古代至宝，如此一来同盟关系就显得脆弱不堪了。

玄昆的实力极其强大，如果不是他现在受了重伤，谁都无法小觑他，就连风行天也不敢贸然攻击他。

道伤可谓是最可怕的伤，一般修士受此伤必死无疑，就连教主也很难活下来。要不是玄昆有三道仙气，他早就一命呜呼了！

不过这道伤口确实极大地影响了玄昆的战斗力，与石昊过了一招后，他脸色变得很苍白。

“轰！”

一声巨响，石昊直接打出一拳。六道轮回之力喷薄而出，化作六股黑色浪潮，从六个黑洞中涌出，震得玄昆“哇”的一声口吐鲜血。

另一边，月光洒满落，无比柔和，邀月公主整个人被皎洁的月光笼罩着。她与风行天过了一招，一时间雷电、黑暗天风、月光等纠缠在一起，骨文密布。

面对这个古仙池，谁都不能平静，此时他们都已经陷入了疯狂的状态，一心只想得到宝物。

“轰！”

又是惊天动地的一声巨响。

四人离得太近了，虽然暂时是两两对决，但彼此的符文还是碰撞到了一起，发生了剧烈的爆炸。

这可不是在毁灭凡物，而是撕开苍穹！

深渊上方的所有人都瞠目结舌，很难想象下方进行着怎样的战斗。四股符文的光芒冲霄而上，刹那间照亮了昏暗的天空，接着撕裂了苍穹。

众人无不觉得心惊肉跳，万一被这种力量击中，他们必然什么都剩不下，瞬间灰飞烟灭。

这就是修出三道仙气的人吗？太可怕了，这样的人根本就不属于他们的世界。

“早先拥有三道仙气的人还不至于这么让人绝望，可一旦他们结出大道之花，便与我们有了天壤之别。”有人感叹着，道出了一个事实。

地宫中那些带着旧时代印记的建筑并没有破损，在这种巨大力量的冲击下依旧完好无损。

它们能够亘古长存，保留下来，自然是有其道理的。这些建筑内有不少大道纹路，能保护它们不被破坏。

石昊、邀月公主、玄昆、风行天进行了一番激烈的碰撞后，同一时间冲到了古池前面，伸手向雾霭弥漫的池水中抓去。

此时，四人不由得打起了冷战，像是被可怕的兵器抵住了喉咙一样，浑身起了一层鸡皮疙瘩。

他们不得不撤退，一个个的脸色都是惨白的。

那种感觉太强烈了，他们如同去修罗地狱走了一遭，灵魂差点被冻结。

“那是什么东西？”石昊问道，这是四人都有的疑问。那东西不像仙器，倒像水里的生物。

想到这一可能，他们的心一下子就凉了，有种不祥的预感。

短暂的寂静中，他们相互防备着，而后再次谨慎地向前跨步，睁开天眼想看个究竟。

他们虽然感觉到不安，但是权衡之后觉得这很有可能是一桩天大的机缘，不容错过！

四人彼此对峙，不过都没有贸然出手，只是牢牢盯着那个古池，想找到其中的秘密。

池中很模糊，看不太真切，隐约间他们可以看见里面的神泉液，不过已经不多了。

池中的东西之所以看不清楚，是因为被浓重的雾包裹住了，那雾看起来像是从池子深处升起来的。

“好像是……一只蝴蝶？”邀月公主惊呼。那东西的形状和模糊的影子，很像一只古蝶。

石昊不禁皱眉，心头一震，他觉得体内的某一口鼎中似乎有些异常。

皇蝶！

是它在复苏！

最近，皇蝶一直在他体内的某一口骨鼎中沉睡，毫无动静，现在居然要苏醒了。

石昊可以确定，池中有一只神蝶，而且很有可能跟他体内的皇蝶有关。

也许它们是同族。

皇蝶太稀少了，自古以来很少成双成对出现。甚至有人怀疑，从太古到现在都只有一只蝶，它一直在不断涅槃。

“嗡！”

一声轻响，石昊体内的那口鼎中腾起一片烟霞。皇蝶彻底苏醒了，它感受到了外界的气息。

这个时候，池中的雾霭竟散开了一些，最底部的颜色变淡了。

“果然是一只古蝶！”邀月公主惊讶地道。

其他三人怔怔地看着，似乎都失了神。

这只蝴蝶长约三尺，有一种说不出的美感，如同世间最完美的艺术品，可惜它已经失去了生气。

透过雾霭细看能发觉，这只蝴蝶早已殒命了。它原本色彩斑斓的双翼此时已是暗淡无光，甚至连躯体都腐烂了，只有很少的金色斑纹还没有消失。

即便它变成了如此模样，也还是不时腾起阵阵仙气。如果它完好无损的话，一定会让人眼前一亮。

那丝丝缕缕的仙气正是从古蝶腐烂的躯体中散发出来的。

四人都大吃一惊，古池中藏着的“仙器”居然只是一只浸泡在灵液中的蝴蝶，还已经殒命很多年了。

“这……原本是一位长生者，是无上强者！”风行天喊道。

死后能散发出仙气并有斑斓仙光腾起的生灵，多半早已成仙了。

可是这么强大的生灵还是殒命了。显而易见，它是战死的，躯体遭受了不可想象的重创，四人推断这场战斗应该发生在仙古纪元。

这只蝴蝶体内残留着的可怕的力量一直在侵蚀它的躯体，这必然是敌人所留。漫长的岁月过去，它居然能遗存下来，着实不简单。

一位长生者!

四人都目光火热，动了立刻夺走它的念头。

这皇蝶是古代的不朽之仙，是当世不可能再诞生的至高强者，即便它腐烂了，也一样是无价之宝。

这只蝴蝶体内也许有什么器物留下!

这个级别的生灵是最可怕的天地之主，是世间的主宰者，它们的任何遗物都是不可多得的瑰宝。

如果在它体内发现道书、兵器等，那就更加惊人了，九天十地都会为之震动。

此时，石昊体内霞光点点，皇蝶想从骨鼎中爬出来。

第859章 风侯

体内的皇蝶复苏，让石昊大吃一惊，十分欣喜。

古池中也有一只蝶，隐约间他期待着……

“找到仙家遗宝的话，我们平分如何？”玄昆提议道。他伤势最重，着实不想再战斗了。

邀月公主看向石昊，嫣然一笑，问道：“道友觉得如何？”

风行天心一沉，担心三人再次联手对付自己。

“我们三人平分没问题。”石昊点头道。

“好！”邀月公主回应道，笑容如同春光般明媚。

“轰！”

惊天动地的一声巨响，风行天没有任何迟疑，第一时间发动攻击。既然这三人将他排除在外，肯定不会给他活路。

黑暗之力汹涌而出，罡风浩荡，仿佛要吹落满天星斗，力量可怕至极。

石昊、玄昆以及邀月公主同时出手，用古天功击向风行天。“轰”的一声，风行天横飞了出去。

虽然风行天有天大的神通，但是也无法同时对抗三大高手，毕竟他们都是修出三道仙气的人。

天功对决，宝术叠加，其中尤以石昊的六道轮回最为惊人。六个黑洞旋转，光阴流逝，岁月变迁，轮回往复，恐怖至极！

“砰！”

巨大的声音响起，这一次为了迅速除掉风行天，石昊等人都动用了非凡的手段，第二击接踵而至。

真龙吟，凤凰鸣，强者的力量瞬间撕裂了天宇！

天风呼啸，风行天竭尽所能抵抗，同时不断后退，避开主要的攻击。可是他即便逃得再快，也还是受到了冲击。

“呵呵……”

突然，一阵冷笑声传来，听得人心里发毛。石昊、邀月公主以及玄昆的身体都一僵，仿佛坠入了冰窖中，遍体生寒。

一个强大的生灵出现在不远处，目光锁定了他们。

此时，每个人都从头凉到脚，像被史前巨兽盯上了一般，身体一动也不能动。

这是什么生灵？怎么出现了他们都不知道？

显而易见，这个生灵比他们强太多了，直到靠这么近才被他们觉察到。

“是那只古蝶吗？”邀月公主颤声问道。

“那只古蝶不是在上一个纪元就战死了吗？”玄昆说道，倒退了几步，盯着不远处。

雾霭逐渐散去，一个人形生灵走了出来，进入地宫中。

邀月公主和玄昆都长舒了一口气，外界来的生灵总比那只腐烂的蝴蝶发生尸变强多了。

石昊却不这么认为。那人一进来，就盯住了他，目光中透出一股冷意。

“有些意思。六道轮回古天功重现人间了，真是多事之秋啊！”那人轻声道。

雾气散尽，他露出了真容。

这是一个中等身材的中年人，他的身体像是由黄铜铸成的一般，肌肤上有淡金色的光芒流动。

他的目光很犀利，眼睛如同两轮小太阳般闪闪发光。他虽然长相谈不上英俊，但是有一股唯我独尊的气概。

“六叔！”风行天惊喜地叫出声来。他没想到竟在这里见到了六叔风钊，心中激动不已。

风钊早年并不出色，连仙气都没有修出，可在天神境时，他进行了一次大涅槃，从而成功超越同辈。他的经历在风族带着浓重的传奇色彩。

这是一个厚积薄发、修道五百年才有所成的人，他一路高歌猛进，势如破竹。

现在，风钊的功力已经达到了深不可测的境界。他不仅受到无数人的敬仰，而且在风族有着举足轻重的地位。

风钊被尊为风侯!

要知道，风族乃长生世家，史上曾经有人达到不朽境界，震古烁今。

在这样一个家族里被尊为风侯，风钊的地位可想而知，他的确是一个非常难缠的人物。

当日，风族那位老祖宗知道三千道州有一个石姓少年要来无量天，才说了几句，风侯便去安排了。

正是风侯找到了元青，让他出手的。

“六叔，你怎么来了？”风行天此时显然不知道族中这位称侯的强人为什么会来这里。

“唔，静极思动，我便化身为一个小修士，乘坐你们书院的战船，来这里看一看。”风侯这般说道。

听到这些话，邀月公主和玄昆脸色顿时变得苍白，觉得大事不妙。风侯居然避过了几位长老的耳目，可想而知其实力有多么强大。

如果风侯不来，风行天多半危矣，可能会殒命于此。可风侯突然出现，一下子就改变了战局。

谁都没有想到会是这样一个结果。

“玄昆，你天赋超绝，又有些胆魄，再给你数百年时间，必然化龙冲天而去。”风侯称赞道。

随后，他看向邀月公主，目光中带着欣赏，道：“邀月，数年未见，你出落得越发灵动、漂亮了，当真是绝代佳人。”

不知道为何，被他这样称赞，邀月公主很不自在。她勉强一笑，道：“见过风六叔。”

虽然邀月公主和风侯同样出生于长生世家，但是他们的家族之间是水火不容的竞争关系。

“风前辈，您意欲如何？”玄昆问道。

“你们都是修出三道仙气的绝世天才，任何一个人出事都是损失。毕竟将来这天下会大乱，还指望你们平乱呢。”风侯说道。

玄昆默然，此时气氛有些压抑。

邀月公主后退了两步，有些惧怕。她虽然是天之骄女，但是终究还没有崛起，不能傲视九天十地。

“只是我出现在这里，不好让太多人知道，否则影响不好。”风侯说道，神色冷峻。

风行天这才知道，六叔化身为普通人来到这里，一是为了保护自己，二是为了探天神书院的虚实。

“你想怎样？”玄昆和邀月公主脸色大变，问道。

“舍不得除掉你们，不然你们跟我走吧。”风侯说道。

最糟糕的事情果然发生了。风侯是觊觎他们拥有三道仙气的肉身，还是想探究他们的天功秘法呢？

“放心，你们不会从世上消失，我可不想做九天十地的罪人。”风侯笑道。

石昊一叹。他在旁边看得很清楚，风侯这个人很妖邪，抱着极大的恶意而来，一场恶战在所难免。

想到这里，石昊准备动用万灵图、雷帝甲胄等自保。

风侯突然转身，看向石昊道：“我很厌恶会六道轮回天功的人！”

石昊一言不发，冷漠地看着他。

“那就从你开始吧。你的肉身很强，如果精心熬炼的话，也许可以塑造出一个绝世高手。”风侯这样说道，围绕着石昊转了一圈，细细打量。

邀月公主和玄昆都不由得毛骨悚然，这也是他们的结局吗？他们两人来自大族，曾听闻过一些诡异的传说，光是想想就觉得头皮发麻。

据闻，有个别拥有三道仙气的修士来历神秘，出身不详，似乎与一些古代的妖邪之术有关。

风侯可能就懂得这种手段，说不定会剥夺他们的道果，用他们的肉身去成就其他人。

“唔，从你开始。你是主动投降，还是等我出手？”风侯盯着石昊冷冷地道。

第860章 斩风

石昊很想问一句："你还要脸吗？"

这风侯分明是一位名宿，而且是一个深不可测的超级高手，居然这样厚颜无耻地来加害他们几名小辈。

"呵，不说话吗？小伙子骨气还挺硬，日后你的肉身将会成为一代至强者。"风侯浅笑道。

他此时已经将石昊当成了一件物品，并不怕发生什么变故，有他这样的高手在此坐镇，谁能抵挡？

"你很卑劣！"石昊怒斥道。

"是吗？没有人对我这样说过，众人都尊称我一声风侯。"风侯笑道，气定神闲，并没有急着对付石昊的意思。

"伪君子，可耻！"石昊喝道。

"风六叔，这样不好吧？"邀月公主开口劝阻。她倒不是想为石昊出头，只是她知道，若石昊是第一个受害者，那么她与玄昆就是第二个、第三个。

"有何不好！我很惜才。"风侯笑道。

"我等这样修出三道仙气的人，遍寻九天十地也没有几人，若是同时消失，必定会引起轩然大波！"玄昆大声道，企图震慑风侯。

"哦，那与我何干？谁知道我来过？"风侯不以为意，而后看了一眼风行天，道，"或许将我侄儿看到的一切从他的记忆中抹去更保险一些。"

风行天愕然，六叔真的很谨慎，连他都要防备。

"天地要大乱，你这样行事，就不怕惹祸上身吗？来日我等要去边荒与真正的敌人交战，就算那时战死，也不能这样枉死在你手中！"邀月公主斥道。

"这天地注定要大乱，谁都阻止不了。九天十地都将倾覆，各大家族都将化为烟尘，谁都逃不过仙古纪元的宿命。"风侯冷然一笑，道，"你们放心，我会利用你们的肉身塑造出几位绝世高手，你们不用去边荒，只需守护好我与一些族人就可以了。"

"你太卑鄙了，这样自私自利、不顾大局，就不怕遭天谴吗？"邀月公主继续怒斥道。

在这几个人对话时，石昊将心神沉入体内的一口鼎中，与皇蝶交流起来，它告诉了他一个惊人的消息！

“一切到此为止吧，我没耐心和你们多说了。这是一个末世，万灵都将不复存在。说什么对抗另一界的生灵，都是徒劳无功的。你们最终都将被击败，九天十地将血流成河。”风侯转身，向石昊走去，道，“在这个残酷的世界，还想着大义，未免也太可笑了。人都是自私的，唯有自己活下去才是第一要义。”

“你会遭天谴的！”石昊盯着他，大声道。

“天谴？那只是个笑话，能起到什么作用？”风侯大笑道，脸上带着不屑之色。

“我说的天谴的‘天’，不是指那所谓的上苍，而是一种毁灭你的手段，让你惶恐的力量。”石昊说道，目光冷厉，无所畏惧。

在这种紧要关头，他不急不躁，反而很镇定。

“呵，那你来惩罚我啊。现在，顺我者昌，逆我者亡，你这样的小辈说什么都无用！”风侯大声道。

“呼！”

一阵清风吹来，那古池中的瑞霞散发出耀眼的光芒，雾霭随之扩散。

“咦，这腐烂的古蝶还有古怪不成？”风侯自言自语，随后看向石昊道，“你过去看一看。”

石昊闻言，看了风侯一眼，向古池走去。

“将那只古蝶抱出来。”风侯命令道。那是一位至高强者，体内可能有道书、仙器等，风侯同样也很期待。

石昊并不应答，只是静静地站在古池边上。

“你虽天资超凡，修出了三道仙气，但现在不过是雏鸟一只，弱不禁风。居然敢违逆我的意志，不知死活的蠢物！”风侯沉下脸，怒斥道。

说完，他抬起手就向石昊抓去。

就在此时，古池中的云雾腾空而起，一只古蝶带着腐烂的气息飘起，冲向风侯的那只手。

太快了，让人反应不过来！

“轰！”

一声巨响，仙雾弥漫，风侯的手被古蝶撞中，化成一团血雾。

这个变故太惊人了，在场的几个人都瞠目结舌。

风侯脸色苍白，手腕处渗出鲜血。他疾速后退，简直不敢相信这一切。

这么多年来，他的修为一日复一日地精进，他被称为风侯，地位尊贵，有多少人可以这样伤他？

如今，一只腐烂的蝴蝶居然让他断掉了右手。

“咔嚓！”

一声轻响，风侯的骨骼开始生长，血肉再生。修为到了他这个境界，可以迅速修复肉身的损伤。

他找到一处有利的地势，与古蝶拉开了一段距离，专心疗伤。

“一只腐烂的古蝶而已，我当是什么法器呢。你以为现在就能对付我吗？不知天高地厚！”风侯脸色阴沉，怒斥道。

“那你尽管过来啊！”石昊挑衅道。

“蠢货，你永远也不会知道我们的差距有多大。一只死物而已，作不了怪！”风侯大声道，再次出手。

变故再次发生。

那只腐烂的蝴蝶瞬间划破虚空，一下子就冲了过去，与风侯碰撞在一起。

风侯大吃一惊，不断后退，避开古蝶的攻击。

然而那只原本早已死去多年的古蝶，这个时候仿佛有了生命，轻轻振翅，刹那间就将乾坤撕开了！

“不好！”风侯大叫。

这种事情太可怕了，连风侯都觉得不可思议。

那只古蝶居然释放出了一缕缕仙光，那种力量无与伦比，连风侯这样的强者都要敬畏三分。

只是他不明白，一具腐烂的尸体怎么还能冒出生前的灵光呢？难道它还活着？

“轰！”

惊天动地的一声巨响，这只腐烂的古蝶又一次振翅，瞬间天崩地裂。风侯被击得大口咯血，面色惨白。

紧接着，这只古蝶像闪电一样迅速向风侯扑过去，势不可当。

“啊……”

风侯发出一阵惨厉的叫喊声。他本是一位超级高手，强大得让人恐惧，现在却如此悲惨、无助。

“噗！”

风侯被古蝶扑倒后，身体承受不住那股力量。

古蝶虽然看起来腐朽了，但是它曾经是一个不朽的生灵，充满仙道气息。因此即便它已经殒命了，但依旧留存有仙道之力。人间的生灵根本无法承受它释放出来的威力！

“怎么会这样？”这是风侯最后的怒吼。紧接着，他的身体便四分五裂了。

更为可怕的是，那古蝶振翅一挥，风侯的元神便化成了一团光，瞬间消失殆尽。

其他人看到这番场景，都吓出了一身冷汗，无不心惊肉跳。

这一切都太匪夷所思了，那么强大的一个人，转眼间就殒命了，凡人在不朽的力量面前简直不堪一击！

除掉风侯后，古蝶便飞向了那个池子，不再有所行动。

这是怎么回事？邀月公主、玄昆都愣住了。

接着，他们很快反应了过来，这将会掀起一场大风暴。风侯的死讯如果传出去，绝对是轰动性的，连无量天都要为之震动。

毕竟这个人在风族的地位很高，有继承道统的资格！

“六叔！”风行天大叫。对于他来说，这简直是一场噩梦。

一只腐烂的蝴蝶将一位超级强者直接扑杀了，这太过虚幻了。

“轰！”

一声巨响，石昊全力出手，攻向风行天。

与此同时，一只很小的金色蝴蝶没入了池中，逐渐接近古蝶。

这一战，邀月公主和玄昆都没有出手，只是在一旁围观。风侯死得太蹊跷了，一时间他们难以平静下来。

风行天虽然实力很强，但是伤势严重，再加上之前见到六叔殒命，早已乱了心神，因此在这一战中处处受到压制，处于劣势。

“噗！”

六道轮回天功展开后，风行天被石昊一拳击中躯体，吐出一口鲜血。

接着，风行天的躯体开始受损，最后全面崩溃！

第861章 骨钥

“噗！”

风行天整个人不复存在。

六道轮回古天功果然强大！石昊仅凭这一击的威力，就硬生生将一位强者击斩灭了。

不远处，邀月公主和玄昆目瞪口呆，一位拥有三道仙气的天之骄子居然就这样战败了！

天赋极高的风行天就这样殒命了，这可是足以轰动无量天的大事！

这时，一块金色的骨符在光芒中一闪，就要冲霄而去。

“哧！”

石昊一惊，立马祭出一道雷电，那雷电瞬间化成一头狻猊，咆哮着扑了上去，将金色骨符拦住。

谁料金色骨符居然击穿了狻猊，又一次向上冲，眼看着就要逃出这片地宫了。

邀月公主快速祭出一团柔和的月光，洒落在那块金色骨符上，让它停顿了一会儿。

“轰！”

巨大的响声传来，玄昆也出手了。他双手结印，发出光芒，欲封印此符。

石昊知道这肯定是风行天的保命符，是天神书院赐下的秘宝，与普通弟子的保命符不一样。

石昊开始演化六道轮回天功，六个黑洞立刻出现，瞬间将金色骨符定住，而后将它磨成了齑粉。

“啊……”

一阵惨叫声传出。这下风行天真的殒命了，再也无法复活了。

一个拥有三道仙气的年轻至尊就这样被斩灭了，石昊站在原地久久没有说话，感觉有些不真实。

究竟是六道轮回天功太过强大，还是风行天过于弱小？

这是石昊除掉的第一个拥有三道仙气的人物。这消息如果传出去，肯定会引起一场大风波。

“太弱了！难道风行天是以诡异之法培养出来的年轻天才，所谓的三道仙气是剥夺的他人的，并非自己修成的？”石昊有些疑惑。

看他这样自言自语，邀月公主和玄昆都相视无言。随后，两人想与石昊分开，多加防备，他实在是一个危险人物，不得不防！

“今日之事怎么讲？”邀月公主盯着地上的血迹，向玄昆问道。风侯和风行天的死讯若是传出去，必然会让世间震惊。

“虽然风侯死在这里，可谁又知道他来过呢？”玄昆说道。

“不错！”石昊点点头，很满意这个说法。

地位尊贵的风侯在这里出了事，如果走漏风声，他们都会有大麻烦。

“咔嚓！”

此时，古池龟裂，发出声响，引起了三人的注意。

“咦，古蝶怎么也裂开了？”邀月公主脸色大变，问道。

那只腐烂的蝴蝶身上符文开始闪耀，出现了一道又一道裂痕，最后四分五裂。但是它体内并没有什么道书，也没有仙器，这让玄昆和邀月公主都很失望。

唯有石昊十分激动。刚才的情况是皇蝶引起的，它躲在那里，汲取着那只腐烂蝴蝶的仙道气息，发生了惊人的变化。

事实上，这一次石昊能够顺利除掉风行天，都是皇蝶的功劳。它可以与那只古蝶交感，洞悉种种奥妙。

那只古蝶虽然早已经死了，但是还保留着战斗本能，十分可怕。因为皇蝶与它是同族，彼此之间可以感应，所以才有了刚才发生的一幕。

邀月公主和玄昆盯着四分五裂的古蝶，幽幽地叹了口气，而后毅然转身，快速冲向地宫深处。

这不朽者的肉身并没有留下什么机缘，与其在这里浪费时间，还不如早点闯进此地的深处，寻找真正的机缘。

石昊站在原地没有动，静待皇蝶成功而归。

“那两人是否发现了皇蝶？”石昊自语道，眉头紧锁，不能确定。

此时古蝶加速瓦解，身体有些部位已经化为了灰烬。

皇蝶感应到那两人离去后，通体散发出更加耀眼的光芒，仿佛一团火苗在熊熊燃烧。

池中的仙道气息全都向它涌去，神奇的力量翻涌着，一团金色的真血没入它的体内。

当然，这不是融合，只是暂时封在了它的血肉中。它需要时间才能真正炼化、吸收这些力量。

石昊目瞪口呆，这确实是一种大造化。

若是其他人在这里，一定会无比嫉妒，这可是一位长生者留下的血液。

“这是属于我皇蝶族一脉的传承，以血液为引。”皇蝶对石昊传音道。

石昊激动不已，禁不住大笑起来。这样一来，皇蝶肯定会越发强大，日后的成就不可限量。

“我吸收了残余的仙道气息，肉身再次开始进化，即将发生蜕变，不得不沉睡了。”皇蝶继续传音道。

石昊哑口无言，心中嘀咕：这个家伙才复苏啊，居然又要陷入沉眠了，这次它要睡多久？

他身上有两个家伙，一个是打神石，另一个就是皇蝶。它们两个都在沉眠，不知何时才能完成终极蜕变。

不过可以肯定的是，它们一旦复苏，都会有惊人的变化。

石昊没有在这里耽搁，抓紧时间冲进地宫深处，那里最少也会有一株神药。如果他能寻出其他道书或者仙器的话，就更好了。

冷冷清清，寂静无声。这个地方幽深僻静，古木茂密，许多建筑物被掩映在其中。

石昊如同幽灵般在这里游荡，出入一座又一座古建筑。

可惜所有宫殿都很空旷，地上的残器和骸骨早已腐朽，没有什么特别有价值的东西。

显而易见，这个地方曾被洗劫过。

仙家战场发生过惊天大战，仙古纪元的人败了。他们留下的所有洞府都被人掠夺过，大部分奇珍异宝都被带走了。

石昊叹了一口气，生出一股无力感，另一界的敌人一定掌握了仙古的秘法，很不好对付。

在上一个纪元，另一界就取得了绝对的胜利，让当时的世人陷入绝望。如果他们之后又得到了那一纪元的各种宝藏，真不知道今后应该如何抵挡他们。

难怪在各种遗迹中都有悲观的记载，认为这一界的人失去了希望，看来这不是没有道理的。

“也许我们只有开创出一种全新的修炼体系，从原有的格局中超脱出来，走出不同的路，才能取胜吧。”石昊自语道。

他在这些古建筑中出没，始终没有发现有价值的东西，最后将目光锁定在了中央宫阙上。

这是一座巨大的宫殿，如同高山般矗立在那里，尽管它被藤蔓覆盖了大半，但依旧难掩它的恢宏与壮丽。

石昊迅速进入宫殿中，这里居然有丝丝缕缕的混沌气，可见非同小可。他听到了邀月公主和玄昆的声音，两人竟然在追赶一株神药！

那是一株通体赤红的火叶兰，它喷薄出刺目的瑞光，仿佛火焰在熊熊燃烧。

火叶兰是记载于骨书上的神药，数量稀少。神药虽然不像长生药那般是独一无二的，但是也不会很多，每一种最多五株而已。

这株火叶兰鲜红似火，不时没入地下，速度极快。那两人虽然实力强大，但还是没能捉住此药。

石昊向前迈出几步，也想捉住这株火叶兰。他听闻神药一旦根须着地，便可融化在土层中，很难捉到。

看来传说是有一定道理的，不然为何他们抓不住它？

火叶兰扎入地下后，就像消失了一般。随后，它又不经意地露面，像在故意挑衅一样。

“嗯？”石昊心中一惊，突然感应到了一种熟悉的气息，似乎是那个无头生灵！

难道这株神药是在诱惑他们，故意让他们在这里长时间停留，等到那无头生灵回来，它就可以脱身了？

石昊停住追逐火叶兰的脚步，向殿宇深处望去。那里有一个祭坛，上面陈列着精美的宝盒。

不过看得出来，无论是宝盒还是其他精美的物件，全都不是宝具，只是华而不实的装饰品而已。

那最醒目的宝盒理应装着一件珍稀物品才对，可惜现在什么都没有了。

石昊走过去，将宝盒打开后，看到里面有一个巴掌大小的凹槽，看其形状，像是一把钥匙。

石昊觉得有些荒谬，在这中央宫阙最大的祭坛上，居然用这样美丽的盒子保存一把钥匙！

当然，那把钥匙早丢了！

这座祭坛年久失修，上面裂痕密布。

石昊睁开天眼，仔细寻找，可惜什么都没有发现。

“砰！”

一声巨响，石昊想要将这座龟裂的祭坛移走，看一看它的下方有没有什么宝物。他费了很大力气，才将祭坛挪到一边，没想到祭坛竟然这样重！

“嗯？”突然，石昊心头一震，眼中尽是震惊。

他搬开祭坛，透过祭坛上面龟裂的缝隙发现里面有一把钥匙。奇异的是，这把钥匙是以莹白的骨块打磨而成的。

这让石昊十分不解。他刚才动用天眼查看过，根本就没发现钥匙，为何现在钥匙又出现了？

很快，石昊反应过来，心中狂喜：这该不会就是祭坛原本供奉的那把骨钥吧！

第862章 风起

百般寻觅，不见其踪，蓦然回首，秘宝竟然就在石缝中。

这真是一个天大的惊喜，石昊久久不能平静。这东西绝对非比寻常，居然就这样被他发现了。

祭坛呈淡紫色，石体厚重，那把骨钥就藏在一条刚刚裂开的缝隙中。

昔年肯定很多人在这里出入，到处寻找这把钥匙，结果都一无所获，悻悻然离去。

石昊换了一个方位，再次睁开天眼，结果依旧没有看到骨钥。

“真是奇怪！”石昊自语道。这把骨钥分明就在那里，可就是看不到它。

石昊不再耽搁，回到原来的方位，探手将骨钥取了出来。这把骨钥十分精美，温润晶莹，雪白如玉。

这是开启什么地方的骨钥?

石昊稍微催动内力，这把骨钥就冒出了一缕缕混沌之气，仿佛一件蒙尘的至宝等待着复苏。可是，任他再怎么动用神力，骨钥都没有其他变化了。

石昊想象的满天符文与恐怖波动的景象都没有出现。它真的就只是一把钥匙，只是材质特殊，如同仙金般坚硬。

石昊灵机一动，取出万灵图，随后将它和钥匙放在了一起，他发现两者十分相似。

“难道是同一种材质？”他自语道，眼睛一下子变得炯炯有神。

石昊再次催动内力，这次不是为了催动骨钥，而是为了破坏它。一时间，神力如同汪洋大海般汹涌，恐怖至极。

可是这把骨钥还是纹丝不动，连一丝裂痕都没有出现。

难道这东西跟原始真解同源？它们很可能是用同一种骨头打磨而成的，实在是太怪异了！

石昊快速收起钥匙，以免被那两人发现。这把骨钥关乎重大，一旦消息泄露出去，会引起巨大的风波，甚至连天神书院的隐世高人都会出动。

石昊继续研究这座祭坛，不时将它搬起，猛烈捶击，让它出现更多裂痕，观察其内部是否还有别的东西。

祭坛的重量常人难以承受，石昊怀疑这是由一颗大星建造而成的。

远处，呵斥声不时响起。

那两人一直在捕捉神药，此时已被激起了怒火。他们也算是拥有天纵之资的高手，在这里却屡屡被一株神药挑衅。

“要帮忙吗？”石昊问道。

“好，我们联手将这株神药逼出来，到时候平分它！”邀月公主道。

话虽这么说，但他们知道捉住神药的可能性不大。他们已经在这里耽搁了太长时间，而那个无头生灵随时会回来，要是真的被堵在这里，到时候他们必死无疑。

火叶兰不仅可以化入泥土中，而且可以出没于无形之间，十分灵活。它的确在挑衅他们，不时出现，就是让他们捉不住，仿佛已经掌握了玄昆和邀月公主的动向。

一片月光洒落，向火叶兰笼罩而去。邀月公主出手了。

石昊暗中施展柳神的秘法，一缕又一缕的金色秩序神链从他的脚底向土层中延伸，欲禁锢此株神药。

柳神的法术对于捕捉植物生灵来说，有一种压倒性的优势，可是这次失败了。

在金色秩序神链探入地下后，石昊发现了诸多古阵，它们缠绕在一起，错综复杂。

“轰！”

突然，惊天动地的一声巨响传来，从远方扩散到这里。

石昊想也不想，转身就走，一跃就是数万丈。他迅速离开地宫，冲向远方。

邀月公主和玄昆同样如此，都以最快的速度逃出地宫。他们心中十分憋屈，不仅在这里什么都没有得到，最后还不得不狼狈逃命。

在逃跑途中，石昊动用一道破界符，横跨虚空！

他吃惊地发现，破界符的威力变小了很多，似乎在这个地方受到了极大的压制，不过还是起到了一些作用。

“轰！”

巨大的声音响起，一只黑色大手没入空中，拍向石昊。

石昊一咬牙，立刻改变方向，同时祭出万灵图，进行阻挡。

巨大的神力涌来，那片虚空被拍得粉碎。四周的物体如同一张坠入烈火中的画卷，喷薄出刺目的光，熊熊燃烧，接着又快速熄灭。

“好险！”石昊自语道，擦了一把汗水。

那个生灵的本能显然大于意志，它的头都没有了，还能剩下什么？

如果其他生灵是这种情况，早就尘归尘土归土了，不过这个在仙家战场遗存下来、被埋在神药旁的古尸不能以常理度之。

“那只大手向我拍来，另外两人岂不是逃得很轻松？”石昊自言自语道。

不过他还是不虚此行，那把骨钥与原始真解是同种材质，肯定不是凡物，说不定有朝一日能够出现惊天的仙缘。

除此之外，皇蝶应该算是最大的赢家，石昊期待它苏醒的那一天。

深渊附近，所有人都噤若寒蝉。那个无头生灵太彪悍了，一掌落下去就引得天翻地覆、鬼哭狼嚎。

最让他们吃惊的是，天神书院的一位顶级人物在此地和它交过手，结果生生被压制了。

所有人都逃走了，不敢靠近此地。也不知道过了多久，那里才恢复平静。

“什么？风行天被人斩灭了？”

不久后，一个爆炸性的消息传出，这片古地都沸腾了，各方势力的天才无不目瞪口呆。

那可是一个修出三道仙气的强者，就这么殒命了，让人觉得很不真实。

“这是谣言吧，你们怎么知道的？”

“黄金战船上的魂灯熄灭了，你说是真是假？有位风族长老气得把桌子都掀翻了。”

“天啊，风行天死了，爆炸性消息啊！一个拥有三道仙气的人居然落得这样一个下场！”

一群人愣了好一会儿，而后开始议论纷纷。

“是哪个强者做的？”有人问道。

一群人产生了强烈的好奇心，都在猜测到底是谁除掉了风行天。

风行天殒命的消息让风族气愤不已，这个花费了无数宝物、自幼便以神药液浸泡的风族骄子就这样平白无故地被除掉了，风族怎能甘心？

谣言满天飞。有人说风行天是邀月公主和玄昆除掉的，结果这两人第一时间站出来辟谣，坚决否认此事，他们都怕引火烧身。

如果风族展开报复的话，就算是长生世家也会胆寒。

“究竟是谁干的啊？难道真的是此前我们见到的那个人？”有人小声道。

不少人都曾看到，确实有一个人一边与风行天交手，一边落入地宫之中。如果真的是他斩灭了这位风族年轻至尊，也未免太可怕了。

那人到底是什么来头?

“别猜了，肯定是书院中某个平日很低调却修出了三道仙气的奇才干的！”有人做出这样的推测。

石昊看到了王曦，这位绝代佳人有点惨，半边身子都染上了血迹，那辆古战车受损了，应该遭过重击。

“咦，仙子，你这是怎么了？”石昊带着若有若无的笑意，故意惊讶地问道。

这位天之骄女居然吃了这么大的亏。

王曦不出声。很明显，刚才她又一次被人袭击了，好不容易才逃脱。

“风行天死了？”她问道。

“没错，我亲眼所见！”石昊一边向前走，一边答道，“其实只差一点，我就亲手除掉他了，结果让另外一个人捡了便宜。这可是扬名天下的大好机会啊，结果就这么被人夺走了！”

他表现出一副懊恼的样子，恨恨地挥了挥拳头。

王曦撇撇嘴，觉得这家伙自负过头了。

“仙子，战车受损，需要我背着你逃命吗？”石昊问道。

数千里外的一座黑色巨山上，狼烟弥漫，血气滚滚，景象异常惊人。

黑色的巨山上有一座祭坛，诡异而妖邪，充斥着令人心悸的气息。此时祭坛正散发出点点光芒，形成了一个模糊的通道。

那里人喊马嘶，响声如雷，像是从世界的另一岸传来的，里面的生灵仿佛随时会冲出来。

一股狂风席卷向整片大地！

这时，仙家战场上的所有人都感觉到了异常之处，身体不由自主地发冷，心中生出一股不好的感觉。

这战场上居然刮起了妖风，令人感到恐慌。

第863章 乾坤袋

风声呜呜，如同神鬼在哭嚎。

王曦拢了拢身上的衣裙，觉得身体很不适。

破旧的战车仿佛被陨石砸中，凹陷进去一大块，很多地方都出现了裂痕。

石昊扶着王曦，将她送进车中。

“被谁扔臭鸡蛋了吗？怎么有人连仙子都舍得砸啊！”石昊调侃道。

王曦瞪了他一眼，这个人太没同情心了，此时还来取笑她，这得是多硬的臭鸡蛋才能把战车毁成这个样子啊！

“锵！”

一声金属鸣音突然响起，王曦动作迅疾，以三道仙气驾驭金刚琢，将其重新戴在石昊头上。

“做人要厚道！”石昊盯着她说道。

王曦不说话，眼中有光芒流转。因为她受了重伤，不放心石昊在身边，所以又向他施加了金刚琢。

事实上，石昊刚才是可以躲避的。对方虽然修出了三道仙气，但是毕竟伤势异常严重，速度不会比他快，不过他没有躲避。

这金刚琢对于他来说没有什么威胁，如果有人调查是谁斩了风行天，这将是一种很好的掩饰。

“你看到除掉风行天的那个人了吗？”王曦问道。她对这件事很关注，毕竟风行天是一个神道奇才，古来罕有。

只要修出三道仙气，风行天就是人中鲲鹏，日后必会扶摇直上，俯视天下。

这等人物遇上同等级的至尊，即便无法与对方相抗衡，也应该能逃走，留下一条性命。

可风行天还是殒命了。

这怎能不让王曦觉得惊讶？虽然她是一位拥有三道仙气的女至尊，但是如果遇上那个神秘人，她也无法确定自己能否抵挡得住。

“唔，自然见到了。我不是说了嘛，若非慢了一步，我肯定在他之前就除掉风行天了。”石昊点头道。

王曦瞥了石昊一眼，对这家伙深感无奈。他总是喜欢吹嘘，一旦遇上真正拥有三道仙气的强者，肯定会逃。

“他的样子如何？有何特征？”王曦问道。她为的是早作打算，避免自己与那人相遇了还不知道对方是谁。

“不得不说，那个人很英俊，远胜绿陀和风行天。”石昊赞叹道。

王曦神情怪异，心想：这家伙难道吃错药了吗，竟然这样夸别人，这是否说明那个人真的超凡入圣？

“能令你这样赞叹，看来那人在修为和容貌上都远胜于你。”王曦笑道。

“不，跟我差不多，可以说是难分高下！”石昊一脸傲然之色，说道。

王曦用漂亮的大眼睛盯着他，道：“我以前怎么没有注意，你的脸皮居然这么厚。”

“这次看仔细一点。”石昊走上前去，一点也不矜持，道，“分明是神采飞扬、自信满满，好不好？”

王曦真快被他逗笑了，摇了摇头，不再说他。

“真的，你仔细看一看，没发现我是一个少年至尊吗？除掉风行天都没问题，只不过被人捡了便宜，错过了扬名天下的机会。”石昊这般说道。

“我不想和你说话了。”王曦说道。她来自长生世家，气质超然，连不满时说话的语气都很温和。

“你我互尊为道友，如今生死与共，一路同行，怎能没有话可说呢？”石昊笑道。

“少肉麻！”王曦呵斥道。

石昊嘿嘿笑了起来，在大战中亲手除掉了风行天，让他觉得终于出了一口恶气，心情很放松。

风族要压制他十年，结果他还是逃出来了。他不仅没殒命在太初古矿，还将他们族中的奇才斩灭了。

大地上，呜呜声不绝于耳，风越来越大。到了最后，天地间的颜色都不对了，黄得瘆人。

后来，天空更是化成了红色，不时有黑色的闪电划过，恐怖至极。

“呜呜……”

红色的旋风刮起，飞沙走石，风声越来越吓人了。

“事出反常必有妖！”众人惊疑不已，最后还是咬了咬牙，选择继续前进，要去前面看个究竟。

这些人是天神书院的正式弟子，是从九天十地选出来的最强大的一批天才。每个人都是一域翘楚，他们都有傲骨，不会轻易气馁、屈服。

“我们也去看一看。”王曦说道。她吞下一颗金色的神丹，金色莲花在空中绽放，一朵又一朵。

神药熬炼成的宝丹？石昊露出异色，觉得很神奇。

即便如此，王曦的伤也没有痊愈，只不过比之前好多了。

天神书院的正式弟子们相继上路，他们的目标一致，迎着那红色的沙尘暴，朝一处古地走去。

数千里外，那座黑色的大山显得越发高不可攀。

“这是什么遗迹？这山上有一座祭坛！”有人赶来看到了这一幕，惊讶地问道。

这山未免太壮阔了，比数十座普通山峰合并在一起还要巍峨。在顶峰有一座古老的祭坛，它自行运转，符文密布，正在开启一条模糊的通道。

那里喊杀声冲霄而起，穿透而出！

红色的沙尘暴就是从里面刮起来的，席卷了这片浩瀚的土地。

不久后，邀月公主、绿陀、玄昆等人也都出现在了这里。此外，几名很低调的强者也到了。

修出三道仙气的人几乎都来到这里了！

石昊和王曦赶到时，这里已经聚集了很多人。石昊在这里看到了谪仙和十冠王，也看到了月婵、曹雨生、魔女、长弓衍等人。

不过，此时他不能与这些人相认。

“这是怎么回事？”人们都吃惊地看着那里，不明白为何会出现这种情况。

“你们感受到了吗？这祭坛构建的通道传出的气息与我们这一界的不相同，霸道猛烈，还有一种说不出的感觉。”

“没错，应该是不同的天地规则！”

神觉敏锐的人都觉察到了这一点，议论纷纷。能够站在这里的没有一个是凡夫俗子，都是九天十地拥有顶尖天赋的人。

“呼……”

风更大了，仿佛要将一切都绞碎。

风声伴着大道轰鸣，震耳欲聋。

这时，那模糊的通道逐渐变得清晰，从里面射出一片光幕，笼罩了山巅。

如果没有这片光幕阻挡大风，估计许多人会被吹得灰飞烟灭。

光幕逐渐变大，随后一个口袋从那通道中冲出，散发出混沌之气，释放出五色神霞！

众人目瞪口呆。

大风正是从这个口袋里吹出来的，这简直令人难以置信。最重要的是，天穹上有数不清的秩序神链交织压制着那个袋子。

“天地都在……压制那个袋子？”

“这是什么宝具？未免太惊人了！它居然能引发天地剧变！”

有些人回过神来，开始议论起那个袋子来。

天宇破碎了又愈合，一道又一道可怕的规则正在镇压那个袋子。

“乾坤袋！”此时王曦突然道出这样三个字。

乾坤袋？

许多人闻言一愣，有些人一下子就明白了，瞬间脸色苍白。

“这不是一般意义上的乾坤袋，而是那件无上至宝！”绿陀大声道。

众人闻言，无不震惊。

最原始的那个乾坤袋，据闻是由上万块神兽皮融合在一起，辅以混沌之气炼制而成的，代表了万灵，预示着万道！

石昊听到众人的议论，脸色顿时大变。在下界，由数十块神兽皮炼制而成的乾坤袋，就算是无上的宝具了，而这个乾坤袋居然需要上万种恐怖生灵的原始神皮！

相传，这可能是仙王炼制的法器，威能无穷。

“不是说这件宝具丢在边荒那一边，落入敌手了吗？”有人产生了怀疑，这样说道。

刹那间，所有人的脸色都变得苍白无比，他们知道这意味着什么——另一界的人要过来了，这天地可能要大乱了！

第864章 寒意

丢失在边荒那一边的乾坤袋再现人间，天下怎能不乱？

“快，去禀告书院的长老，浩劫要来临了！”

一些人反应迅速，立刻命令自己的追随者动身，将这里发生的一切告知黄金战船那里的长老。

乾坤袋的样子简朴，带着一种蛮荒的气息。上万块兽皮熔炼在一起，散发出无尽的混沌之气，天地都因此崩塌了。

这样的至宝，虽说不是古来第一，但足以位列前十之内，是长生者炼制出来的最负盛名的兵器之一。

它撑开一片空间，形成光幕，如同在这里开辟了一方小千世界。

大风呼啸，乾坤袋轰鸣，不断变大。这方小天地在扩张，慢慢地从笼罩山巅到覆盖了整座黑色的大山。

这时，它才稍微稳定了一些。

所有人都看出来了，它在对抗这片大天地的规则，与整个世界抗衡，却毫不失色！

这是怎样的一种威力，没有人知道。日月星斗皆在苍宇上颤动，几乎要被吸下来了。

“它如今承载了另一界生灵的意志，在对抗这一界，还要开启一条通路！”绿陀说道。

长生世家的子弟掌握的隐秘之事远胜其他人，绿陀一眼就看出了事情的本质。

众人闻言，无不变色。

昔日，这是九天十地的重宝，是守护家园的无上宝具，如今却要帮助另一界的生灵了吗？

“这不怪它，它已经被炼化了，所做的一切应该不是它的本意。”一个三头六臂的生灵叹道。

众人只觉得寒意逼人，毛骨悚然。

传言这是一位仙王的兵器，号称绝世乾坤袋。只要将它一拿出来，就可以收容万物，甚至能将宇宙中的无尽星辰全部装进去。

这样一件强大的秘宝都沦落为他人的工具了，可以想象另一界的生灵的实力有多么强大。

众人心里顿时有了无尽的压力，这种情况让人窒息，未来他们该如何与另一界的强者抗衡？

“他们暂时还过不来！”有人大声道。

经此话点醒，其他人都抬头看向乾坤袋，盯着黑色大山上那个模糊的通道，一时间愣住了。

不少人都想到了一个问题——当年另一界的人攻克九天十地，胜利后为何又退走了？

这当中肯定发生了什么变故。如果找到这个问题的答案，说不定可以发挥出极大的作用。不然的话，仅凭现在九天十地中的高手，是无法挡住那些人的猛烈攻击的。

想到这里，人们觉得有些绝望。

石昊目光幽幽，盯着这座黑色的大山，而后又看着乾坤袋，脸上露出思忖之色。

他去过边荒那一边，那里同样密布着庞大的黑色大山，眼前这座山与他当日所见的不朽山很像，同样在山巅有一条通路。

只不过那里可以通行，而这里有限制，那一边的生灵很难过来。

“在那里！”

天际尽头，几名长老大袖飘飘，舞动罡风，疾速而来。他们神情凝重，盯着乾坤袋和祭坛，不时交换意见。

“终于要到这一天了吗？”有人叹道。他们心中有惆怅，有担心，更有一种战斗的决心。

黑色的大山上，乾坤袋定住了，散发出柔和的光芒，让整座山显得无比圣洁。

一时间，呜呜声消失了，四周变得非常寂静。

“咔嚓！”

一声脆响传来，如同骨块在互相碰撞。

接着，人影晃动，有生灵从那模糊的通道中走出来了。

“什么？他们现在就能跨界了？”有人惊呼。

他们原以为另一界的生灵凿穿世界通道需要花费相当长的时间，毕竟那些生灵还要对抗这片古界的天地意志。

没想到现在竟有生灵过来了。

那个生灵走起路来很不稳，晃晃悠悠的。唯一值得庆幸的是，只有一个生灵过来。

所有人都屏住呼吸，盯着那模糊的通道，想知道那到底是怎样一个强大的生灵。

光芒普照，七彩光雾笼罩着那个生灵，让它看起来神圣而祥和。

“一个骷髅！”有人惊呼。

那个生灵踏出了通道，出现在黑色大山之巅，睥睨群雄。

所有人都大吃一惊，原本以为来的会是一个霸气的生灵，或者是一个充满仙道气息的生灵，总之应该神武不凡，结果跟他们想象的完全不一样。

这只是一具骨架，没有一点血肉，没有什么威猛可言。

“还是那么弱小！”

它来到这里说的第一句话充满了不屑，目光冷厉，似乎根本看不起这一界的生灵。

这是一个人形的生灵，它全身洁白如玉，身材不是很高大，似乎比常人还要瘦小一些。

这就是另一界的生灵吗？难不成那一界的生灵都是骷髅？

一时间，每个人都盯着那个骷髅，想要看个明白。

“这不是它的本体，它只是借助骨架过来而已，不过这白骨来历不凡，很特别。”天神书院的一位长老说道。

“呵呵，当年她可是一名绝代佳人，可惜红颜薄命，最终也不过如此。”这个骷髅对自己的骨架点评道。

当然，它只是以神念传音，毕竟两界的语言不一样。

众人闻言，心头一震。

一些人的眼中射出了耀眼的光芒，随后奇异的符文出现，以此来观察那个雪白的骷髅。

天神书院的几名长老眉头紧锁，像是想到了什么。

据说，修士的修为达到了一定程度，就可以视红颜为骷髅，直接看透人的骨骼。反过来，当他们盯着一具骨架时，就能够想象出它有血肉的样子。

此时，石昊也在尝试，想看一看那骷髅的真容。

片刻后，石昊成功了。他仿佛看到了那骷髅的血肉再生，化成一具完美无瑕的躯体，当真是风华绝代！

还有一些人也成功了，看到那个生灵的样子后，他们都深受震撼。

那个女子倾国倾城，静静地站在那里，有一种说不出的气质——哀怨、凄婉，惹人怜爱。

“啊！”

天神书院的一位长老突然大叫一声，怒色满面，目光冷厉，恨不得直接攻过去。

“长老，怎么了？”有人不解，小声问道。

“这是我族的一位祖上！”那位长老大声道。

众人愕然。这位长老存活的岁月无比漫长，很难说清他是什么年代的人物。他从很久以前就开始隐世不出，直到近来族里组建天神书院才出来尽一份力。

这位长老来自某一古老的长生世家。

所谓长生世家，是祖上曾出现过不朽强者的种群，是从上一纪元遗存下来的黄金家族。

“这算什么？比这厉害的尸骨多了去了，如今我不过是借用一下而已。”那个骷髅这样说道。

众人推测，这具骨架生前最起码是教主级的人物，实力强大。

石昊看了一眼王曦，小声道：“红粉骷髅，姿容不弱于你，经历了那一纪元的大劫后，落得了这样的下场，你也要看开啊。”

“你在乱说什么？”王曦怒斥道。

“当年有些人强行冲关，自封在十丈石室中，结果空留肉身，元神消失。如今，我们可以将他们的骨骼归还，等待他们重现世间。”骷髅说道。

所有人都露出茫然之色，根本不明白它在说什么。

唯有石昊大吃一惊，瞬间想到了某些情况，觉得很不可思议。

第865章 黑暗

十丈石室，空留肉身，元神散尽。石昊经历过这种情况，因此这个雪白的骷髅一说，他立刻就明白了，熟悉的感觉再次浮上心头。

石昊还记得当时的经历。

那是怎样一个地方？黑暗、冰冷，元神被封在牢笼中。

时间长河奔腾澎湃，一个又一个黑暗牢笼陈列在那里。

当时石昊看到有几个牢笼中的光芒格外璀璨，甚至照亮了时间长河，被封印在里面的人肯定十分强大。

从古至今，修出仙气的奇才有一部分死得不明不白，元神凭空消失，肉身却毫发无损地保留了下来。

“你在说什么？关于黑暗之地，你又知道多少？”天神书院的一位长老问道。

别人也许不知道，而这位实力强大的长老来自长生世家，知道族内记载的很多隐秘之事。

雪白骷髅不紧不慢地道：“我跟你们一样，对于那黑暗之地也了解得不多。”它希望进入黑暗牢笼的生灵能再现世间，到时候道出各自的经历。

“我们这里还留有一些骸骨，若它们的主人将来能活着归来，你们可以将他们自己的躯体送还。”雪白骷髅补充道。它曾听闻，在这个世界可能存在某种秘法，能接引个别人回归。

天神书院的几位长老皱起眉头。他们听闻过一些传说，可那些终究是传闻，不曾真正见过。

石昊心头一震，莫非那些传闻是真的？

他进入仙古遗迹，修出仙气后经历了太多事，曾在另一界看到一座“接引殿”，还看到一个元神莫名其妙地冲了进去。

那个地方有秘密！

石昊思忖着，眉头紧锁。虽然这些片段七零八落的，但是可以串联在一起。

石昊没想到，另一界的生灵跨界过来后，居然先提到了这件事。这令他有些不解，难道那边发生了什么大事？

“你们不是喜欢征战吗？大可以杀进黑暗之地。”天神书院的一位长老面无表情地说道。

石昊思忖：难道另一界的生灵最后从九天十地撤走，是因为那黑暗之地吗？好像不对啊。

他有点想不明白，不过既然对方提到了这一点，说明那里肯定不一般。

“呵呵，有一位大人感兴趣而已，他想用这种方法来探索自身的来历。”雪白骷髅笑道。

这样的话一出口，众人都震惊了。另一界的生灵到底是怎样的存在？为何大人物都不知道自己的来历？

“只是一位大人感兴趣而已，别多想。”雪白骷髅解释道。

众人怎么能不多想？这骷髅说了这么多，难道只是因为一个大人物想探寻身世吗？

“唔，既然我过来了，你们也应该知道这意味着什么。”雪白骷髅说道，让现场的气氛一下子紧张到了极点。

事实上，众人刚才看到通道出现，心就有些凉了。

天下要大乱了。

只不过雪白骷髅方才提到黑暗之地，转移了很多人的注意力，反倒使他们减少了恐惧感，暂时忘记了事态的紧迫性与严重性。

现在雪白骷髅又提及了跨界之事，一下子惊醒了所有人。

天大的灾祸要开始了吗？

“可惜啊，时间未到，我还过不去。”雪白骷髅摇头道。

众人闻言，不由得长出了一口气，可同时也生出了一种耻辱感。听闻对方过不来，他们居然如释重负，这实在是缺少斗志的表现。

“你们连乾坤袋都能掌握，用它强行开启了一条通道，为何过不来？”天神书院的一位长老问道。

“我虽然利用乾坤袋开启了一条通路，但是受到了你们这一界天地意志的压迫。如果不是乾坤袋在与之对抗，我都无法与你们交谈。”雪白骷髅答道。

“越强大的人越难跨界。除非有一天，界壁被破坏，他们才可以全面入侵。”天神书院的一位长老小声道。

“给你们一个机会，看一看未来你们能走多远。”雪白骷髅开口道。

“什么意思？”有人厉声问道。

“虽然我等强者无法跨界，但是一些小辈可以过去，与你们的人进行切磋。当然，你们也可以认为是生死搏斗。”雪白骷髅这般说道。

“你！”天神书院的一位长老横眉怒目，无比气愤。他不介意对面的那些年轻高手过来，为了这一界的安危，到时候他会不顾身份，将那些生灵尽数击灭。

“我们这一界的后辈只能在一定范围内对决，不能离开这座黑色的大山，无法远行。”雪白骷髅指了指天空说道。

乾坤袋在对抗天地意志，只有被它发出的光芒笼罩的地方才是安全的。

这意味着，另一界只有一群后辈可以踏足黑色大山，探一探这一界的力量。

听闻情况后，天神书院的弟子们都兴奋不已，一个个摩拳擦掌，无不想迎战外敌。

虽然长老们对此担忧极了，但是不少小辈心中不服。他们从小听闻大人们描述仙古纪元覆灭时的凄惨景象，提及另一界的可怕，如今终于遇上了另一界的生灵，恨不得立刻发起挑战。

这些小辈心中本来就燃烧着熊熊的怒火，加上又是年轻一代的至强高手，因此心气都很高，想与另一界的生灵一较高下。

“想诓我界英才过去送死吗？”天神书院的长老冷冷地道。

“你大可以请出你们手中的混沌至宝，试探一下我说的是否为真。”雪白骷髅这般说道。

就在这时，雪白骷髅身后那条模糊的通道上冲出一群生灵，他们杀气腾腾，如同魔神出世。

天神书院的所有人都凝视前方，想看一看另一界的生灵究竟长什么样子。

冰冷的甲胄，发光的兵器，有些生灵坐着蛮兽而来，有些生灵则徒步而行。

这是一群十分年轻的强大生灵！

天神书院的弟子们都感到有些诧异。对面的那些生灵大多是人形的，与这一界的修士相比，并没有多大的区别。

“你们的长相和我们差不多，为何要攻打我们？”有人提出疑问。

“这是我们的部分英杰，你们有人愿意来切磋一下吗？”雪白骷髅开口道。

石昊暗自叹了一口气。唯有他知道，这就是他曾经去过的那个地方的生灵，他们并非真正的恶魔。

石昊匆匆一瞥，竟看到了熟人！

之前他在边荒那边的世界时，登上不朽山之后，看到了一些顶级奇才。他们自山巅离开，去觐见不朽者。

那些人不知道经历了什么，一直认为石昊这一界的生灵是魔、是入侵者。

对此，石昊还能说什么？

就在此时，天神书院这边的领军人物——黑袍老者取出一张画卷，铺展开来，低语着什么。

“十界图果然在你们这里，将它与乾坤袋放在一起，你们便没什么可担心的了。”雪白骷髅说道。

众人哗然，无不震惊。无量天最强大的法器不是九凰炉吗？怎么又多了一个十界图？

“十界图并非无量天的至宝，它属于九天十地中的另一个古地。”有人说道。

天神书院的几位长老开始商量，漫长的岁月过去，他们也很想知道对面的生灵修炼到什么程度了。

“长老，让我们与他们一战吧，我们不怕他们！”有人大喊道。

“就是啊，相隔这么久时间，这是我们第一次碰到他们，怎么也要大战一场！”一些人叫嚷道。

“刚才我们与十界图沟通了，它告诉我们，对方并没有要阴谋。”有人说道。

“哗啦！”

一声轻响，十界图飞上了天空，快速翻腾，射出成片光芒，让域外的星辰都跟着颤动。而后它体积变大，散发出的气息更加恐怖了。

十界图的神力瞬间剧增，如同汪洋般汹涌而出。十界图不断扩大，吞掉了诸天星光，越发恐怖。

“战场已经被构建出来，不怕死的可以进去与异族较量。”有人大声道。

“轰隆隆！”

惊天动地的一声巨响，事情超出了众人的预料，十界图与乾坤袋并在一起，竟开辟出了一片神秘的小世界。

“谁敢一战？请入场！”对面有人喊道。

“咔嚓！”

清脆的响声传来，雪白骷髅的骨架上出现了裂痕。因为不属于这一界的强者会被这一界排斥，所以它无法在这里久留。

十界图与乾坤袋对峙时，一方小世界已被开辟出来。山林茂密，光芒照耀，很是不凡。

“想去的，尽可以去！”天神书院的一位长老说道。

“呼啦”一声，书院中居然有数十名弟子动身。

“走吧，我等也该去！”王曦对石昊说道。

这个时候，绿陀、邀月公主等人也动了，他们都要进去一战！

第866章 面对

烽火将起，与另一界天纵奇才的对决即将开始！

一群年轻人意气风发，大步前行。有的人有一腔热血，有的人自恃本领高强，还有的人只是心中不忿，想去一战。

这时，石昊与王曦并肩而行，小声道：“这么多人进去得损失多少啊？修为低的就不用去了吧……”

旁边，有人听到这话，心中有些鄙夷：还未开战，这家伙就怯场了吗？

不一会儿，他们就来到了黑色的大山前，即将没入那光幕中。穿过光幕就到达另一界了，生死难料。

有人看向石昊，笑道：“真是难为你了，还跟在王曦身边呢，啧啧。”

石昊没有发火，而是善意地提醒道：“光有热血是不行的，如果进去枉死的话，就太不值了。”

“你该不会想当逃兵吧？”有人诧异地盯着石昊，问道。

“如果有教主级强者在里面，自然要逃，这还用问吗？”石昊答道。

在一些人看来，在这种情况下，要一战到底才对。这个人太没骨气了，就算心中有那种念头，也不应该说出来。

邀月公主“扑哧”一笑，对王曦说道：“妹妹，你这位道友还真是可爱，战斗还没开始呢，就想着逃了。”

王曦当即扫了石昊一眼，目光如同刀子一般，雪亮刺人。

黑色的大山十分雄伟，被光幕笼罩着，前方就是完全不同的世界了。

天空中，十界图和乾坤袋并列在一起，仿佛融为一体。

混沌之气扩散开来。

天神书院的人从山脚下闯入了这个奇异的小千世界内，这虽不是跨界，但也差不多了。

瞬间而已，景象全变了。

这里鸟语花香，草木青翠，紫雾升腾，瑞兽嘶吼，神禽翱翔，呈现出一番祥和的景象。

众人目瞪口呆，这跟他们在外面看到的景象完全不一样，居然是一个生机勃勃的世界。

那两件至宝果然有通天的本事！

它们合在一起后，居然真的造出了一个奇异空间，形成了一方有生命的乾坤之地。

山势起伏，壮阔不已。有些地方雾霭浓重，古木繁茂；有些地方垂挂着瀑布，水声动听；还有些地方兽吼连连，震耳欲聋。

这绝非他们早先看到的黑色大山，而是一片全新的世界。

再回头时，他们已经看不到原来的世界了，只有一片混沌界壁。同样，外面的人也看不到他们，只能看到一片模糊的景象。

“我们不会被困在此地，无法回头了吧？”石昊皱眉道。他尝试着用手指击打界壁，结果被一股巨大的力量反弹了回来。

“你还真想逃啊？”有人取笑道。

“当逃兵可不好。”也有人这样说道。

王曦脸上露出尴尬之色，这家伙太不争气了，与他同行实在有点丢脸。

后路被截断，前路壮阔得无法想象，实际上其他人也都很诧异。这到底是怎么回事？

“我们可能在十界图内，如今已是画中人！”有人大胆做出这样的推断。

“确切地说，我们是在一件混沌至宝所开辟的空间内，这里不会比一个古界小多少！”

他们经过一番讨论，大致明白了现在是怎样的情况。

“也不对。我有幸看到过十界图的仿品，也是一件绝世法器，它开辟出的乾坤与这里有些出入。”玄昆说道。

任何一件无上至宝都有仿品，仿品中有精品，不过再强大也无法与正品相比。

“唔，这不仅是十界图开辟的空间，还是乾坤袋内蕴的世界。两者组合在一起，形成了这片天地。”

一个古传送阵出现，在前方弥漫出丝丝缕缕的紫雾，形成一片迷蒙之地。

“我们怎么才能见到他们，与他们激战？难道这传送阵就是途径吗？”一些人猜测道。

如今这一界被十界图与乾坤袋共同掌控，代表了两界的交融，应该不会有大陷阱。这个传送阵也许就是让他们与那批生灵激战的。

“先过去看一看，十界图不会害我们！”有人提议道。

传送阵开启，他们瞬间从原地消失。

不久后，他们来到了一片广袤之地，这个地方的红色山石很醒目，地势开阔。

四周古木茂密，唯有中间这片区域是戈壁，没有植被覆盖，是很理想的战场。

对面，一群人走了出来。他们一个个目光如电，气韵超然，身上还散发着仙道的气息。

这些人没有一个是弱者，全都是顶级的奇才，而且个个都很年轻。

另一界的人很自负，有先天的心理优势，对这边的人充满不屑。毕竟从古至今他们都是胜利者。

石昊仔细地观察着这些人，有几个人的实力格外惊人。他们体内蕴含的精血看似普通，可是在天眼的注视下，却如同火山一般，随时会喷发，恐怖无比。

绿陀、王曦、邀月公主等人对此也有所察觉，不禁神情凝重，感受到了巨大的压力，对面的人未免太强了。

“你们不是另一界的生灵，而是我们的同类，为何相残？”石昊暗中传音道，不想被别人关注。

对面一群人目光冷厉，通体散发着刺目的光，强大的气息压迫而来。

“你们也配当我们的同类？”有人不屑地说道。

石昊这一边，许多人不知道是谁在传音与对面的人交流。

当他们向那些生灵望去时，心中也有同样的疑问。双方确实是同类，并没有什么太大的区别。

对面一部分是人族高手，此外还有貔貅、孔雀、鸱吻、穷奇等，这些生物在九天十地中都存在。

双方分明是同类，为何要对立呢？

“你我本是同根生，不然何以如此相似。我们的血脉都是一样的！”石昊再次暗中喝道。

他曾去过边荒另一边，知道那里有一个超级古界和九天十地差不多。那里高手云集，不过不是真正的敌人所在的世界。

他猜测，当年那个古界是从九天十地分割出去的，结果被对面的生灵掌控了。

“你们是魔鬼，早已被侵蚀，忘了自己真正是谁，应该被诛灭！”对面有人怒斥道。

听到这样的指责，无论是邀月公主还是绿陀，都不禁愣住了。那些人为何这样说？

他们如同当日的石昊一般，心中充满了不解。

即便是现在，石昊也有些迷茫。他使劲摇了摇头，坚信自己这边才是被入侵的世界。

如果事实不是这样，简直不可想象，那将比世间最可怕的噩梦还要让人难以接受。

就在这个时候，石昊叹了一口气，他不想承认，也不会接受。同理，对面的人又怎会认可他的说法呢？

如果认定石昊的话为真，那些人无疑会如同堕入十八层地狱般痛苦。

“呵呵……”阴冷的笑声传来，带着寒意和冷酷道，“难道有人去过我们那一界？唔，上次一位老祖推断从我们那里逃走了一只小虫子，看来那只小虫子就在你们当中啊！”

石昊听到这些话，顿时一惊。

“跟我一战的话，你也许会明白！”那人再次暗中开口，没有露出真身。

石昊觉得这个人极其危险，同时他还有一种感觉——这个人也许是从敌人所在的世界走出的生灵！

“我要活捉你，然后再将你斩灭！”石昊传音道。

第867章 混战

“呵呵……”那人的笑声恣意而张扬，充满嘲讽，道，“你们一直战败，从未胜过。衰败的古地，低下的种群，你们的骄傲与自信从何而来？”

这已经不是奚落了，而是赤裸裸的羞辱，而且是对九天十地中所有生灵发出的，为他们打上了失败与耻辱的烙印。

别说石昊、玄昆等男子，就连王曦、邀月公主等长生世家的少女闻言，都十分气愤。

这太侮辱人了！

漫长的岁月中，昔日的惨败是九天十地永远的痛。整个纪元覆灭，生灵近乎灭绝，只有长生世家的少部分人逃过这一劫，保住了性命。

对于九天十地的众人而言，这是耻辱的烙印，每想起一次便会痛苦万分。

现在这些敌对的生灵竟然旧事重提，揭开了这道伤疤。

“怎么？我说的不对吗？你们怎么不说话了？”那个生灵再次开口。他依旧身在暗处，并未露面。

“有种出来，我定要跟你大战三百回合，然后让你偿命！”天神书院的一名弟子喝道。他不能容忍这种侮辱。

“修出一道仙气的小修士也配与我争雄？你差远了，不配！”那个人冷冷地说道。

“出来，手底下见真章！”天神书院的这名弟子怒斥道。尽管知道自己多半打不赢，但他不想低头。

“想死还不容易，我成全你。”这句话一出口，所有人都脸色大变。一道无形的剑气瞬间冲出，击穿了那名弟子的躯体。

这简直太快了，很多人都还没有反应过来。

这是从空中发出的剑气，并非源自对面那群生灵。也就是说，其实敌人一直就在近前，只是无人察觉。

这个事实让许多人的心中不由得生出了一股寒意。

天神书院的那名弟子瞬间倒下了。

唯一值得庆幸的是，天神书院的这名弟子没有殒命，还是活了下来。是十冠王出手，阻挡住了部分剑气。

“蠢货，这就是挑衅我的下场！”那个生灵冷冷地道。

这个人极其危险，他有一种隐身秘法，可以杀人于无形之中。

石昊眉头紧锁，愁容满面。这种手段和他在三千道州的杀手王朝遇到的一样，只不过更加高明、可怕。

天神书院这一边的人愤愤不平，虽然心中有些惶恐，但还是手持兵器，大声呵斥。

“是谁？出来一战！”

“见不得人的鬼东西，有种出来一战！”

修出三道仙气的几大高手的神情都很凝重，感觉遇到了劲敌，他们睁开天眼居然都没有发现那个人的踪迹。

“腐朽的废土果然越来越衰败了，实力很弱啊！”暗中，那人说道。

石昊也暗中开口：“总念叨祖先的战绩，算什么？别让我看不起你。难道你只能用逝去的祖先来突出你的勇猛吗？”

那个人笑了，大声道：“我的那位祖上还活着！”

这句话一出口，别说是石昊，就连绿陀、王曦、十冠王也都震惊了。

那该是多么古老的生灵？

不用想他们也知道，对方说的祖先应该参与过仙古一战！

这种级别的生灵，可以说是活着的化石，若现在还在世间的话，那该有多么强大啊！

“我知道你应该就是那只虫子，一会儿我要揪你出来，收为仆人。”暗中的人这话说得平平淡淡，像是一切都在他的掌握之中。

“猎杀开始，看一看到底是谁将谁擒杀！”石昊说道。

双方的其他人都不知道究竟是哪两个人在对话，皆在寻觅，可是辨别不出。

此时，气氛无比紧张，大战一触即发。

“还等什么？就像当年我们的祖先那样，将魔鬼一网打尽！”对面一个身材修长的褐发女子说道。

“不必多说，统统消灭就是！”在她旁边，一个灰发男子也这样说道。他手持一杆法杖，带着笑意一步一步逼近。

“唔，诸位该出手了，检验我等实力的时刻到了。我觉得对付他们应该可以速战速决，不然是一种耻辱。”另一个白袍少年说道。

这些人太有优越感了，没有一个人不以俯视的姿态看着天神书院的人。他们大败九天十地的生灵，从来没有输过，骨子里带着优越感，十分自信。

“杀！”天神书院这边的人自然不会退缩，全都向前冲去。

对面的生灵数量不少，他们披着甲胄，手持天戈、战戟等各种兵器，杀气腾腾。

这是一群非常强大的修士，猛然逼近，散发出的气势如同起伏的汪洋。其中有人族、有石人、也有金属生物，不过都为人形。

瑞光万道，冲霄而上。

“杀！”

那名褐发女子身材修长健美，皮肤呈古铜色，此时她如同一头猎豹般向着绿陀冲去。

“砰！”

一声巨响，两者碰撞迸发出绚烂的火光，秩序神链如同太阳般耀眼。

这种光芒太刺目了，许多人的眼睛感到疼痛不已。

这才是第一击而已，竟然就如此恐怖！

幸好他们是在十界图与乾坤袋构建的奇异世界内，要是换一个地方的话，山地早就崩塌了。

“有点意思，残破的古界有些人还算不错。”那名褐发女子称赞道。她与绿陀不断碰撞，战斗更加激烈。

“这位仙子当真是皎洁若神月，我们能切磋一番吗？”一个身穿赤金甲胄的人向邀月公主问道。

邀月公主的美丽容貌引起了对面的注意，有强者挑明要与她交手，想要生擒她。

风声越来越大。

邀月公主捏拳印，带着圣洁的月光，攻向那身穿赤金甲胄的男子。

双方的其他人也都出手了，冲到一起，展开大决战！

无尽的岁月过去，两界的生灵终于有机会再次对决。这消息若传出去，一定会牵动很多人的心。

喊声震天，天戈断裂，铜鼎崩裂，金属甲胄燃烧……

大战十分激烈，才刚开始就有很多人已经身负重伤，景象惨不忍睹。

石昊一边对决，一边不断观察，想寻出暗中说话的那个生灵。

他究竟在哪里？

就在这时，一个白袍少年看向王曦道：“真是位绝世丽人，想必你是长生世家培养出的传人吧？”

他一边说着，一边向王曦发起攻击。

“三道仙气！”王曦惊呼。她身上有伤，遇上同样拥有三道仙气的强者，心中不免有些忐忑。

“要逃走吗？”石昊问道。

王曦气得直瞪眼，这家伙太没骨气了，居然这样劝她。

“你不是伤得很重吗？如何对战？”石昊问道。

王曦叹了口气，心想：这家伙是在关心我吗？

随后她摇头道：“我选择来到这里，就是为了战斗，试一下他们的实力。”

石昊撇撇嘴，心想：你都伤成这个样子了，还逞什么能啊！

“不用担心。我有一种天功，名为百日十凰涅槃功，它可以暂时让我的状态恢复到巅峰！”王曦继续说道。

“哦，就是那个可以在百日内涅槃十次，而后惨死，连仙王都救不活的自杀功法？”白袍少年露出异色，问道。

石昊听到这里，不禁愕然。

王曦至于这么拼命吗？

“此功可以在百日内涅槃多次，而我只需要一次就可以了。”王曦说完，浑身散发出光芒，璀璨夺目。

终于，王曦恢复到了巅峰状态。虽然这样做对她自己损伤很大，但是事后如果好好调理，应该没事。她现在只想看一看另一界的生灵究竟有多强。

“小子，你最好安分守已一点，不然小心等下我揍你！”石昊威胁道。

白袍少年与王曦大战起来，听到这样的话还是不免愣了一下，居然有人跟他这样说话，让他觉得很意外。

我得努力把那个人找出来，与他一战！

其他人都找到了强大的对手，切磋起来了，石昊怎会无动于衷呢？

那个人究竟在哪里？他隐藏得很深，不曾露面，难道想偷袭？

石昊静下心来，感觉更加敏锐，也许这样就能发现那个人在哪里了。他必须时刻保持警惕。

如果问谁最悠闲，此时众人毫无疑问会看向在战场中游荡的石昊。他看上去十分闲散，东一拳，西一腿，漫不经心。

其实，他的精气神都高度集中，一直在寻找那个人。

“你就是那只虫子，终于被我寻到了！说吧，你是想死还是奉我为主？”有人暗中喝道。

“过来，受死！”石昊大喝一声，击穿虚空，终于感应到了对方的气息。

第868章 虚空兽

这一掌击出，虚空就像琉璃般，“啪”的一声破碎了。灰暗的裂缝向四面八方蔓延，冲出大量的煞气，一个生灵的真身显现出来。

石昊再次出手，五指间光芒四射，这里瞬间就崩塌了！

对方的气息掩盖不住了，只是石昊没想到逼出来的生灵竟如此庞大、狰狞。

这是一头凶兽，犀牛身，猛兽头，头上有十八根犄角。它高达数百丈，如同一座小山，异常威猛。

它有六条腿，每条腿皆粗如巨柱，腿上密布着麒麟片，背后长有一条鳄尾，鲜红透亮。

与此同时，石昊吃惊地发现自己已经不在先前的那片战场了。随着他一拳击出，他跟着这头凶兽进入了茂密的原始山林。

“虚空兽！”

石昊惊呼，这竟然是一头虚空兽，其模样与古籍中记载的非常相似。

一头活着的虚空兽！

这是记载于古籍中的生灵，现实中早已灭绝。石昊没想到今日居然在这里见到了一头真正的虚空兽！

石昊在八域时，见过残缺的虚空兽皮。来到三千道州后，他一直没有见到活物，只见过它的骨头。

据说这种生灵已经差不多绝迹了，就算在古代也异常稀少。

附近的山林中，一些人在激战，看到这一幕，不禁目瞪口呆。

就连另一界的修士见到自己的队伍当中有这样一头异兽，也有些吃惊。

“原来如此！我说这种生物怎么会如此罕见，原来是另一界的物种！”石昊恍然大悟，自语道。

“愚蠢！那些遗落在这片残碎古界的虚空兽，只配称为兽。它们早因为和你们这一界低贱的血脉融合在一起，堕入了下等，怎能和我等王之血脉相比？”这个生灵冷冷地开口，态度无比高傲。

这种话让天神书院的人十分愤怒。这也太看不起人了，真以为唯有它们高高在上吗？

虚空兽是世间最奇异的神兽之一，掌控空间，精通宝术，号称可通仙道。

而九天十地中的虚空兽居然只是血脉不纯的后代，并非来自真正的虚空王族，这的确让人大吃一惊！

这个真正的虚空王者一定无比强大。

对于它的冷言冷语，石昊只有一个想法，那就是斩灭！

现在说什么都没用，只有将它击败，踏在脚下，才是当务之急。

当石昊的手指握在一起时，周围的虚空都扭曲了。他猛力挥动手臂，向前击出。

“咚！”

这一拳威力惊世，地动山摇，在石昊这个境界少有人可及！

“轰隆”一声，四方晃动，他这一拳虽然刚猛无比，但是打空了！

那头凶兽从原地无声无息地消失，如同幽灵一般。

它身高数百丈，体型庞大，可是动作太灵敏了，瞬间就不见了踪影。

石昊的拳头周围散发出阵阵光芒，好像燃烧着烈焰一样，他背后更是腾起巨大的神力，直入云霄。

毫无疑问，石昊这一拳的力量是无比惊人的，遗憾的是并没有打中对方。

“我们这一脉是万物中的王者，超然在上，掌控天地，连上苍都不敢小视，凭你一个低级血脉也想伤我？”虚空兽开口道。它语气淡漠，有一种睥睨天下的感觉，似乎世间万物都不在它的眼中。

“王者？你这种东西最适合当坐骑！”石昊喝道。

他再次出手，身边浮现出一根又一根神羽，足有十万八千根。这些神羽熊熊燃烧着，释放出璀璨的金光。

远处的戈壁中，众人看到山脉中的金光，无不瞠目结舌。

“这是什么人？”

“好强烈的波动，真是可怕！”

众人猜测，那绝对是一个超级高手，实力强大得无法想象。

山林中，石昊浑身烈焰腾腾，被无数的黄金光束包裹着，如同一尊浴火的战神！

“有点意思，不过还是不行，不信你尽管试试看。”虚空兽笑道。

“哧！”

这时，飘浮在空中的黄金羽发出轻响，化成了真正的绝世神剑。

这是鹏羽，是鲲鹏法的演绎，石昊让它瞬间发挥到了极致，洞穿虚空！

石昊知道虚空兽掌握着虚空大法，可以来无影去无踪，于是发动了全面进攻。

十万八千柄神剑试图粉碎虚空！

这一击的威力太大了，产生的波动让远方战场中的众人都浑身颤动、心惊肉跳。

“嗖！”

一阵巨响，十万八千柄神剑穿破虚空，剑气纵横交织，势不可当。

山脉深处不断崩裂，巨湖消失，湖水成为水汽，连天空都开始龟裂。

片刻后，蒙蒙的雾霭出现，混沌之气喷薄而出。

这个地方破碎了！

十万八千柄神剑粉碎了一切，让这里恢复了天地原始的面貌。

这是石昊以三道仙气催动的绝世一击，可斩杀神魔，实力之强让同代人望洋而叹。

远方战场中的修士看不真切，可是近前的人都愣住了。

这个人是谁？

他在天神书院中默默无闻，没想到居然身怀这样厉害的法力。

这个人的实力绝对不比院中那些翘楚的弱，他可是一个修出三道仙气的同辈至尊啊！

“咚！”

混沌雾气中，传出一声无比沉闷的声响。虽然石昊的十万八千柄神剑大部分刺空了，但还是有一些汇聚在一起，击中了虚空兽。

虚空兽头上有十八根犄角，有黑色的、有赤色的、有洁白如玉的，此时犄角皆在发光，撑起光幕，挡住成片的神剑。

“鲲鹏的传人？我厌恶这一脉！”虚空兽冷冷地道。

围观的人都呆若木鸡，这么强大的一击都不能伤到它，实在是太恐怖了。

掌控虚空，便等于先天不败。众人都退到了远处，可还是心有余悸！

显而易见，石昊这一击惊天动地，可还是只有部分的神剑落在了它的犄角上，一下子就被化解了半数以上的力量！

虚空兽目光冷厉，庞大的躯体步步逼近。这一次它要主动出击了，大声道：“鲲鹏传人，我要灭了你！”

众人的心怦怦直跳。这个人掌握了鲲鹏的宝术，难道是鲲鹏的后代?

这个消息绝对是轰动性的，如果传出去，一定会让人目瞪口呆。此人虽拥有如此强大的实力，但在书院中毫不起眼，让人不禁有些疑惑。

“我认识他！他是王曦的追随者！”

“啊，是那个闹出不少风波的人？”

天神书院很大，不是所有人都见过石昊，只有参与过挑战赛的人知晓他。

此时围观的众人都露出异色，心情复杂。

“虚空断魂！”

虚空兽一声断喝，抬起一只大爪子猛力一划，惊人的杀气汹涌而出！

一道刺目的光束如同不朽之光扫过。它在分割天地，截断天宇，这一番景象让人的神魂都忍不住跟着战栗。

“咔嚓！”

一声脆响，虚空裂开了好长的一道口子，不知横贯了多少里！

虚空兽的这一种道法可以化虚空为利刃，斩破一切阻隔物，若参悟到精深处甚至可以断因果、斩阴阳、破岁月！

“轰！”

惊天动地的一声巨响，石昊横空而起，带动着满天的神剑，迎向虚空兽的这一击。

雪亮的光芒照亮了天地，虚空大裂斩的力量太过可怕。

石昊从那大裂缝中跃了下去，与虚空兽展开决战。

这个地方沸腾了。一大一小两道身影快如闪电，激战连连，一会儿消失，一会儿又浮现出来。

第869章 六道对决九转

虚空兽的身影黑压压的，巨大无比。它抬头一声大吼，刹那间从口中喷出成片的光刃，这是空间之刃，能割裂天地。

这种力量无处不在，将石昊笼罩。

“开！”

石昊一声断喝，撑开了唯一洞天，形成一个绝对领域，抵挡虚空兽的攻击。与此同时，他整个人化成一道彗星般的光束，向前砸去。

“轰隆！”

巨大的碰撞声传来。

石昊用拳头砸向虚空兽的头，结果和虚空兽迎上来的犄角撞在了一起。

这时，狂风大作，电闪雷鸣，异象纷呈，山脉抖动不止。

石昊双手结印，演化雷帝宝术，用九天上的雷霆发起反击。

这是一种对付空间神则的妙术，雷电无处不在，杀伤力惊人。

虚空兽不断咆哮，目光阴冷，它头上的十八根犄角全部发光，威力惊人！

“轰！”

一声巨响，虚空炸开，能量风暴化成了汪洋，迎击雷电。

天穹上景象惊人，色彩斑斓，雷鸣声震耳欲聋。

这种景象太奇特了，让人胆战心惊、毛骨悚然。

石昊也不由得目瞪口呆。这虚空兽未免太强了，居然用虚空海迎战雷海，正面对抗，毫不避让！

“轰！”

又是一声巨响，天穹碎裂，一人一兽全都翻了出去。

石昊踉踉跄跄，披头散发，好不狼狈！

这里一下子寂静了。刚才的一系列对决虽然惊人，但是都发生在刹那之间，时间几乎都是停滞的。

修出三道仙气的年轻至尊大战传说中的虚空兽，这绝对是惊天动地的一战。

观战的人都震惊了！

“一群废物在此，太碍眼了！”虚空兽突然开口，而后便从原地消失了。

“啊——”

远处的一座山峰上，传来一个年轻人的惨叫。他的眉心被一道光刃击中，元神破灭，瞬间殒命。

这是一个修出一道仙气的天才，可以在一域称尊，可是在这里只能枉死，丝毫没有反抗之力。

虚空兽太强了，它掌控空间，无处不在，连石昊对上它都很吃力。

“畜生，找死！”石昊怒斥道。他虽快速俯冲了下来，但还是晚了一步，只能眼睁睁看着这个天资超凡的年轻人殒命。

“一群血统低贱的生灵没有资格看我出手。”虚空兽冷冷地道。

远处，就连来自另一界的修士也一阵头皮发麻，这位大人的修为太可怕了。

大部分人认为，虚空兽是为了激怒对手，故意这样做的。

也有部分人认为，虚空兽是因为没有立刻镇压对手，不想让别人看到这一幕，所以才击灭别的天才。

“嗖！”

一声轻响，虚空兽消失了，不远处又传来一阵惨叫声。

又一个青年被虚空大裂斩击中，死于非命！

石昊双目圆睁，怒火中烧。这头凶兽居然这么残暴，当着他的面大开杀戒！

“嗖！”

石昊像闪电一样快速冲向自己这一方，想抢在虚空兽之前出手，将他们救走。

与此同时，那些人自己也在逃，拼命冲向山脉外。

可是，这片天地刹那间就被禁锢了。那些人都不能动了，有些还在飞行，突然就僵住了。

“噗！”

虚空兽又斩灭了四个人！

石昊的动作也受到了限制，他以大法力强行突破，撑开空间，向前冲去。

“果然都是废物！半数都没有修出仙气，也配进这个战场？真是一代不如一代，你们这片残缺的宇宙越来越不行了。”虚空兽摇头评价道。

“虚空兽！”天穹上，一个人大声喊道。他的声音中带着不甘，接着身体便坠落而下。

远方的战场上，人们听到了一个人的吼声，看到他的惨状后，全都心头一震。

这时，众人终于知道来了一个怎样的强者。那片山脉中天神书院的人绝对都要完了，谁能抵挡住虚空兽啊？

他们这一边的几位年轻至尊都遇上了敌手，也不能过去支援。

“大人果然神勇！”山脉中，另一界的生灵大声称赞虚空兽。

石昊怒发冲冠，几乎无法控制自己。这是第一次有人在他面前这么肆无忌惮！

“嗖！”

一声轻响，石昊发出第一击。一根柳条冲出，瞬间将敌方一人的眉心击穿。

“想学我，没那么容易。”虚空兽冷笑道。它想阻止石昊，再次禁锢虚空。

石昊将三道仙气都施展了出来，穿上了雷帝战衣，用上了大罗仙剑。这意味着他真的发怒了。

“哧！”

石昊将十万八千根金色神羽再次施展出来，神羽集中在一起，向四面八方击去。即使虚空兽掌握了空间神则，也不可能挡住全部神羽。

这是一个修出大道之花的年轻至尊的含恨一击，势不可当！

“断！”

虚空兽大喝一声，强势出手。

可然而金色的神羽并未全部断裂，依然向四方攻去！

那几个来自另一界的生灵都惨叫着，睁大了眸子，仿佛不敢置信，最后倒在了血泊中。

“你竟敢杀我的仆从！”虚空兽低吼道。那倒下去的生灵中有几个是专门服侍它的。

“是吗？那我安心一些了。”石昊淡淡地说道。

原本他是不想杀戮无辜的，他总觉得这些生灵与九天十地的生灵同源，可是他看到同伴接连遇害，实在是太愤怒了。

“体内流淌着肮脏血液的虫子都解决了，没有碍眼的东西了，可以慢慢收拾你了。”虚空兽舔了舔嘴唇，目光冷峻，向前逼来。

隆隆声传来，倒塌的山峰都在复原。因为这是十界图与乾坤袋演绎出的小千世界，所以能够自行修复。

“我们换一个战场，免得再有虫子打扰。”虚空兽说完，通体发出耀眼的光芒。这些光笼罩了天地，带着石昊和它一起从这里消失，来到了山脉的尽头。

石昊沉着脸，压不住心中的怒火，杀气腾腾。

“你居然去过我们的世界边缘，身上一定有秘密。现在好了，远离了战场，你身上的所有机缘都属于我了。”虚空兽盯着石昊，贪婪地说道。

这就是它寻找石昊的原因——想独自得到秘密。

石昊自然知道，虚空兽所说的世界边缘是指那座黑色的不朽山。

他目光冰冷，大声道：“难道你就觉得一定可以拿下我？这一代人中，还从来没有一个人敢这么小觑我！”

说到最后，石昊声音嘶哑，怒发冲冠。他必须为死去的那几人报仇！

“六——道——轮——回！”石昊一字一顿地喊出这四个字，整个人的精气神疾速提升。虽然他看起来只有一人高，比山岳般的虚空兽矮了很多，但是气势根本不输于它。

此时，他神力沸腾，将道行提升到了极致，施展出了绝世天功！

六种法印的起手式在这一刻全部完成，融合在一起，“轰”的一声，爆发出了惊天动地的一击！

“竟然是古天功！”虚空兽大吃一惊，发出一声咆哮。它身上的兽皮发光，头上的十八根犄角抖动起来，发出耀眼的光芒。

“九转天功！”虚空兽大喝道。

“轰！”

巨大的声音响起，两者之间爆发出了无与伦比的神力波涛，浩浩荡荡地席卷了这片山地。

虚空兽没想到石昊竟掌握了六道轮回这种盖世天功。在上一个纪元，这种古天功曾经给它们那一界的人造成了极大的伤害，斩灭了不少名动天下的至强者。

如今这一古天功又出现了，让它怎能不慎重？它现在不敢有丝毫的大意。

虚空兽竭尽所能动用了一个古老的功法，阻挡六道轮回，与石昊激烈地比拼！

大碰撞接连出现。

六个黑洞吞噬了虚空，克制了虚空兽的本命神通。

六道轮转，无物不破！

当九转天功出现时，虚空兽终于摆脱了危险，这同样是一种曾经称霸一个纪元的古老功法，神威无敌。

这里仿佛经历了大破灭一般，混沌之气不断翻腾。

“轰隆！”

一声巨响传来，石昊和虚空兽的身影再次出现。

石昊眸子发光，速度迅疾无比，一下子就到了虚空兽近前。

“轰！”

巨大的响声传来，石昊一拳直接砸向虚空兽的头，刚猛无比。

虚空兽发出咆哮，浑身发光。

石昊动用终极力量使出的这一拳太过刚猛，又距离虚空兽这么近，终于将它重创。它头上的鳞甲“轰”的一声破碎了。

同时，虚空刃也斩中了石昊，他身上受损，鲜血从雷帝战衣的破损处淌出。

“咚！”

石昊一脚踏上虚空兽那颗庞大的头，凝聚万钧之力，想要活活踩死它。

虚空兽嘶吼起来。它头上的十八根犄角同时发光，化成十八道光束，将石昊困住，想以虚空之力炼化他。

“孽畜，受死吧！”石昊大吼道，双手结印，再次动用古天功。

第870章 激烈比拼

六道轮回再现!

“纳命来!”石昊大吼道。他的满头黑发瞬间变长，在风中飘舞。他双手结印，六大法身齐现，攻向虚空兽。

虚空兽如果不是拥有掌控天地的法力，必死无疑。

它头上的十八根犄角发挥出了最大的力量，熔炼虚无，演化天地，将一切化为虚幻。

这是虚空兽的本命神通，它将自身与虚空融合在一起，避过了死劫。即便如此，它也被攻击得口吐鲜血。

此时的石昊是无敌的姿态!

虚空兽虽然强大，但还是吃了大亏。它的躯体摇晃着，从空中掉落了下去。

“虚空断魂!”

“九转天功!”

即便满头都是裂痕，差点殒命，但虚空兽还是没有放弃反击，接连使出了两种大法。

虚空兽先施展出一记虚空大裂斩，割裂苍穹，欲将石昊直接斩灭。接着它又祭出了九转天功。这是可以与六道轮回一较高下的古法，在仙古纪元时名动天下，压制得两大对立世界的各路高手都抬不起头来。

九转天功，可让天地进行九转，毁灭一切，粉碎万物。

石昊也不可避免地受到了冲击。虽然他拥有惊人的防御力，又动用了唯一的洞天，但是依旧遭到了重创!

同时，他也动用了其他法门，配合六道轮回一起施展。六个黑洞包裹了天地，吞噬着虚空的神秘力量。

这次大碰撞后，一人一兽都在大口吐血，全都遭受了重创。

虚空兽的防御力实在惊人，不然怎么敢与石昊比拼肉身?

这种古兽诞生在虚空中，是由虚空的神秘力量演化而成的，有种种神奇之处。攻击它，就像攻击一种虚无的存在。

即便真的击中它，也很难伤到它肉身的本源。

除了石昊等少数几人，这个世间很难再寻到能攻破它的防御的年轻至尊。

两者分开的刹那，石昊强行凝聚法力，施展出致命的一击。没想到，虚空兽的肉身瞬间化成虚无，居然躲过了这一击。

可是这对于虚空兽来说，绝对是一种耻辱。虽然它逃过了这一劫，但还是令它有些难以接受。

它早先发话要除掉这只“小虫子”，掌握他身上所有的秘密，现在却被这只“小虫子”伤到了。

虚空兽感觉到自己的头骨上已有十八道裂痕，差一点就伤到元神了。

这是它动用虚空的神秘力量躲避的结果！

幸亏它那十八根犄角代替头部承受了石昊的攻击，不然它的伤势会更为严重。

“六道轮回！”石昊一声断喝，再次施展这种古天功。

虚空兽被逼无奈，再次施展九转天功。

刹那间，他们都发出了最强一击，熊熊烈焰跳动，仿佛要焚毁九重天！

这是一场惨烈的对战！

幸好这里没有其他人，不然的话会被焚成尘埃。

这里的山脉全都消失了，地下岩浆都被引了上来。大河化成了一道白雾，径直向着源头蔓延，之后全部蒸发！附近的几个大湖也变为了雾霭，瞬间蒸发，只留下广袤的盆地。

这是一场惊天动地的大战，山脉尽头的一切都不复存在了。

这一人一兽战到了癫狂，一个披散着满头黑发，浑身是伤；一个鳞甲脱落，头上的犄角都出现了裂痕。

他们大喝着、咆哮着，纠缠在一起，古天功一次又一次地施展出来，仿佛不知疲倦。

他们战到疯狂，眼睛变成了红色的，神志逐渐模糊。

这是生死战，没有人愿意停下来，也根本停不下来。

大道之花，我要是能结成三朵就好了！石昊在这一刻终于明白了将仙气化成大道之花的重要性。

可是，现在说什么都没有用了。幸好他体魄超强，恢复得也快。

石昊修出的第一朵大道之花上，盘坐着的模糊小人儿终于起到了一丝作用。

虚空兽被那个小人儿吓住了，竟有几分忌惮，手脚都放不开了。

它有点憋屈，又有些恐惧，皱着眉头，仿佛想到了什么，可是又不太确定。

“杀！”石昊大喝道。

他与虚空兽不断战斗，无论是六道轮回还是九转天功，都使用了多次，力量碰撞在一起。

这种对决需要消耗很多神力，他们的力量都快枯竭了！

六道轮回威力巨大，可是消耗也十分惊人。石昊一连施展三次六道轮回是没有问题的，但施展四次五次就有些疲累了。

战斗到了这一步，他施展六道轮回的次数绝对超过了“九”这个数字，这已经是他的极限了。

现在即便没有强敌，他自身也快不支了。

虚空兽也遇到了这样的问题。它气喘吁吁，口鼻喷血，连体内的骨骼都在咯吱咯吱作响。

石昊强忍着，为下一击做准备。

虚空兽则是利用自己的天神境的修为在硬抗！

“轰！”

一声巨响传出，再次轰出一击后，双方都萎靡了，再也使不出六道轮回与九转天功了。

“你终于无法施展那古天功了？”虚空兽大口喘着气，问道。

它不待石昊回答，目露凶光，道：“你可听说过，一粒尘可填海，一株草斩尽日月星辰？任何一种宝术修炼至极，都是无敌法，不会比天功弱。现在你施展不出古天功，轮到我出手了。让你见识一下什么是破尽万法的手段！”

它这次受伤太严重了，体内的一些骨骼都断裂了。

“嗷！”

虚空兽一声怒吼，无尽的剑气喷薄而出，如同火山爆发一般，向石昊攻去。这些都是虚空的神秘力量化成的。

“你说的没错，自从学会六道轮回这种天功后，我有些迷失了。不过我也没有忘记，我精通数种宝术，每一种都快修炼到了极致，只差跃出最后一步了！”石昊喝道。

他快速移动，背后生出了一对鲲鹏翅，恐怖的气息散发开来。

他以一对鲲鹏翅拍击出阴阳之力，熔炼虚空神剑，将那些可怕的光束全部击碎了。

与此同时，他向下俯冲，动用鲲鹏极致大法，攻击虚空兽。

“乾坤熔炉——定身！”虚空兽吼道。

它一下子封住虚空，禁锢了石昊。

一座由虚空的神秘力量构建的巨大炉体突然出现，将石昊封在了里面。

“乾坤熔炉——炼化！”接着，虚空兽又是一声大喝。

那熔炉瞬间发光，以虚空的神秘力量为火，焚烧石昊，欲将他化成灰烬。

要知道，乾坤熔炉是取这片天地的本源制成的，熔炼万物。整片虚空都是它的炉体，谁能躲过？

石昊能。

他曾以虚空为炉，以万道为火，锻造己身，修出仙气，经历过类似的磨难。

当年石昊九死一生，差一点就形神俱灭，可终究还是挺了过来。现在他已经拥有了强大的抗性，被封在熔炉中后，回忆起了当年的种种。

石昊大喊一声，三道仙气纠缠在一起，演化为大道之花。

“轰！”

惊天动地的一声巨响，石昊击破了乾坤熔炉，耀眼的光芒刹那间照亮了天穹。

虚空兽目瞪口呆。对手只是一个少年而已，居然这么轻而易举地就破解了它的大神通！

乾坤熔炉直接破裂了，虚空的神秘力量冲了出来，瞬间席卷了天地！

石昊发出一声嘶吼。他满身是伤，身染香气，成片的金色莲花在他的身体周围绽放。

他施展了一个法相天地，身形开始变大。

此时石昊已经和虚空兽一样高了，底气又足了一些，喝道：“破万法！”

他吞食过金菩果，后来经过百般苦修，掌握了一种特殊的能力，那就是无视法力侵袭，可让宝术暂时失效。

“轰！”

虚空兽气血翻涌，施展出的秘法不管用了。

接着，它感觉到一阵剧痛。石昊硕大的拳头如同小山般砸了下来，全都落在它的头上。

“砰！”

一声巨响，虚空兽的鳞片不断脱落。

“孽畜，受死吧！”

石昊大吼道，直接骑在了虚空兽身上。

他一只手抓着它头上的犄角，用力按住，另一只手狠狠地砸了下去！

第871章 岁月为尊

坐在虚空兽身上大打出手的人，古来能有几个？

确切地说，这是一头虚空王兽，是最强的生灵之一。如果成长起来，它将来也许可以成仙！

就是这样一头凶兽，此时被石昊按住了。他不断挥动拳头，伴着宝术之光和恐怖的神力，砸向虚空兽的头部。

此时的虚空兽被砸得大口咯血，身体剧烈地晃动起来。

“嗷——”

虚空兽嘶吼着，充满了愤怒和不甘。它从出生到现在还没有遇到过这样妖邪的生灵。

“卑微的虫子，你给我滚！”

它大吼道，奋力扭动着躯体，尝试施展宝术，可是此时它的宝术都失灵了。它根本调动不起法力，也无法形成神通。

法术免疫！

这个年轻人居然能做到这一步，让它空有一身虚空的神秘力量，任人欺侮。

“啊……”

虚空兽怒吼一声，想摆脱石昊。被人骑在身上这样击打，实在是太有失颜面了！

“凭你也配坐在我的身上，给我滚下去！”虚空兽怒斥道。

它整个躯体都在奋力挣扎，想让神通施展出来，结果却遭受了更为可怕的重击。

“你这畜生就算愿意给我当坐骑，我也不要了！”石昊喝道。

他是真的动怒了。从开战到现在已经过去了很长一段时间，他如今伤痕累累，血迹斑斑。

这时，石昊手臂弯曲，画出一道弧形，拳头击向虚空兽的眼睛。

虚空兽心中大惊，拼命摇头躲避。

石昊这一拳击中了它的眼眶。

“轰！”

巨大的声音响彻天地。接下来的一拳，石昊砸在了虚空兽的嘴巴上。它忍不住张嘴哇哇大叫起来，结果牙齿都被打断了。

这一连串的攻击，石昊不仅动用了肉身之力，还施展了宝术。紧接着他又动用了鲲鹏法，刺目的金光带着十万八千根黄金羽漫天飞舞，铿锵作响。

虚空兽的嘴巴遭受了重创，它忍不住惨叫起来。这种伤害太严重了，让它疼痛难忍。

“轰隆！”

一声巨响，虚空兽背部朝下，向着大地撞去，想顺势将石昊砸进地中，摆脱他的束缚。

虚空兽实在是忍无可忍了。这个人骑在它的身上，对它百般折辱，让它陷入垂死之境。

若是一般人，在鲲鹏法的轰击下，立刻就会形神俱灭。

虚空兽虽然不能动用宝术，但是可以从虚空中汲取到神秘的力量，修复受伤的躯体。

“砰”的一声，它砸在地上，大地都被震得龟裂了。

可是石昊怎会被它砸在地下呢？他早已跃起，并且快速翻身，压在了虚空兽的身上，将它按住了。

刹那间，鲲鹏宝术如同金色太阳般散发出耀眼的光芒，伴着石昊的拳头砸中虚空兽的眉心！

“咔嚓！”

一阵清脆的声音响起。

虚空兽的肉身很强，竟然抵挡住了这次攻击，额骨并未被一拳击穿，只是眉心破裂了而已。

“嗷——”虚空兽大吼着。

它怒目圆睁，摆动硕大的头，拼命抗击。

“咔嚓！”

一声巨响传来。

石昊动用了极限力量攻向虚空兽，它以十八根犄角阻挡，与那宝术撞在一起。刹那间几根犄角被折断，脱离了它的躯体。

这是重创！

要知道，这些犄角是虚空兽力量的源泉，平日不可能被伤到，再加上有虚空的神秘力量的帮助，坚固不朽。

可是现在它的犄角竟然被人折断了！

这让虚空兽第一次感觉到了惊恐。

“我的宝术失效了！你怎么会有这种能力？与我们那一界的某一皇族掌握的能力相差无几。”虚空兽在惶恐中自言自语道。

石昊闻言，大吃一惊。

“是的，你们那一界也曾有一族拥有类似的能力，可是他们应该灭绝了才对。就算有后裔，也成不了气候！”虚空兽吼道。

听到这番话，石昊睁大了双眼，简直不敢相信自己听到的是真的。

他知道，这个世界上有几个种群有这种能力，不过没想到只是后裔，更没想到在另一界居然有一个种群因为有这种能力而成了一大皇族。

“我不能死！我怎能被一个血液肮脏而弱小的人击毙，我要活下去！”虚空兽变得近乎疯狂，大声道。

它被石昊砸伤了头后，有些神志不清，求生的欲望让它变得更加癫狂了。

虚空兽剧烈地挣扎着，石昊则奋力压制，动用至强宝术，向它攻去。

“轰！”

一声巨响，虚空兽的额骨终于被击穿了。耀眼的神光冲了进去，眼看着就要将它斩灭。

然而就在这时，它的眉心内冲出一道古老的道符，瞬间将石昊震飞了出去。

这道符包裹着虚空兽快速移动，它的肉身在快速复原。

这是一种夺天地造化的神符，居然可以让血肉复原，肌体再生！

石昊愤愤不平，眼中全是愤怒。眼看虚空兽就要被击杀了，居然又被救了。

显而易见，肯定有超级人物在虚空兽体内留下了道符，以保它性命，避免它在这一界殒命。

石昊追击过去，不想放过它。

可是这道符拥有虚空之力，可在天地中任意穿行，速度快到肉眼难以看清。

要是一般人早就被甩没影了，石昊手持大罗仙剑，劈开虚空，一路追了过去。

“啪！”

一声脆响，道符破碎，瞬间化成了飞灰。

与此同时，虚空兽完全复原了，实力又重新回到了巅峰之境。

石昊二话没说，迅速取出一枚水晶，一口就把里面封印的凤凰真血吞了下去。这是他特意带在身上的，就是为了在遇上危险时迅速恢复元气。

血液翻涌，宝光四射，精气滚滚，石昊如同凤凰涅槃般，也在刹那间恢复了过来。

虚空兽目光冰冷地看着石昊，它已经恢复了镇定，再次变得冷漠了。

“你这只虫子，让我遭受这般磨难，今日我一定要让你不得好死！”虚空兽恶狠狠地说道。

“手下败将还敢张狂？”石昊讽刺道。

“我不过是一时大意，被你偷袭了才会失利。那种法力免疫的能力不能时时拥有，现在你已经施展不出了，而我也有了防备，你能奈我何？”虚空兽冷冷地道，向前走去，杀气腾腾。

接下来又是一场大战！

六道轮回与九转天功被他们发挥到了极致。一时间，日月无光，天地失色。

两人激烈地对战，全都遭受了不可想象的重创。

虚空兽吼道：“你这种低贱的生灵，体内流淌的尽是不干净的血液。你的祖先都败了，更不要说是你，受死吧！”

它动用了最强手段，本命神通显化。八根粗大的锁链刹那间冲天而起，径直攻向石昊。

石昊不停躲避，可就是无法摆脱这些锁链。

“哗啦啦！”

一阵响声传来，八根粗大的锁链从八个不同的方向袭来。

它们盘着龙，妖异无比，最后将石昊禁锢在空中。

“哈哈……”虚空兽大笑，张开血盆大口，大声道，“我们这一族掌握虚空，没有人能挣脱虚空枷锁的束缚！八根锁链加身，这是天地对你进行的审判，你该如何反击？”

“轰！”

惊天动地的一声巨响。它怕出现意外，不敢耽搁时间，张口就喷吐出空间之刃，欲将石昊除掉。

“孽畜，你以为这样就能杀得了我吗？我要以鲲鹏的阴阳逆变取你性命！”石昊怒吼道，浑身发出刺目的光芒。

说完，他迅速换了一种大法，道：“阴阳逆变还不成熟，换一种。这次我用自己的本命神通，照样可以压制你，让你心服口服！”

“蠢货，你还有时间说话吗？”虚空兽冷冷地道。

然而，它马上就惊讶得说不出话了。石昊的四周有时光碎片飞舞，光阴之力翻涌，瞬间变得与众不同了。

石昊自身的至尊骨产生的第二种法——轮回，此时正在演绎时间之力！

“以时间神则破我的空间神则！”虚空兽大叫道，眼中出现慌乱。

它们这一族最怕的就是时间之力。

空间宝术堪称无敌，可一旦遇到时间之力的侵蚀，就可能要大败。

“啊——”

虚空兽大叫着，感觉自己在不断变老，越来越虚弱了。

岁月的力量让它一下子苍老了一万年，它浑身颤抖着，连站都站不起来了。

“轰隆！”

一声巨响，虚空兽倒了下去，砸塌了大地。

“咔嚓！”

与此同时，石昊从八根粗大的锁链的束缚中挣脱了出来。他化成一尊金色的战神，一脚向虚空兽踩去。

“保命的道符用完了，你还有什么？”石昊厉声道。

“噗！”

他一脚落下。

“啊——”被时光剥夺了无尽生命力的虚空兽大叫着，声音无比惨厉。

“孽畜，偿命吧！”石昊喝道。

第872章 斩了

这一次没有意外，虚空兽受了重伤，失去了最强的战斗力。

它仍处于衰老的状态之中，虚弱不堪。它仿佛已经进入了垂暮之年，鳞甲松动，犄角暗淡无光。

这个时候别说是石昊，就算换一个只有一道仙气的人来，也能轻而易举地将它除掉。

不过虚空兽不是凡兽，即便在这种状态下也坚持反击。高高在上的它不甘心失败，不想灭亡。

“哦，是谁说我的血液肮脏，你的血统高贵的？怎么现在还被我踏在了脚下？”石昊嘲笑道。

“你这卑贱的虫子，一时的胜利算得了什么？待我界的大军过来，就算有一万个你也打不赢，全都是粪土！”虚空兽虽然被人踏在脚下，但是依旧高傲无比，大吼道。

“砰！”

一声巨响，看它在被压制的情况下还这么张狂，石昊一脚落下，踩在它的嘴巴上。

堂堂虚空兽哪里遭过这样的罪，都身负重伤了，还被人踩在脚下。它预感自己多半难逃一劫，目光中带着仇恨和恐惧，盯着石昊。

“说吧，你们那个世界到底是怎么回事。将你知道的都告诉我，我就留你一命，让你当我的坐骑。”石昊说道。

他很想知道，另一界是怎样的一片古界，有着怎样的生灵。为何他们那么强大，压得这一界透不过气来。

他更想知道，那边的修行体系和这边是否相同，究竟有多厉害。

“你休想从我这里得到什么。你这种人也配收我为坐骑，痴心妄想！”虚空兽怒斥道。

石昊二话没说，再次抬脚，“轰”的一声踩了下去。这下虚空兽的嘴巴直接消失了大半，它只能用神念传音了。

接着，石昊一剑刺中它的额骨，道："收你为坐骑，我也不放心。我相信，你们那一界还有虚空兽，我以后另收一头也无妨。现在你想活命的话，就按我要求的做。"

虚空兽怒火中烧，可是又有些恐惧，不知道如何是好。

这时，时光的力量已经消失了，它从衰老的状态中逐渐恢复过来。可是它已经失去了半边身子，还如何反抗？

"我不会告诉你……"虚空兽说道，想要让自己的意志更为坚定。

"哧！"

一声轻响，石昊突然出手，一剑刺进虚空兽的元神中，阻挡它从衰老的状态恢复到巅峰。

然后石昊猛力一击，快速禁锢虚空兽的神识。他想强行观察它的元神，探索一切。

"你……不会得逞！"虚空兽大吼道，急眼了。元神印记是一个生灵的根本所在，如果被人窥视，就没有什么秘密可言了。

它的元神熊熊燃烧起来，即将毁灭。

石昊冷然一笑，强行镇压。可渐渐地，他感觉到了一股寒意。

他一剑挥出，将虚空兽的头斩落，快速退了出去。

他发现在虚空兽的元神中，有一股毁灭性的气息，一片神秘的符文亮起，要将它毁灭。

虚空兽大叫："不！"

这是符文禁制，是为了避免一族的至强宝术外泄。一旦有人探寻它们的元神，符文禁制就会自行启动。

虚空兽心有不甘，疯狂地大叫着，燃烧着精血，企图阻挡这一切。

最后，那符文居然熄灭了，并没有真正爆发。

"你的命可真大，现在可以谈一谈了吗？"石昊问道。既然它惶恐了，就意味着它怕死，说不定能从它那里获得不少有用的消息。

"休想！"

虚空兽依旧很果断，再次拒绝了。

"那没什么可说的了，我准备吃肉了！"石昊说着，取出一口注满了神泉的大鼎。

虚空兽有点慌乱了，破口大骂，不断诅咒，它从未遇到过这样的敌人。

它可是虚空兽，世间顶级的生灵，拥有强大的血脉传承，何曾沦落为食物？这是开天辟地以来头一次。

它宁愿立刻去死，灰飞烟灭，也不愿意现在被人煮了！

“你敢！”虚空兽怒吼道。

“我有何不敢？”石昊慢条斯理地挥动大罗仙剑，就要出手。

虚空兽眼前一黑，差点气死过去。

这太羞辱人了！

“轰！”

虚空兽忍无可忍，头上冲起一股特别的光团，随后光团没入了躯体中。

此时它的四肢百骸都在发光，而后熊熊燃烧起来。

虚空兽释放出来的力量太过恐怖，撕裂了天穹，烧毁了虚空！

石昊并未多想，以为虚空兽要自行毁灭了，倒退了几步，以免伤到自己。可是随着时间的推移，他察觉到了不对劲。

虚空兽庞大的躯体被焚成了灰烬，所有的精气神都化成了一股光，没入头部之中，接着引起了雷劫。

“轰隆隆！”虚空轰鸣。

涅槃？

石昊惊讶不已。这头凶兽太妖邪了，都到这一步了，还要逆天不成？

它的头汲取十方虚空的神秘力量，得到了滋养，头内竟然出现了一头小虚空兽。

“轰！”

一声巨响，虚空的神秘力量释放出来，强大到令人无法想象。

即便相隔很远，其他人也都感受到了。

一个庞大的虚空兽影浮现在苍穹上，俯视着大地，十分威严。

“天啊，那是虚空王兽！它在涅槃！”

远处传来惊呼声。喊叫的不是天神书院的人，而是另一界的人。

这些人来自另一界，对虚空兽了解更多。他们听闻虚空兽涅槃时，古祖的虚影会帮助子孙凝聚虚空之力。

此外还有各种异象。

如今那里瑞光成千上万道，真的是涅槃的景象。

“坏了，虚空兽一旦涅槃，会更加强大！”天神书院的人意识到了什么，担忧地说道。

山脉尽头，石昊看着这一幕，也很意外。

苍穹上那个古祖虚空兽影太庞大了，只是一道模糊的影子而已，就让人透不过气来了。

“你还真是痴心妄想！”石昊冷笑道，疾速冲了过去，挥动大罗仙剑刺向虚空兽。

“嗯？”他吃了一惊，这一剑居然被虚空之力阻挡住了。

突然，石昊头上的一朵大道之花中，那道盘坐的模糊身影睁开了眼睛，盯着前方。

正在涅槃的虚空兽瞬间战栗了起来，接着周围的虚空崩塌了。虚空的神秘力量和古祖虚影都消失了。

“这东西是……”它盯着石昊那朵大道之花上盘坐的身影，露出惊恐之色。

涅槃失败！

石昊十分果决，一剑刺了过去，避免出现意外。

“噗！”

虚空兽吐出一口鲜血，彻底形神俱灭。

此时的战场上，群雄对决，场面壮观。

“你去哪里了？可看到虚空兽涅槃？”王曦正在与敌人交手，看到石昊后，赶忙询问。

“看到了，它被我给斩了。”石昊答道。

第873章 不作死就不会死

他这话一出口，整个战场都安静了下来。

这人将虚空兽斩了？众人都觉得难以置信。

虚空兽可是顶级生灵，修出了三道仙气，少有敌手。退一步说，即便它打不赢，也可以逃走。它们最大的本领就是融入虚无间。

一时间，天神书院的诸多修士都不约而同地向石昊望去，包括绿陀、邀月公主等人。

“哧”的一声，有人笑了。

这里的宁静很快被打破。

众人循着声音望去，发现笑的是另一界的生灵。他也是一位超凡人物，与玄昆打得难解难分。

“你也配杀死虚空兽？哈哈！”他大笑道。

话音刚落，另一界的人都轻蔑地笑了。

“你知道虚空王族何等超凡吗？它刚才是在涅槃，与整个虚空融为了一体，防御力达到最强。同境界无人可破，必须超出一两个大境界才行。”

“你不过是一个圣祭境的修士，也敢大言不惭？哦，你好像修出了仙气，不过这样也远远不够。真是笑话！”

另一界的人个个都带着嘲讽的笑容，根本不相信石昊说的话。

“唔，虚空大人肯定将自己藏入虚空了，涅槃后是需要休养的。当它再次出现时，将会更加强大。”

“真要再出现，它就不是天神了，而是正式跨入了更高的境界，完全可以睥睨天下！”

天神书院的人闻言，无不目瞪口呆。

虚空兽涅槃后，实力会这么惊人？那岂不是说，它现在其实是在暗中潜伏着，等待再次出现释放更加恐怖的力量？

所有人都心一沉，直冒冷汗。

“唔，虚空王族最大的机缘就是顿悟后涅槃，没想到这位大人竟在此地意外地参悟了。”另一界有人说道。

另一界的生灵们都带着戏谑的笑，看着石昊，觉得他吹牛吹过头了，丢人丢到家了。

石昊暗暗惊讶，虚空兽涅槃后真的那么难对付吗？可是他觉得很轻松啊，并未受到虚空的神秘力量的阻挡。

很快，他想到了大道之花上盘坐的小人儿。

这事难道与它有关吗？

石昊心中有很多疑问。那个小人儿应该不属于当世，如同活在过去一般，真的有如此大的威力吗？

“唔，牛皮吹破，彻底傻眼了吧！”另一界的生灵中有人大声道。

石昊看了他们一眼，道：“我说了，虚空兽被我斩了！不信的话，你们可以呼唤它，让它出来一战。”

有人鄙夷道：“谁不知道大人一旦陷入涅槃，就要蛰伏一段时间，全身心地进化，现在怎么可能会出现！”

石昊不知道说什么好了，自己斩了一头虚空兽，居然无人相信。不过这样也好，他原本也没有打算招摇，只是随口一说而已，爱信不信。

有一点可以肯定的是，虽然现在无人相信他，但是等到不久后他们发现虚空兽彻底消失，再也不出现时，就会明白他所说的是真是假。

到了那个时候，自然会出现一场天大的风波！

“你这人真有趣，到了现在还乱开玩笑。”邀月公主说道，脸上露出一丝揶揄之色。

天神书院这边的很多人都在看着石昊，有人低语、有人取笑、还有人愤怒，大多对这件事很不满。

王曦脸色微红，觉得自己身边这个家伙太不靠谱了，连这种事都敢吹牛，实在是有些丢人。

“你能不能……安分一些，少说两句！”她对石昊说道。

“为什么要我少说两句？不就是一头虚空兽吗？你们当成宝，可对我来说它分文不值。”石昊满不在乎地说道。

真真假假，随那些人去猜吧，信不信都无所谓。

天神书院的人不在意，那就罢了，正好避免被风族注意。风族的人若是知道这件事，肯定会追寻真相，还会牵扯出风行天的事，找他算账。

此时，那个白袍少年也在嘲笑石昊满嘴胡说八道。

“孩子，你病得不轻，一个人在傻笑啥？”石昊瞪他一眼，大声道。

白袍少年闻言，脸上的笑容顿时就僵住了。这家伙怎么说话呢，竟然叫他孩子，什么乱七八糟的！

“你想死不要命了吗？”白袍少年吼道。

“不服，过来，一拳将你打倒！”石昊勾了勾手，挑衅道。

白袍少年神色复杂，觉得石昊这人十分奇怪。这家伙满口疯言疯语，就不怕被他打倒吗？

要知道，他现在可是与一位拥有三道仙气的仙子势均力敌，有几人可做到这一步？

他与王曦大战到现在，这么久都还没有分出胜负，可见他实力强劲，不容小觑。

“你是在自寻死路！”白袍少年冷冷地道。

他看到石昊的两道仙气浮现了出来，就如同王曦一般，不过并没有探知出来石昊还有第三道仙气。

石昊斜视白袍少年，嘲笑道：“你连一个女子都打不过，还这么嚣张，就别在我面前逞能了。小曦曦，赶紧把他给我打趴下！”

众人闻言，又是一愣。

王曦的脸瞬间就变得通红，十分尴尬。这个家伙实在是不靠谱，在这种境地还敢胡言乱语，真是越来越不像话了。

石昊年少轻狂，完全不把白袍少年放在眼中。

白袍少年的身体一阵摇动，眼中流露出一股强烈的杀意。这个混蛋居然这么调侃他，活腻了吗？

天神书院的很多人都面露异色，想笑又笑不出。另一界的生灵有点压不住心中的怒火了，白袍少年的神勇有目共睹，如今竟有人敢这般挑衅他。

人们都看不出石昊的底细，误以为他只拥有一两道仙气，不解的同时也感到很诧异：他这是在找死吗？

“不作死就不会死！”有人看着石昊摇了摇头，说道。

就连天神书院的人也深表认同。这家伙太张狂了，口无遮拦，注定要付出惨重的代价。

“你在作死吗？”石昊望向那个说话的人，问道。

那人顿时暴跳如雷，径直向石昊冲了过去。他是一个拥有两道仙气的生灵，三头六臂，人身鳄尾。

他的三颗头中，一颗是人头，一颗是狮子头，还有一颗是大鹏头，神异超凡，极其强大。

他来自另一界的强大种群，传闻该族有一位古祖至今还活着，法力通天，地位极高，子孙后代都是王族。

“蠢货，过来受死！”那人吼道，扑了过来。他凌空而起，一只脚横扫过来，意欲踢向石昊。

与此同时，那人的六只手都在结印，符文密布，金光闪闪。

可是，石昊太快了，在原地留下一道残影后，就显化在半空。他如同虚空兽一般掌控天地，无处不在。

“砰！”

一声巨响，石昊以迅雷不及掩耳之势伸出右臂，一把抓住对方的脚踝，死死攥住不撒手。

只论肉身强度的话，有几人比得上石昊？两者不是一个级别的！

这个生灵的六条手臂齐动，如同千手古僧般，快速结成法印，想要除掉石昊。

这个时候的石昊是狂野的，也是暴烈的，展现出惊人的力量。他通体迸放出万丈金光，一把抓住那个生灵的脚踝，猛力晃动起来，就像拎着一个稻草人一样轻松，随后将其砸向地面。

此时，别说是这个生灵，就连一些围观的人都觉得无比疼痛。

一瞬间，烟尘滚滚，地面崩裂，如同大地震一般恐怖。

石昊之所以能做到这一切，是因为速度和力量超凡。他以不可思议的速度抓住对手，而后又以无与伦比的神力将其拎起来。

而在此过程中，石昊自然也在催动宝术，震裂对手的骨骼。

落在地面上的生灵当即就瘫软了。他的六只手还在结印呢，结果瞬间就被扔在了地上，面部更是与石块来了个亲密接触。

刹那间，这个生灵的肌体就变形了。

“啊——”

剧痛难忍，这个生灵不得不发出惨叫。

这是由十界图和乾坤袋共同开辟出的小世界，地面无比坚硬，摔在上面比一般的地面要痛。

“嗖！”石昊释放出一道剑气，直接攻向那个生灵的头，十分果决。

“还有不服的吗？想找死的尽管过来，不作死就不会死。”石昊懒洋洋地说道。

刚刚发生了这样激烈的对决，石昊的话这般轻飘飘的，让人觉得十分怪异，一时间众人都有些失神。

“比虚空兽弱太多了，不听话都一个下场，直接斩了。”石昊从容不迫，看向众人道，“还有想被斩的吗？”

第874章 体术

场中，众人都在盯着石昊。

这个家伙难道真是一个超级高手？

可是，人们还是不相信他能击灭虚空兽。这不符合常理，更不现实。

虚空兽与天地融合，即便大败后也能逃走，不可能被斩灭！

“体修！”就在此时，有人开口道出石昊的倚仗所在。

有人睁开天眼，仔细地看着石昊，只能看到两道仙气，并没有发现第三道仙气。

同时这些人也注意到，石昊的肌体有一层特别的光泽，那是血肉达到超凡入圣境界的体现！

“天神境以下体修的最高成就者！”有人倒吸一口凉气，一眼就看出了石昊此时的状态。

石昊的肌肤寸寸晶莹，如同玉石般，比现场最美的几位仙子的肌肤还要洁白无瑕。他的血肉已经修到了他这个级别所能达到的极限，甚至超越了极境。古僧所谓的金刚不坏之身也不会比他更强。

这就是古法中的体术！

有人修法，也有人炼体，可是后者无比艰难，很难走到尽头，更难成就无上大道。

宝术有很多种，都是修法的体现。从古至今的大人物多借此成道，迈向人生巅峰。

炼体者却少有大成就者，这条路太坎坷，鲜有人能够走到终点。

一步一步向上攀登，每一步都要付出惨痛的代价，修炼体术需要以神药熬炼筋骨、用长生药修炼血脉、以不朽真灵的血液洗髓……

这些东西常人怎能得到？

光是修炼体术就已经很难了，再加上需要的这些东西，这条路几乎被堵死了。

况且，就算勉强凑齐这些无上宝物，且天资超绝，也是失败者远远多于成功者的，九成奇才最后都要退出。

故此，即便有长生世家凑齐了材料，也少有弟子会踏上这条路。

“的确是体修啊！”有人惊叹道。

所有人都在打量石昊，生怕错过一点细节。这个时候他正处于戒备状态，绷紧了身体，肉身之强大体现得淋漓尽致。

石昊周围，天地精气自行涌动，在滋养其身躯。这是肉身成仙，迈向不朽的必然之路。

人们无不叹服，这体修一旦有所成，就会相当恐怖！

邀月公主盯着石昊看了又看，笑道：“难怪王曦妹妹将你视作珍宝，看似秀气的一个少年，其实很强壮，是个好男人。”

她明显是在调戏王曦和石昊，让他们难堪。

王曦闻言，瞪了她一眼，道：“你想要这块珍宝，我借你。”

说到这里，她觉得自己好像口误了，脸色微红，大声道：“送你，我才不要！”

“嘻嘻，你不要吗？”邀月公主调侃道。

众人听到两人的对话，都一阵无言。

“此人的体术到了如此境界，难怪可以这么强大。他刚才直接去对手近前，斩灭了那个三头六臂的生灵，了不得啊！”

“跟这种人交手，不可让他靠近，不然的话，身体瞬间就会四分五裂！”

异域的生灵议论纷纷。

石昊嘴唇微张，想要说什么，而后心想：算了，随他们去误会吧。

他怎么就成体修了？

不过，细想的话，这么说也没错。他的肉身的确符合体修的特征，他将肉身修炼到了极境，鲜有对手。

“体修怎么了？你们不服，尽管过来！”石昊撇撇嘴，还是开口了，一副得意扬扬的样子。

所有人都看着他，怎么看怎么觉得不对劲。

“都说二八俏佳人最美，这主儿一看就是无知青年欢乐多！”有人这样低语道。

许多人闻言都点点头，深表认同。这家伙似乎有点欢乐过头了，真是初生牛犊不怕虎啊！

他在挑衅谁？

此番来的可都是异域的修士，是一群强大的生灵，其中不乏拥有三道仙气的高手。

“白袍孩子，你瞪什么眼？过来，让我踹你屁股！”石昊再次将目标对准与王曦激战的那个白袍少年，大声道。

白袍少年听到这番话，不禁有些郁闷，他怎么就被这个家伙盯上了？不就是笑了几声吗？

“那孩子，你给我过来！”石昊继续喊道。

白袍少年虽然一直看不起石昊，但是早先还能克制住，这时候一再被点名，终于忍不住了。

“蠢货，我早就看你不顺眼了，你自己要寻死，老天都救不了你！”白袍少年说着，径直向石昊冲去。

“真要过来让我踹屁股？一脚踢死！”石昊吼道。

一群人目瞪口呆，不知道石昊是真傻，还是实力强大。

一些人眉头紧锁，暗自评估体术至强者的战力，得出结论：他的实力也许会很惊人，不过应该不如修出三道仙气的修士。

“我要灭了你！”白袍少年喝道。他靠近石昊一定距离后，开始结印，准备出手。

“你畏惧了吗？以三道仙气欺凌两道仙气，算不得什么英雄！你敢和他一样，以两道仙气对决吗？”王曦大声对白袍少年说道。

她说这番话，是在帮助石昊。

“就是啊，你们这些异域生灵不是号称最强吗？那就让我们看一看你们有多厉害。”天神书院的人也附和道。

另一界的一些人冷冷地道：“自缚手脚才是最大的不公，凭什么他只能动用两道仙气？”

白袍少年摆了摆手，道：“我就算只以两道仙气对敌，一样可以压制他。所谓的体术不过是一种修炼方式而已，难不成还会比修法强？”

他摇摇头，继续冷笑道：“今日，我就以无上大法镇压所谓的炼体者，让你们看一看我辈风采。”

很明显，这个少年是一个了不得的人物，在异域中来头甚大。他的年龄与石昊相仿，最多比石昊大几个月。

如今白袍少年已修出三道仙气，很是自负，傲视群雄。现在他站出来，要以两道仙气迎战石昊。

“莫家姐弟号称绝代双骄，在他们那一域所向无敌，号称有史以来天资最高者，绝不是说说而已。”异域有人在小声议论，对这个白袍少年评价极高。

白袍少年名为莫道，在边荒后方的大地上赫赫有名。他还有一个姐姐，名为莫仙，也修出了三道仙气。

那片大地上总共有几个这样的人？他们一族就占了两个。不过这次莫道的姐姐没有来。

“自古以来炼体者能走到这一步的人很少，我也不想真的灭了你。留你这样一个皮糙肉厚的人在身边当随从，应该不算辱没我的身份。”莫道说道。他站在一块青石上，体外有两道仙气环绕，俯视着石昊。

石昊闻言，大笑道：“我也觉得，有你这样一个眉清目秀的小厮跟在身边，很有面子，毕竟你修出了三道仙气啊。要不我们赌一场，失败者自愿当对方的仆从，如何？”

众人听到这一番话都大吃一惊，不知道说什么好。

第875章 白袍

小厮？

莫道的鼻子都差点气歪了，这个混账还真敢说啊！自己在一域称尊，现在居然被人这样奚落，顿时怒火中烧。

石昊看起来比他还要小，且只修出两道仙气，即便是炼体者，也无法与他相提并论。

石昊也看莫道不顺眼。这小子居然想收他为追随者，凭什么？

这个时候，战场中很多人都停了下来。因为这两个奇怪的人在打赌，即将爆发特别的一战，所以他们都暂时收了手，不再打斗。

“我说，小厮，口说无凭啊！到时候我赢了你的话，你万一死不认账怎么办？或者你一激动，直接一头撞死，我找谁说去？岂不是竹篮打水一场空？”石昊故意大声道。

莫道目光冰冷，怒火中烧。这人这样挤对他，他怎能容忍？

“你乱说什么？莫道怎么可能会输！他是顶级的天才之一，你不过是皮糙肉厚而已！”一个小姑娘瞪着眼睛，气愤地喊道。

看得出来，莫道是一个名人，许多修士都信服他。一些年轻的女修士更是对他颇有好感，不忍石昊胡言乱语调侃他。

“莫道，争取在十招内解决他，不要让他张狂！”有人喊道。

石昊看着他们，摇了摇头，懒得反驳了。

莫道沉着脸，看向石昊道：“你放心，我莫道再怎么说也是名震一域的人物。你不要脸，我还要脸呢，我愿赌服输。”

“喂，小白，说话能不能别这么不客气？”石昊大声道。

谁是小白？莫道气得直瞪眼，火一冒就上来了。

“你细皮嫩肉，身穿白衣，不是想扮小白脸是什么？”石昊笑道。

“战！”莫道虽然长相俊美，但是这个时候非常霸气，只说了一个字，便出手了。

此时他剑眉倒竖，目光冷厉，如同战神复苏一般，气势完全不同了。

“喂，说好了，只动用两道仙气！”王曦提醒道。

绿陀、玄昆等人都在等他出手，想窥探那一界的生灵究竟有何不同之处。尽管他们刚才也都遇到了对手，但是了解得越多对他们越有利。

“嘿嘿，真是好道友，这么偏袒他啊。”邀月公主笑道。

“你还是我们天神书院的学生吗？自己人难道不向着自己人？”王曦反驳道。

邀月公主一时语塞，张了张嘴，没有反驳。

莫道展现出惊人的威势，虽然他只动用了两道仙气，但那种姿态让人不得不佩服。

莫道看起来很清秀，可发起威来，竟如同战神附体！

“轰！”

一声巨响，莫道的掌指间飞出一道流光，仔细看会发现那是成百上千只朱雀。朱雀群火红一片，如同烈焰在燃烧一般。

地面当即就熔化了，虚空都被烧得塌陷了。

要知道，这里是十界图和乾坤袋开辟出的小世界，坚固度远胜外界，可还是受到了这样的冲击，可见莫道的攻击力有多强。

“一器破万法！”石昊喝道。

众人以为他会祭出一件兵器，可他只是这样喊着，然后弹指射出一道又一道光束，攻向那些朱雀。

“你的兵器呢？”

“什么一器破万法，兵器都没有！”

异域的生灵起哄，都在揶揄石昊。

“尔等懂什么？手中无器，心中有器！我的兵器已经祭出了，灭人心念于无形间，你们没看到他在皱眉吗？中招了！”石昊得意地说道。

中招？

莫道很想反驳，可他有些纳闷：这个家伙不是走肉身成仙的路线吗？怎么出手不太像啊！

炼体者有非常连贯而强势的招式，迅疾如雷电。他们一旦与人发生冲突，会如同惊鸿般发起冲击，逼到对手近前。

这家伙怎么看都像野路子，不像真正的炼体者。不过此人的确将肉身修炼到了超越极境的地步，这一点倒是不容置疑。

莫道这般思忖着……

密密麻麻的朱雀都被石昊以单纯的神力击退了，天空恢复了平静。

他们的较量才刚刚开始而已。

莫道被神光笼罩，万千法则环绕着他，如同真仙一般。他一抬手，一道五色神光就释放出来。

“轰！”

惊天动地的一声巨响，这种宝术以火为源，而后演化出五行神力，异常恐怖。

虽然莫道只动用了两道仙气，但是绝对可以击倒同样拥有两道仙气的其他修士。他这个宝术将五行之力运用得出神入化。

金、木、水、火、土五种力量在虚空中演化，居然开辟出一个小天地，要将石昊包裹进去。

众人都倒吸一口凉气。什么才是大神通？只有这样百尺竿头更进一步，将奥义发挥到极致，并得出自己独特感悟的才算是大神通。

这时，五行元素迅速排列，形成了一个牢笼，将石昊禁锢了。

“好，我就知道莫师兄法力无边，对付这个可恶的人易如反掌，这还没到十招呢！”一名少女开心地说道。

“砰！”

巨大的声音响起，石昊手中结印，开始突围。这是一种奇怪的法印，融合了鲲鹏法和雷帝术，可以助他增强肉身神通。

他不费吹灰之力就击穿了五行之力，从中挣脱了出来。

这是什么古怪的法印？所有人都辨别不出来。

与此同时，石昊横空而去，向着莫道扑过去，展开了凌厉的攻击。

“袖里乾坤！”莫道大喊道。只见他白色袍袖一展，罡风呼啸，似乎要将石昊收进袖子里去。

石昊并不躲避，而是直接迎了上去。

“小心，不要让他靠近！他是炼体者！”有人大声提醒莫道。

莫道自然不会犯这种低级错误。虽然他在控制衣袖将石昊收进去，但那只是他化出的一片空间，并非他的真身。

“呼”的一声，石昊没入了莫道的衣袖中，紧接着那里鼓了起来。“轰”的一声，莫道的大袖裂开了。

石昊手捏法印，体外缭绕着仙气，不断发起攻击。

莫道的速度如光一般迅疾无比，他躲开了攻击，脸上露出惊讶之色。

“轰！”

一声巨响，石昊又发出一击，将虚空都撕裂了。

众人瞠目结舌，简直不敢相信自己的眼睛。这就是炼体者吗？都不使用特别的法术，只抬手一击，就撕开了虚空。

这种人太危险了，一旦与他对决，胜负立刻就会见分晓。

“白袍孩子，你的实力不咋样呀！这就是你们那一界的手段吗？和我们这里的宝术没什么区别啊！”石昊嘲讽道。

异域的修士闻言，都目露凶光，像被触犯了什么禁忌。

莫道冷冷地道：“自然不一样。我施展的都是从你们这一界夺走的宝术，是以前的战利品。”

这一次轮到天神书院的人生气了。前人大败，很多典籍被夺走，落入另一界的生灵手中，这是耻辱。

“你准备好做小厮了吗？”石昊厉声问道。听到莫道刚才那些话，他只想尽快结束战斗，将其收在身边使唤。

无论是与虚空兽战斗，还是和莫道交手，石昊都是为了更多地了解那一界。可现在他没心情了，只想用最激烈的手段与对方分个高下。

第876章 擒下

此时，石昊如同一块陨石般冲撞了过去。仙气弥漫，圣光普照，他手捏法印，向莫道攻去。

石昊的气势攀升到了极点，最起码给人的感觉是达到了两道仙气所能展现的巅峰战力。

石昊太快了，眨眼间就到了莫道近前。

法印落下！

莫道神情凝重，施展古法，抬手便结出九大法印。他双手的变化也太快了，九种神通一起出现，散发出刺目的光芒，如同开天辟地一般。

人们惊呼："这可是古天功啊！"

莫道驾驭九种宝术，将它们合而为一，达到最强的境界！

"轰隆！"

巨大的响声传来，这两人之间爆发出极为恐怖的气息，让所有人都胆战心惊。

突然，一股奇异的力量出现。紧接着，莫道脸色发白，迅速退开。

石昊快速追击，接连出手。

幸亏莫道一开始就忌惮石昊是炼体者，与他一直保持着很长的距离，不然刚才就危险了。

就在刚刚，莫道感觉自己祭出的宝术刹那间就变弱了，几乎就要失效！

这种情况，他以前经历过一次！

莫道曾有幸踏上不朽山，进入真正的神秘古界，在那里得到过无上人物的指点。

有一次，他遇到了一个古老皇族中的成员，发现这一族居然可以做到法力免疫！

当时，心高气傲的他一出手就吃了个大亏，差点被人生擒活捉。

虽然那次只是切磋，但是对莫道的冲击还是很大，给他留下了极其深刻的印象，毕生难忘。后来他苦思冥想，认为对付这种人必须第一时间拉开距离，不可莽撞，不然在自身法力无效的情况下靠近对方，就等于自投罗网。

莫道还查阅了一些古籍，收获巨大。后来他再次挑战那一名皇族成员，便懂得了如何对抗这种宝术。

刚才石昊初步展现自己的能力，莫道就发现了苗头，于是疾速躲开。

也正是因为如此，他才避过了一劫。

刚才有一种奇异的直觉告诉莫道，对方很危险，让他不要正面对战。

石昊觉得有些遗憾，刚才正想一击大胜呢，没想到对方那么警惕，一下子就避开了。

“唔，你怎么这么胆小，总是在逃？你不是要镇压我吗？这样可不行啊！”石昊故意这样说道。

莫道冷冷地盯着石昊，想要将他看个通透。

“你不是纯粹的人族，是那……皇族留下的后裔？”莫道猜测道。

这句话一出口，众人都大吃一惊。

“莫名其妙，什么皇族？我就是帝族的始祖，还需要当皇族的后裔？鬼扯！”石昊反驳道。

无论是天神书院的人还是另一界的生灵，都十分不解，莫道怎么突然提起皇族？

“哧！”

石昊再次出手，破开虚空，向莫道攻去。

莫道手结法印，不断躲避。他不能和石昊进行肉身的碰撞，只能动用至强法力在远处不断发起攻击。

强大的神力让虚空不断颤动。

不过，有一点可以肯定的是，石昊和莫道一直都遵守着约定，没有动用第三道仙气。

莫道相信自己不会败，石昊自信满满，强势出击，要领教对方真正的实力。

两人都施展出浑身解数，想要击败对方。

“砰！”

一声巨响，虽然两人的肉身没有真正接触，但是他们幻化出的拳头不时撞在一起。这是宝术的演化，如同真身在碰撞一般。

一转眼，上百招过去了！

众人没想到这两人居然势均力敌。

另一界的修士们都异常吃惊，目瞪口呆。

莫道是何许人也？这样一个在一域称霸的天才，竟然与一个炼体者打得难分难解。

不久前还有一些少女相信莫道会在十招内解决掉石昊，可现在百招过去了，两人还没有分出输赢。

尽管莫道只动用了两道仙气，但他毕竟有无敌的天资，更有不败的信念。可是，他居然只能和石昊打成平手。

所有人都在屏气凝神地观战。

“不好！”

“不能靠近他，那是一个炼体者啊！”

异域的一些年轻人惊呼，担忧莫道的安危。

此时两人不断靠近，相隔不再那么远了。

这种情况对莫道很不利。

场上修出三道仙气的人都没有吭声，一个个目光炯炯，盯着战场。

“锵！”

巨大的声音响起，两人在宝术大碰撞中，第一次以肉身相击。

“天啊，肉身碰撞！”有人惊呼。

“这是怎么了？莫师兄在冒险！”一名少女惊叫道。

“别叫了！修出三道仙气的人，即便不是炼体者，肉身也不会差到哪里去，短时间内不会被对方击败的。”一名修出三道仙气的女子冷冷地说道。

这名女子早先和绿陀大战过一场，浑身气势如同一头雌豹一般。她的判断是正确的。

石昊即使肉身再强大，也不可能瞬间击倒修出三道仙气的人。

他无论是与宁川对决，还是和虚空兽大战，都有过肉身的碰撞。虽然他的体魄很强，但也不可能仅凭这一点击杀对手。

“咦，那是什么法印？”一群人惊呼。

莫道的动作非常古怪，数种法印结合在一起，居然影响到了乾坤间的大势。

恍惚间，这股力量像是干扰了天地的运转！

石昊也不禁感到震惊。这是什么古法？

石昊想动用自己体内的那种能力，借助法力免疫对付莫道。此时他肉身中的这种神秘的力量却有点躁动不安，如同蛰伏的真龙般想要腾空而起。

这是从未有过之事！

莫道也大吃一惊。他确信对方和不朽山后方那一界的古老皇族一样，掌握着那种可怕的能力。

莫道参悟的这种法印，是他从古代仙道典籍残片中学到的一些招式，据闻可以抑制法力免疫。

为了得到这种古法，他曾钻研诸多典籍，还虚心向另一个皇族的名宿请教。

只不过，对付法力免疫，并没有完全的破解之法，这种古法只能算是一种干扰的手段。

传言，在仙古纪元时，曾有人创出无缺法印，可以抑制此道，可惜早已失传了！

此外，还有一种办法可以破解法力免疫。那就是走体修之路，不动用宝术，直接以肉身去对抗。

此时，天崩地裂，鬼哭狼嚎。

莫道动用几种残缺法印后，这片天地好像被干扰了一样，停止了正常的运转，出现种种异象。

石昊体内也是如此，一片混乱，他不能再次有效地施展法力免疫。

莫道利用这个机会，展开疯狂的攻击。他动用自己最强大的力量，施展某一种古天功，融合九大宝术，欲斩灭石昊。

“这样还不行！”石昊喝道。

虽然法力免疫的效果被干扰了，但是石昊的神通还在。他的体魄依旧无双，可以承受住对方的攻击并进行反击。

石昊有心动用六道轮回古天功，可最后还是忍住了。

短暂的坚持后，干扰被他击散，法力免疫能力再现！

“轰！”

一声巨响，法力免疫全面爆发后，石昊无所畏惧地向前冲去。

莫道轻轻一叹，麻烦大了！

在法术失效的情况下，他在这么近的距离内与石昊相遇，肉身搏斗是在所难免的。

没有比这更糟糕的事情了。

对方是一个炼体者，而他不是！

“轰！”

两人的拳头碰撞在一起，火星四溅，响声震耳欲聋，神力滚滚。

许多人觉得不可思议。莫道的肉身竟然这么强，能与炼体者相抗衡？

“拥有三道仙气的人岂会是寻常之辈？就算不是主修体术，也有世间所罕见的肉身！”有人大声道。

不过这种平衡不可能长久保持。片刻后，莫道的虎口裂开了，双臂也在痉挛。

他遇到了最大的危机！

石昊除了以肉身压制莫道外，还动用了强大的宝术。

“轰！”

一声巨响，莫道大口吐血，被击飞了。

石昊接连结出法印，近距离缠住莫道，不断出手，令他身受重创。

最后，“砰”的一声，石昊禁锢了莫道。

在法力免疫的情况下，莫道被擒住了。

“我的仆从，可服气？”石昊笑道。

所有人都目瞪口呆。莫道居然被捉住了，现在已经沦为阶下囚。难道他真的会愿赌服输，甘愿做那个年轻人的小厮？

异域的几名少女平日里对莫道很崇拜，眼下见他被擒住，无不为他担忧，眼泪都要落下来了。

第877章 愿赌服输

被擒下了！

莫道愣住了，定在那里一动不动，整个人如同泥塑木雕一般。

他是谁？一代年轻至尊，从出生以来就没碰到过对手！眼下他竟然就这么败了！

他纵横世间多年，从未战败过，现在怎能甘心，怎能屈服？

莫道仰天长啸，想要挣脱出来。可是对方的手法极其古怪，他居然不能破解封印冲出去。

这让他更加绝望！

“我不服！”莫道吼道。

这个时候，天神书院的人也都瞠目结舌。那个不起眼的家伙居然真的赢了莫道？

异域的生灵更是觉得难以置信。堂堂莫道，一代人杰，傲视边荒，居然就这样被人擒下了！

如果是老辈人物出手将莫道擒下也就罢了，可那个人比莫道还要年轻。

对于这个结果，所有人都觉得不可思议。

“莫师兄！”一些人大叫道。

“我才不信莫师兄会败呢，一定是那个家伙使诈，动用了什么魔器。大家快救下莫道师兄！”一些少女不服，大声喊道。

“哗啦”一声，这个地方顿时乱了。战场中央的两人被围住了。

“输不起吗？”王曦开口了。

同一时间，天神书院的部分人醒悟过来，一起向前冲去。

虽然早先有些人对石昊有敌意，但是大部分人和他无冤无仇，为了顾全大局，不少人都来为他出头。

一时间，神力汹涌，一场可怕的混战随时可能爆发。

“放开莫师兄！”一群人叫嚷着，可是不敢立刻冲上去，怕石昊将莫道杀了。

“是真英雄的话，就公平一战，不要要什么阴谋诡计。你刚才动用了什么秘宝偷袭莫师兄？”几名少女大声道。

石昊大笑着，并不回答，一只手放在莫道的肩头。只要他一用力，那只手就会施展出至强神通，让莫道即刻没命。

异域的生灵有些紧张，不敢轻举妄动。

“别冲动！”

“你敢乱来的话，我等立刻就发动攻击！”

“出手吧！真当我界英杰怕死吗？你们敢动手的话，我也会取你们的性命！”

“你什么意思？想挑拨这一界的人除掉我族的绝世天才莫道吗？”

众人吵吵嚷嚷，争论不休。

“这位道兄，还请放开莫道，有话好说！”一位稍微年长的生灵说道。

“就是啊。你如果是光明正大地赢了莫师兄，现在即便放开他，也不用担心他逃走！”有人使出激将法，这般说道。

石昊冷然一笑，根本没有理会他们。

此时，另一界的不少人小心翼翼地向前逼近，想寻找机会发动攻击。

“你们不得妄动，不然别怪我等不客气！”天神书院的人喝道。许多人祭出宝具，守护在这一方，跟他们对峙。

“刚才的情况有目共睹，分明是你界的修士不敌，如今还被说成了受害者，你们不觉得脸红吗？”有人讥笑那几名少女。

此时王曦、绿陀、玄昆等人都赶到了。不管他们是喜欢还是讨厌石昊，这个时候都应该站出来。

毕竟，这是一次大胜。石昊擒住了对面一个极为强大的年轻至尊，这是值得万人称赞的辉煌战绩。

莫道这种人物将来一旦成长起来，注定会是世界上最强大的主宰者之一，成为真正不朽的生灵。可是他非要以同等级的战力与人对决，结果作茧自缚，落得这样一个下场。

这样一个大敌就要被除掉了，不管公平与否，天神书院都不会放过这个机会。

提前灭掉一个日后会成长起来的不朽生灵，这是莫大的功绩！

刚才他们看得很清楚，石昊不可能暗算莫道。的确是莫道自甘缚住己身，最终落败。

“莫道师兄怎么会败？你们走开！”那几名崇拜莫道的少女依旧无法接受这个结果。

双方都气势汹汹，随时会大打出手，气氛越来越紧张了。

“真是可笑，输了就是输了。我如果不敌，肯定会承认，难道你们连失败都接受不了吗？”石昊开口道。

此话一出口，异域的修士们怒火中烧。

“住手！”莫道突然大喊一声。他双拳紧握，横眉怒目。

虽然莫道很想反击，可是事实摆在眼前，他被擒住了，一身傲世的修为都被封住了。

莫道叹息一声，道：“我败了。”

这三个字很轻，却让现场一下子安静了下来。

“呜呜——”那几名少女伤心地哭了，眼泪从洁白的脸颊上滑落。

异域的年轻男子都沉默了，脸色很不好看。

莫道英姿勃发，天赋绝世，是许多人心中的领军人物之一。在许多人看来，他日后注定称霸一方，傲视各界！

近几年来，莫道成为许多人眼中的天之骄子，是不少年轻男女心中的真英杰。

这样一个人杰，今日在他们面前亲口承认自己技不如人，这就如同丰碑倒塌一般，让他们失望不已。

“真是不甘心呀！莫师兄为什么会败？那个人怎么赢得了莫道师兄？”许多人叫嚷着，很是不甘。

莫道平静下来，敛去了眼中的怒焰。他虽心有不甘，但不得不承认，如果再来一次，依旧只动用两道仙气的话，多半还会是这样一个结局。

他如果动用三道仙气，便无惧任何人，敢斗虚空兽，敢挑战皇族中的强大成员，也敢与不朽者的后代对决，可眼下他只能叹息一声。

天神书院这一边，许多人欢呼着，露出兴奋的笑容。他们看向石昊的眼神都变得不同了。

这家伙立了一个大功，这是不可想象的。可惜他只修出了两道仙气，如果他修出三道仙气的话，恐怕连绿陀都不敢说能赢他。

“赌约算数吗？”石昊问道。

这句话一出口，全场寂静无声。所有人都看向了场中那两人。

收为小厮，成为仆从？对于一个修出三道仙气的绝代人杰来说，怎么可能会接受这样的要求？

“做人要讲诚信！”石昊大声道。

此时，异域的生灵几乎都目露凶光，恨不得立刻灭了石昊。他这样做是想逼死莫道吗？

莫道心生苦涩，难道真要这样自绝于此吗？他是一代年轻至尊，怎能甘心做他人的仆从？

“我给你一个机会，日后让你挑战。如果你赢了，还你自由；如果你还是输了，那么对不起，就老实地追随我吧。”石昊这样说道，稍微给了他一点希望。

“莫师兄，赶紧答应，不要犯傻啊！”有人担心莫道承受不住，立刻出言劝道。

莫道的脸色一阵青一阵白，变化不定。

“我还从未失信于人过，哪怕是我最痛恨的人。就算你是我的仇敌，这次我败了，也愿赌服输！”他艰难地说出这样的话。

石昊微笑着看向王曦、绿陀、邀月公主等人，又看向异域的那些生灵，对莫道说道：“以后如果有修出三道仙气的人挑衅我，你就帮我出手。”

“莫道师兄，我们陪你受苦！”有人大声道。

众人愕然。

石昊愣了一下，而后大喜道：“还拖家带口啊，欢迎！”

第878章 战

石昊一句“拖家带口”，让冲过来的人更加愤怒，尤其是那四名少女。她们对石昊怒目而视，恨不得立刻与他决战。

可是连莫道都败给石昊了，更不要说她们了。

“你们不能过去！”异域的其他生灵喊道。

他们已经失去了莫道，怎能让这几个人跟着一块成为俘虏，那可都是精英和奇才啊！

但凡能跨界而来的生灵都是他们那一界的青年代表，任何一个发生意外都是莫大的损失。

他们也不允许莫道认输。他是他们那一界的天才，怎么能沦为其他人的仆从？

对他们而言，莫道被斩灭都比追随那个人成为仆从好，不然的话，莫道将来可能会成为他们的仇敌。

“你们过来。莫道，你不能答应他成为仆从！”一名修出三道仙气的女子说道。她身材修长，并不妩媚，有一股英气。

“我败了，愿意承担后果。不过你们没有必要陪我受苦，快回去吧。”这是莫道做出的决断。

“不行，我们不走！”他们叫道。少女们更是感性，不肯离开。

石昊见状，一脸羡慕地说道：“啥时候我身边也能有一群这样的人啊！我要求不高，修出一两道仙气的就行了，当然修出三道仙气的更欢迎。”

许多人闻言，有点想揍他，可是想了想，还是不敢动手。

石昊将一只手放在莫道的肩头，从容地推开众人，带着他回到了王曦、玄昆等人那里。

那四名少女终究还是跟了过来，站在石昊面前，很不甘心。

“你要真有本事，可敢与莫师兄再战一场？”

“就是啊，这一次你们都放手一搏，不要自缚己身。不管拥有三道仙气还是两道仙气，你们都进行巅峰一战。这次莫师兄保准打得你落花流水！”

这些话一出口，众人皆神色复杂。

异域生灵的脸色好看了一些，他们想到石昊虽然是一个异类，但是终究只修出了两道仙气，不是顶级高手。

他们一致认为，如果不是莫道限制了自己的能力，绝不会有这种事情发生。

想到这些，他们的心情好了不少。石昊并非绝世大敌，还是可以被压制的！

石昊开口道："唔，你们提醒我了。有这么强大的一个追随者，我也不放心啊。你修出了三道仙气，而我才修出两道，如果将你放在身边，那不是给你机会偷袭我吗？得想个办法了。"

众人都露出异色。这家伙还真打算收这样一个仆从？

远处的曹雨生和小兔子有些怀疑，越盯着石昊看，越觉得他的动作和神态熟悉。虽然石昊的模样变了，但是他的气质与之前一样。

"天啊，该不会真是他吧？"曹雨生嘀咕道。

"他不是被扔进太初古矿，就此殒命了吗？怎么还能活着出来？"小兔子也不太确定，自语道。

他们跟石昊太熟了，从他的行为举止中找到了许多蛛丝马迹。

"如果是他，他还真能装啊。他自己已经修出了三道仙气，还怕对方多一道吗？"两人议论道。

他们都觉得这个人如果是石昊，那就真的太可耻了，这是典型的扮猪吃老虎啊！

"这个人不能留，得除掉！"绿陀果断地对石昊说道。

其他人也都露出赞同的神色。

如果把莫道留下的话，可能会养虎为患。一般人哪能降服得了他啊，就连同样拥有三道仙气的人也做不到。

四名少女尖叫着，脸色瞬间变得惨白。

"你们不能伤害莫师兄，要言而有信。他很诚实，既然选择跟随你，就不会害你！"

"不许出手！"

……

石昊心中是有底气的。他也是拥有三道仙气的人，自然不惧怕莫道，也不想除掉他。

"还是除掉吧！"此时，就连邀月公主也开口了，觉得不应留下这个祸患。

石昊不同意，大声道："这可是一个修出三道仙气的人，他已经成了我的追随者。除掉他，谁赔我一个？太可惜了！”

众人默然，心想：你虽然是炼体者，但终究只是一个修出两道仙气的修士，居然还想驾驭这样一个年轻至尊，未免也太不自量力了。

在他们看来，莫道之所以败北，是因为没有动用第三道仙气，不然谁人能敌？

“还是灭了他吧！”邀月公主建议道。

“灭了也行，你赔我一个拥有三道仙气的年轻强者！”石昊盯着她，这般说道。

这家伙太放肆了，邀月公主恼羞成怒，说道：“你……等着看吧！”

“为了安全考虑，还是除掉吧！”玄昆也赞同这个观点。

“为我所用的话，不是比除掉更好吗？”石昊还是坚决反对，看向王曦、绿陀等人，问道，“我听闻长生世家是有一些手段的，比如血咒、道誓等，可以束缚一个人乖乖做仆从，保证他不会反叛。你们有吗？”

“这……”这几个人都摇摇头。

那些手段都很诡异，他们都不怎么了解，更别说掌握了。再说，即便对方中了血咒，也不保险。

“不必麻烦了，我说到做到。我这里有一座蕴魂塔，你收好！”莫道突然开口道。

说着，他眉心溢血，裂开一道缝隙，一座白玉小塔从眉心飞出来，落入石昊的手中。

石昊大吃一惊，被禁锢的莫道居然可以催动法器？

“我此时没有战力，因为此塔十分特殊，所以能随我的元神印记飞出。”莫道解释道。

那四名少女大声尖叫着，大喊道：“不要！”

异域的其他生灵则张大了嘴巴，露出异色，一些人更是大吼起来。

“不行！你怎么能将自己的元神印记交给他人？你还真要成为他的仆从不成！”有人大声斥责道。

至此，天神书院的弟子才知道那是什么东西。

蕴魂塔，不仅可以养魂、壮大元神，而且可以承载一个人的部分元神印记，控制一个人。

这东西是仙古纪元留下的魔器，世间罕见。

王曦、绿陀、邀月公主等人都听说过这种秘宝，此时无不露出复杂的神色。

莫道就这样被收服了，跟随一个只拥有两道仙气的修士做仆从？

“出手！”

远处，一声令下，异域的生灵全都冲了过来。他们一起上阵，绝不能眼睁睁地看着己方的惊世天才成为敌人的仆从。如果莫道将来反过来对付他们，将非常可怕。

石昊让王曦帮忙检查蕴魂塔，确定没有问题后，彻底放下心来。他解开了莫道的禁制，道：“你去给我杀敌！”

“我可以出手护你周全，不过不会杀害我界的人，我只能被动防御！”莫道大声道。

听到这样的话，对面的人迟疑了一下，最终还是攻了过来。

一场可怕的大混战爆发了！

早先两界的生灵就在此决战，现在战斗更激烈了。莫道被俘，无疑是导火索。

“出手，灭了他们！”绿陀喝道。

可怕的大战开始了，兵对兵，将对将，拥有三道仙气的人都冲到了一起。

莫道的战败让对方的实力下降了。

对方有修出三道仙气的人攻向石昊，要除掉他。这让绿陀、邀月公主等人轻松了很多。

“莫道，挡住他们！”石昊吩咐道。

宝术冲击，法器飞舞，这个地方顿时变得混乱不堪。土石焦黑，尸体横陈，远处诸多山脉化成了飞灰。

这是一场旷世大战，哪怕过去很多年，幸存下来的人也难以忘记。

“你拿命来！”一声断喝。

很多人攻向石昊。一个拥有三道仙气的强者降临，被莫道抵挡住，两者展开了激烈搏斗。

“轰！”

惊天动地的一声巨响。虚空崩塌，一个奇异的生灵降临，力量如汪洋一般汹涌。

“唉！”石昊发出一声叹息，道，“看来我不得不展现出终极实力了，还是要在此斩灭一个拥有三道仙气的至尊生灵！”

第879章 三头王

这个生灵十分可怕，身体四周围绕着三道粗大的仙气，结成了大道之花。

石昊不得不打起精神来，神情凝重，甚至不惜暴露自己真正的实力。

“唔，我喜欢肉身强大的虫子，吃起来有嚼劲儿。”那个生灵的声音如同金钟般轰鸣，震得人耳膜剧痛。

这是一只大蜘蛛，足有数十丈高。它拥有五彩斑斓的庞大躯体，上面有着神秘的纹路。

“你这只虫子想吃我？”石昊盯着它道。在他看来，对方才是虫子。

“就是身躯小了一点，不够我吃。”大蜘蛛说道。

它拥有三颗头，中间的一颗是金色的蜘蛛头，左侧的一颗是黑色的狮子头，右侧的一颗则是正常的人头，看起来无比怪异。

在这三颗头上方，对应着三朵大道之花！

石昊心头一震，这个生灵很不一般。一颗头对应一朵花，这似乎预示着什么。

“三头王！”有人惊呼。

“天啊，传说中的三头王出现了，还修成了三道仙气，无敌了啊！”有人大声道。

天神书院的许多人纷纷变色，他们了解的东西比较多。

王曦和邀月公主的神色都不大好看。她们来自长生世家，看过上一纪元覆灭前的古籍，对此了解更多。

这种生灵绝对是噩梦般的存在。

可怕、恐怖、强势、残忍，这些都是对三头王的确切形容。它们一旦出世，必然会掀起血雨腥风。

“还好，它还没成为教主呢，还有战胜它的可能。不然的话，多半是一场大灾难啊！”王曦叹道。

这种生灵不管是否修出仙气，都会在天神境后期出现一次巨大的变化，届时实力会异常强大。

如果它已经修出了三道仙气，再实现这样的一跃，谁不害怕？

以这种资质化作教主级的生灵后，它将掌握通天动地之能！

石昊可以确定，它不是边荒后面那片古域的生灵，而是与虚空兽一样，来自那片神秘的古界，是人类真正的敌人。

他必须将此兽斩灭！

“唔，你还想除掉我，未免也太不自量力了。拥有两道仙气的家伙也敢这么不知轻重，可笑！”三头王轻蔑地说道。

绿陀、邀月公主等人都知道这个三头王不好对付，也深知它是仙古纪元中记载的可怕生灵之一。

“你这只八腿妖魔，自己是蜘蛛，还称呼别人为虫子！”石昊冷笑道，翻了个白眼。

三头王大声道：“蠢物，我等为至高的种群，俯视着尔等。尔等这些体内流淌着肮脏血液的生灵曾经都匍匐在地上，膜拜我等不知道多少年。在我等祖先的眼中，尔等只是卑微的虫子。”

它身高数十丈，巨大的身躯上有可怕的魔纹，三颗头一同俯视着下方。

“废话少说，拿命来吧！”石昊喝道。

“砰！”

话音刚落，眼前的虚空就炸开了。一条粗大的蜘蛛腿伸了过来，如同锋利的战矛般恐怖至极。

“当！”

石昊在快速移动的过程中，挥动拳头，与那巨型蜘蛛腿碰撞在一起，发出刺耳的声音。

蜘蛛腿简直比天神法器还要厉害，无比坚硬，扩散出层层叠叠的神光涟漪。

“有点意思。”三头王神色冷漠，带着一股傲慢，道，“可惜终究还是差了点儿意思。如果你拥有三道仙气，那样吃起来就更加鲜美了。”

石昊心中大喜：这个三头王如此傲慢，认为他只拥有两道仙气，一副睥睨天下的样子，这一点或许可以利用起来。

他不急着发挥出全部的实力，故意用挑衅的目光盯着这只大蜘蛛，准备关键时刻发出雷霆一击，让它明白不是只有它才修出了三道仙气。

此时，三头王之所以没有立刻下杀手，是因为它在关注整个战局，随时准备对己方的人施以援手。

它发现其他拥有三道仙气的敌手都在暗中针对它，随时会对它发起攻击。

它一直都在小心防备，想以一己之力，让天神书院的王曦、玄昆等人不敢大意。

“呵呵……本座就在这里，你们尽可放心一搏，我来照应你们。”三头王对着自己这边的人开口，语气嚣张，仿佛一切都在它的掌控之中。

紧接着，它目光冷厉地盯着莫道，眼中满是杀意和怒火。

莫道是它的主要目标，它绝不允许有人背叛那一界。

三头王之所以想除掉石昊，也是因为莫道。它不能让莫道为九天十地的生灵所用，此时它虽然是在与石昊对话，但其实是在给莫道施加压力，想让他回心转意。

“轰！”

一声巨响，一根蛛丝飞出，欲把石昊缠住。

石昊一个闪身，躲开了，随后抬手催动出一道耀眼的雷电。雷电化成火焰般的光芒，想将蛛丝焚烧。

“嗖！”

蛛丝刹那间改变方向，射向莫道。

三头王出手了，准备亲自扑杀莫道。这才是它真正的目标，莫道是值得它全力出手的人物。

石昊见状，准备从后方给予三头王一击。

莫道原本在和异域的一个年轻至尊激战，这时候三头王杀入，形势变得危急起来。

“小子，莫要打扰大人！你给我乖乖过来吧！”一个冷漠的声音响起。

石昊的周围突然出现了几个黑衣人。他们实力都很强，浑身散发出阵阵黑色的死亡之气。

“轰！”

石昊击出一拳，响声震耳欲聋。这一击看似平淡，其实是他的全力一击，精气与法力都藏于拳头之中。

“啊——”

一阵惨厉的叫声响起，让很多生灵大吃一惊。

这败亡的速度未免太快了，才一拳击出，这人便倒地了。

“纳命来！”

石昊一声大喝，向三头王的后背攻去。

一张大网无声无息地浮现，笼罩了天空，护住了三头王。

这个生灵很谨慎，即便认为一个只拥有两道仙气的修士无法对它造成致命的威胁，也准备了一张蛛网作为防御。

“锵锵锵！”

与此同时，三头王的身体迸发出无数道光束，一一刺向莫道。这些光束如同天剑一般，惊天动地。

两个拥有三道仙气的生灵一起攻向莫道，这是一场大危机！

“哧！”

一朵大道之花飞来，撞向三头王。花瓣晶莹剔透，万缕丝绦垂落，神圣无比，大道神音震耳欲聋。

王曦不愿莫道被斩灭，因此出手相助。在她看来，这是石昊收的仆从，已经归属他们这一界。

玄昆稍稍有些犹豫，也出手了。他祭出一道惊人的光束，劈向三头王的头。

最激烈的大混战爆发，整个战场都沸腾了！

各路高手纷纷出手，互相攻击，不再局限于一个敌手。

“三头蜘蛛，拿命来！”石昊避开那张蛛网，来到了三头王的头部后面，举拳就要攻击。

没有人敢称呼它为三头蜘蛛，一般都是尊称它为三头王。石昊叫它三头蜘蛛，直接惹恼了它。

它回头大喝一声：“岁月更迭！”

“咦，时间的力量？”石昊惊讶地自语道。

这只大蜘蛛竟然还有这种天赋，可以掌控时间。这样的话，它真的很有可能成为最可怕的无上至尊！

时光碎片飞舞，如同花雨一般弥漫在虚空中，灿烂而晶莹。

“这是从你们这一界收获的无上宝术之一，用来对付你们这些卑微的虫子，想来是足够了。”三头王说道，神色冷峻。

“去死！”石昊大喝一声，杀气铺天盖地地袭向三头王。

第880章 激战

石昊周围光雨点点，璀璨夺目，那是时光之力，此时如同刀刃一般向三头王斩去！

石昊的五指和手心出现了奇异的纹路，同样带着岁月的气息，向三头王发出惊天一击。

璀璨的神光爆发！

时光荏苒，光阴流逝，仿佛瞬间经历了五百年。

外人只看到一片光雨闪耀而过，之后一切便都消失了。

石昊心有余悸，直冒冷汗。

这三头王果然可怕，竟掌握着这种绝世神通。如果不是他也懂得时间奥秘，根本躲不过这一击！

时光之力十分可怕，就连不朽者也会因它而衰败，更不要说实力一般的生灵了。

在古代，不知道有多少惊天动地的大人物在时间长河中坐化。

时间宝术让人忌惮，不管是深奥的还是浅显的，只要涉及时间的领域就会让人恐惧。

“有点意思。匆匆一击而已，没有积聚力量，不曾运用光阴之力，再来！”三头王说道，露出诧异的目光，盯着石昊。

石昊无所畏惧。刚才他之所以没有动用最强手段，是因为直觉告诉他，那一击不足以让三头王殒命。

他有信心，期待真正大碰撞时，可以一举斩灭三头王！

“呼！”

三头王张口一吹，灰色的罡风出现，刹那间绞碎了虚空，让人心惊肉跳。

这也是一种宝术，本属于九天十地。

“杀！”

这时，莫道大吼一声，抬手便幻化出一片火红的赤霞。一时间，漫天都是无穷的烈焰，几乎淹没了三头王。

莫道怕石昊吃亏。

“开！”

三头王大喝一声，那罡风顿时转向，冲向莫道，与他的宝术碰撞在一起。

“杀！”

早先与莫道激战的那名年轻至尊出手了。

不远处，其他人也都处于激烈的对决之中。

“噗！”

王曦的肩头被一根蛛丝击中，吐出一口鲜血，受了轻伤。

看到这一幕，两三个修出三道仙气的年轻至尊同时向她攻来。

三头王此时也转移了目标，与异域的年轻至尊一起对付王曦。显而易见，它这是要铲除战场中拥有三道仙气的敌手！

“可恶，大蜘蛛哪里走！”石昊在后方大叫道。

三头王听到石昊的声音后大怒，转身回到了与石昊、莫道的对决之中。

“砰！”

一声巨响，不远处，邀月公主一不小心遭到了几大高手的合力一击。

“想集中力量，先除掉我们当中的一个？”邀月公主冷笑道，接着联合绿陀、玄昆、王曦一起出手，也想合力除掉对方的重要人物。

“轰！”

巨大的声音响起，关键人物没有殒命，一些英杰反倒受到了牵连，不幸殒命。

战场彻底乱了。

两边不断有人倒下，场面惨不忍睹。

在这个过程中，石昊发现了一些问题。天神书院的长老之前送出的那些保命符起了作用，那些殒命的人和保命符一起消失了。

同样，异域的生灵也有保命手段，不少修士的尸体最后化作光芒离去。

“该死，我出了这么大的力，却没有那种保命手段。”石昊抱怨道。

让石昊庆幸的是，早先斩灭的虚空兽是真正被击毙了，这与攻击力的强度有关。

战斗越发混乱、惨烈。战场中的生灵杀向不同的方位，有的进了山脉，有的进了大峡谷。

“不好，他去了哪里？”王曦吃惊地问道。

石昊消失了。

“妹妹，现在知道担心别人了？”邀月公主调侃道。

王曦怒斥道：“你乱说什么？我是觉得惋惜。他收服了一个拥有三道仙气的年轻至尊，为我们所用，如果这个时候殒命，我们的损失就大了。”

“不用担心。我刚才看到他与三头王冲进了山脉深处，莫道也跟着进去了，肯定没问题。”邀月公主这样说道。

“说起来，炼体者真的太强了，他的肉身居然可以跟三头王的相媲美。”有人称赞道。

杀声震天，各路英杰都在激烈地打斗着。

这个时候，石昊已经远离战场，进入了山脉深处。

石昊真正爆发了！

莫道目瞪口呆，一副不敢置信的样子。

这个少年居然修出了三道仙气！他不仅是炼体者，还是一位恐怖的年轻至尊，实力超绝，所向无敌。

莫道叹了一口气，此时他不再觉得委屈了。早先他还在后悔为何答应以两道仙气与石昊对决，如今看到这一幕，他不再说什么了。

这个比他还小的少年竟修出了三道仙气，这简直令人匪夷所思！

石昊第一击就动用了柳神的宝术。金色秩序神链冲出，一齐向前攻去，在三头王身上戳出无数窟窿。

三头王脸色铁青，无比难受。它眼中的小人物修出了三道仙气，神勇无比，实力绝不弱于它啊！

它还没有吃过这么大的亏呢，险些遭受致命一击。

三头王震惊了。这个少年的突然爆发，简直是一场噩梦，如果不是它实力强大，刚才就会殒命于此！

三头王大喝一声：“天网恢恢疏而不漏！”随后，它从口中喷出一张大网，欲将石昊覆盖在下方——这是它的天赋技能。

石昊怒斥道：“你这凶兽知道什么是天网恢恢吗？”

“轰！”

一声巨响，万千柳条冲起。金色的秩序神链气势汹汹，穿过蛛网的空隙，刺向三头王的躯体。

“我知道了，这是当年柳神的法！”三头王大吃一惊，而后大叫。

那株柳树太出名了，号称祖祭灵。它当年逃过了天罗地网，成功突围。

在仙古纪元时，那株柳树纵横世间，堪称无敌，多名不朽者一起出手都拿它没办法。

“万蛛魔功！”三头王大吼道。它的蛛网被柳神法破解，不能禁锢石昊，于是它动用了另一种古天功！

此时，它的八条蛛腿划出一道又一道复杂而玄奥的轨迹，结合天上的星河之力，想要除掉石昊。

“六道轮回！”石昊喝道，手结法印。他对这六种起手式太熟悉了。

“轰！”

天崩地裂，两大强者直接撞在了一起，响声震耳欲聋。

虚空中出现了无数的黑色大裂缝。

“竟然是六道轮回！”三头王怪叫道。

第881章 巅峰大战

六道轮回这种古天功在过去留下了太多隐秘之事，力量无与伦比，就连真仙都对其赞不绝口。

莫道看到这里，对石昊更加佩服了。这个家伙比他想象中厉害很多倍，居然施展出这么多他听都没听过的一些宝术。

“啊——”

石昊嘶吼着，一头黑发无比柔顺，倒竖了起来，飘散在空中。他抓住三头王的一条腿，疯狂扭动，要将它卸下来。

与此同时，三头王也在嘶吼。它的三颗头都面目狰狞，咆哮声惊天动地，恐怖至极！

石昊双手发光，用力掰三头王的腿，使其裂痕密布。

这条蜘蛛腿上有很多细小的毛，看起来很柔软，实际上比钢针还要坚硬，石昊的一双手臂被刺得全是密密麻麻的小洞。

莫道万万没想到三头王有这种天赋能力，腿上的毛竟然是它最坚韧的武器！

石昊和三头王都受伤了。三头王的那条腿险些被石昊折断，而石昊的小臂被三头王的毛刺得伤痕累累。

“杀！”

两个生灵同时大喝。

“咔嚓！”

一阵清脆的声音响起，三头王的一条腿终究还是被石昊折断了。

三头王疯狂地嘶吼着，其他几条腿闪烁着冰冷的金属光泽，化为最可怕的战矛，刺向石昊。

“锵！”

石昊用手中的那条腿迎击三头王的金属战矛，一时间发出刺耳的金属颤音。与此同时，宝术符文一层一层地扩散出来。

石昊疾速后退，暂时回避正面打斗。

三头王痛苦地嘶吼起来。

这一次交锋，三头王明显吃了大亏，不过石昊付出的代价也很大，他的双臂已经被刺穿了。

最可怕的是，那蜘蛛毛有剧毒。石昊的手臂上乌黑一片，血肉散发出阵阵腥臭味。

这不是一般的毒，而是一种宝术，此时毒素正化成黑色符文侵蚀石昊的肉身。

“轰！”

一声巨响。石昊的肉身喷薄出璀璨的光芒，这些光演化为可以焚烧九重天的神火，熊熊燃烧着。

他这是在以原始真解中的骨文对抗那黑色的符文，欲将毒素逼出体外。

神光弥补着石昊肉身的损耗，帮助修复他受伤的肉体。

三头王的断腿处有神光闪烁，肢体在再生。虽然无比疼痛，但是对于它来说也不是不可承受。

别人也许会因此而元气大伤，战力锐减，可三头王不至于如此。它的躯体很容易再生，这是它的天赋。

“唔，你换腿还挺快的，不然也换一颗头吧，我看狗头比较适合你！”石昊调侃道。

三头王脸色阴沉，怒火中烧，恨不得立刻将眼前这个不知天高地厚的小子碎尸万段。

“蒙昧时代，你们对我们叩首膜拜，现在你们这些卑微的虫子是忘记疼痛了吗？见到主人，还不叩首！”它怒斥道。

“你的脑子是不清醒吗？你在胡言乱语些什么啊，还想让我叩首膜拜？我现在就把你的蜘蛛头打成狗头，让你清醒一下！”石昊厉声道。

“体内流淌着肮脏的血液，还敢如此大言不惭！让我以神主之名教训你们这些低级奴仆，受死吧！”三头王喝道。

“轰！”

惊天动地的一声巨响。混沌之气涌动，周围一片迷蒙。

隐约间可以看到一只巨大的蜘蛛像人一样站了起来，狰狞而恐怖。

它的八条腿除了两条化成人腿外，其他六条都在舞动、结印，如同人的手臂一般！

一道又一道神光从那里飞出，都是无比可怕的宝术。

万蛛魔功！

它在施展一种古老的天功。

对于这一界的生灵来说，万蛛魔功是噩梦般的大法，可催动各种宝术，糅合天地中的诸多大神通，号称盖世绝学。

石昊并不受其影响，从容不迫地施展出六道轮回。

“轰！”

巨大的声音响彻天地，天地几乎都要崩裂了。

莫道在远处静静地观战，内心颇不平静，他不敢相信那个少年居然如此厉害。

他早先还一直认为石昊只修出了两道仙气，现在看来简直是势不可当，难道他真的要除掉三头王吗？

两种古老的天功碰撞在一起。

三头王和石昊在很多年之前就争斗过，现在又一次交手，简直是宿命般的对决！

三头王不震惊是不可能的。自从第一次看到石昊施展六道轮回这种天功，它就下定决心要除掉他了。

此时，一道身影无声无息地潜到石昊近前。

“滚开！”石昊大喝一声。他正在与三头王比拼，这样的强敌突然出现，可不是什么好现象。

“咚！”

沉闷的声音响起。石昊在刹那间与两大高手各自过了一招，身体踉跄着退后几步，嘴角溢出鲜血。

“没有将三道仙气都修成大道之花，实在是不妙！”石昊擦去嘴角的血迹，轻语道。

“唰！”

莫道猛然出手，替石昊拦住了偷袭的那个人。

这是一名修出三道仙气的年轻至尊，也是这次的领军人物之一，他之前和莫道大战过。

在混战时，莫道以为摆脱了他，没想到此人竟暗中一路跟了过来，关键时刻发起攻击。

至此，山脉深处的人分成了两组对战。

在激烈的大战中，三头王左侧的狮子头仰天咆哮，施展出一种太古大神通——狮子吼！

这一声吼叫震碎了山川，让高峰崩塌、大地沉陷、虚空碎裂！

与此同时，其他三人也受到了影响，身体不由自主地摇晃起来。

还好石昊反应迅捷，第一时间撑开了唯一洞天，隔绝了符文化成的音波涟漪。

紧接着，石昊近乎疯狂地施展出法力免疫这种古怪的神通，如同闪电般冲向三头王。

早先他就施展过法力免疫，可三头王十分警觉，一直有所防备。

这一次石昊看准时机，任那漫天飞射而来的蜘蛛毛刺到自己身上，不断向前冲击！

“啊——”

三头王一声怒吼。

短暂的法力免疫，纯粹的肉身搏斗。

石昊腾跃而起，攻到了三头王近前。

“砰！”

一声巨响，石昊这一拳蕴含着他极强的肉身之力，刚猛霸气。在他展开双臂的刹那，漫天都是鲲鹏，展翅击天！

这是他将鲲鹏奥义演化到极致的体现，所有神通之力都化成了这一拳！

“噗！”

这一拳击中了三头王的肉身。

石昊抢得先机后，立马跃到三头王的身上，猛烈地捶打起来。

“无畏狮子印！”随着一声大吼，三头王左侧的头亮起光芒。那颗狮子头瞬间化成一头巨狮，俯冲了下来。

“嗯？”

石昊一愣，发觉这与早在上一纪元就已经消失的古僧道统法术相近。最奇异的是，这种神通竟没有受法力免疫影响，直直地俯冲了下来。

石昊心中一惊，但是脸色不变。

他深吸了一口气，结法印攻了过去！

这是一次巅峰大对决，也是生死搏斗。石昊和三头王要在此分出输赢，拼个你死我活。

“无论如何，我都是不会死的！”三头王咆哮道。

“你给我去死！”石昊大吼道。

紧接着，石昊化成了一头鲲鹏，向那头可怕的狮子扑去，而后光芒四射，淹没了此地。

“噗！”

最终，这头可怕的鲲鹏以盖世之姿击倒了狮子。

第882章 悟法

狮子被斩灭，“轰”的一声从这里消失了。

这时，石昊法力免疫的能力也用尽了。

可怕的嘶吼声传来。

那只巨大的蜘蛛站立着，足有数十丈高，此时它面目狰狞，凶相毕露。它原本拥有三颗头，可现在只剩下两颗了。

三头王左侧的那颗狮子头现在完全被击碎了。

它狠狠地盯着石昊，从来没有这么仇视过一个人。它来自最强大的种群之一，居然差点儿殒命于此。

刚才它失去了一颗头！

达到它这个境界后，别的部位都可以重生，唯独这三颗头不行，因为这是它性命的关键所在。

三头王，顾名思义，它有三颗头。一颗头代表一条命，可替它受死。

在刚才那可怕的一击中，它本应殒命，可现在它还活着，只是失去了“狮子命”而已。

石昊相当惊讶，面露怪异之色。刚才那头狮子扑来时，为何宝术没有被禁锢，还能施展神通？

难道真有这么一种生灵可以无惧法力免疫这种能力？

很快，石昊就释然了。

他想到了莫道曾经施展的几种残缺法印，就能干扰他的这种能力。这说明曾经有人精研此道，收获颇丰。

难道是那些古僧研究过这些东西？也不太对。

“所谓的无畏狮子印，可能就是那几种法印中的一种！”石昊自语道，做出了这样的判断。

他思考了一会儿，觉得无畏狮子印只能瞬间干扰法力免疫而已，还不能让它失效。方才狮子就被他压制了！

“你这肮脏的虫子，亵渎了尊贵的王者，我不会饶恕你，下地狱去吧！”三头王喝道。

它近乎疯狂的攻击正式开始了。成千上万根蜘蛛毛竖立了起来，接着脱离了它的躯体，如同钢针一般铺天盖地地射向石昊。

“封！”

石昊一声怒吼。在他的体外，一座发光的洞天瞬间成形，将他护在了中央。

所有的蜘蛛毛都受到了阻挡，无法前行，被挡在了洞天之外。

“轰！”

巨大的声音响起。石昊的唯一洞天发出无量光，释放出剧烈的能量波动，所有的蜘蛛毛都被弹飞了。

“你还有什么手段，尽管使出来吧！你的狮子头已经被我打掉，可惜没有换成狗头！”石昊奚落道。

“卑贱的东西，你给我去死！”三头王怒吼道，躯体像是燃烧了一样。它的八条腿舞动起来，恐怖无比。

它在施展宝术，催动古天功。

“差不多了。你的宝术我又不是没有见识过，都是从我们这一界得到的，来点新奇的吧。”石昊故意说刺激它的话。

三头王目光冷厉，发出一声低沉的嘶吼，头上的三朵大道之花飞出，向石昊镇压而来。

同时，它如同一道闪电般冲了过来。

两个生灵开始进行肉身搏斗、宝术冲击、天功对决。

“嗯？”

石昊越打越觉得不对劲。这个家伙的神力竟然生生不息，除了三朵大道之花外，它的肉身也是一个大麻烦。

它怎么能不断吸收天地精华？石昊有点不解。

“你不是想见识我的道法吗？给你看！”三头王喝道。

三头王敢与他以肉身对决，本来就有点惊人了，现在还这般表态，更加不正常。

石昊心中一惊，而后感到毛骨悚然。

三头王身上散发出更为可怕的气息，它神力惊人，与石昊不断进行肉身碰撞。

“断！”石昊大吼一声。他抓住一条巨大的蜘蛛腿，想要像之前那样生生将其折断。

可是，令人匪夷所思的事情发生了。这只色彩斑斓的大蜘蛛突然间就变成了无色的。

瞬息之间，空中浮现出五种光彩，如同薄纱一般将石昊覆盖了。

“给我化掉！”三头王喝道。

这是它天生的色彩和纹路，神秘而复杂，此时脱离了本体，欲将石昊一举击灭！

此时石昊的肉身疼痛无比，难以忍受。这种纹路是大道载体，是天上的至强神纹，也是三头王与生俱来的神通。

这种力量太可怕了，可以熔炼天地，令虚空崩塌。

石昊的肉身从内部的道源开始变得暗淡，三头王这是要全方位地毁灭石昊，精神和肉身一个都不放过。

三头王在上一纪元被称作噩梦般的生灵，虽然数量稀少，但个个都是绝世强者。

这一次与三头王交手，石昊险些被炼化，身体受到重创。

“你们这些血液肮脏的罪人，昔日对我们这样天生有神纹的神主顶礼膜拜，现在却不尊崇了，当诛！”三头王厉声道。

石昊心中大怒的同时，感到有些诧异。难道仙古纪元这一界战败后那些残存下来的生灵曾经对三头王一族叩首了吗？还是另有隐情呢？

石昊感到肉身一阵剧痛，道骨铿锵作响。

要是其他人受到这种程度的攻击，早就形神俱灭了，哪里还能与敌人继续对抗？唯有像炼体者一样的身体才能忍受这种剧痛。

同一时间，石昊催动唯一洞天，形成一道璀璨光幕，挡住了五色神纹。

“咦？”

三头王心头一震。不久前石昊就动用过唯一洞天，那时它还没有太注意，现在终于发觉了其中的端倪。

三头王越细看，越震惊。它明白了那是什么！

“融合后的洞天！”三头王心中一阵悸动，自语道，“这种推演出来的东西，居然都练成了？”

上一纪元，曾有人推演过洞天，不过那个时候修炼体系不是现在这样，他们只是将其当成一种无上神通。

可惜在末世之中，没有人练成十洞天合一这种奥义，只摸索出了理论意义上的一条路。

三头王的家族得到过这种古法，可是无人练成。它们都认为那是错误的，不可能融合出唯一洞天。

不久后，它们就将这种神通束之高阁，最后丢在了废纸堆中。

相传这种古法一旦练成，实现最后的升华与演化后，就会拥有万法不侵、诸邪避退的能力。

有人曾经推演过，如果炼体者将此法与自身结合，就将变成盖世之法，无与伦比！

三头王顿时觉得毛骨悚然。眼前这个少年虽然没有掌握炼体者的招式，但是肉身的确达到了极高的境界，如今又展现出这种洞天……

这也太不可思议了！

“轰！”

惊天动地的一声巨响，唯一洞天轰鸣。五色神纹的压迫减轻，石昊身上的剧痛也减轻了一些，他渐渐平静下来。

此时他竟有一种要悟道的感觉，心灵无比宁静，不受世事纷扰。

“他该不会真要踏上那条路吧？”三头王震惊了，自语道。

如果这个少年将此法进行升华，推演出最适合自己的大法，那么他的实力将会无比恐怖，同一境界无人可与他抗衡！

“万蛛魔功！”三头王大喝一声，催动古老的天功，疯狂地攻击石昊。

那五色斑纹越发神秘，笼罩虚空，不断攻击石昊的唯一洞天。

石昊一边结法印对抗，一边收拢唯一洞天，使其只能包裹住他的躯体，并没有无限撑开。

“轰！”

一声巨响，石昊施展宝术，催动原始真解中的骨文，将它们刻在洞天上。

鲲鹏法、雷帝法等全部出现，化成密密麻麻的符号，在唯一洞天的光幕上显现出来。

此时，唯一洞天光华闪烁，符文密布，如同一本繁复的古天书。

这并不是古籍中记载的升华与终极一跃，这是什么？三头王大惑不解，一头雾水。

虽然对方的气息在变强，但这并不是它们一族收录的那个古老法门，不是那条路。

石昊的气息骤变，震开了五色神纹，整个人冲向三头王。他在推演，也在检验，完全是在拿这只大蜘蛛练手!

“轰！”

巨大的声音响起。石昊一开始就破解了三头王的神通，击穿了它的护体符文。

这唯一洞天，不仅是防御手段，还有无穷的攻击力。洞天壁上的符号璀璨发光，向三头王攻去。

上百次交击后，“噗”的一声，三头王承受不住，吐了一口鲜血。

它的一颗头快速浮现，再次演变出一条生命。

三头王想要复活，然后再逃走。

“砰！”

一声巨响。石昊上前，再次打出一拳，将三头王击倒。

三头王终于毙命，再也不能复活，只有怨念在回荡：“你……怎么能做到？”

第883章 震慑

三头王心有不甘，仅有的念头不断回荡着，诅咒石昊。它不相信自己会殒命在这里，一遍又一遍地叫喊。

这个画面永远定格在了莫道的心中。少年的无敌形象让他深受震撼！

一个比他还小的少年，浑身迸发出无量神光，一拳击倒了三头王。

石昊站在尸骸之间，如同魔神再生一般！

整片山地都被削平了，山上光秃秃的，附近寸草不生。一个少年屹立在那里，威风凛凛，目光坚定。

“啊——”与莫道对决的那个年轻至尊大叫一声，毫不犹豫，转身就跑。看到石昊斩灭了三头王，他的信念瞬间动摇了。

这还是那个被不朽者践踏在脚下的残破古界吗？不是说这里的生灵属于低下的种群，缺少真正的高手吗？

可眼下发生的一切，让这名年轻至尊心惊胆战，面色苍白。

唯有逃跑才能躲避死劫。如果那个魔神一样的少年与莫道一起攻击他，那他必死无疑。

“哪里走！”石昊大吼，如风一样追了过去。

莫道一咬牙，也跟了过去。

此时石昊不再掩饰，用力扇动背后的一对鲲鹏翅，令阴阳二气流转。他的躯体穿越虚空，突破极限，追击那道人影。

距离越来越近，眼看石昊就要追上那名年轻至尊了。

就在这时，那名年轻至尊突然以紫罗大法燃烧精气神，血肉随之化成精气，催动一道古符，疾速逃去。

石昊顿时目瞪口呆。那人宁可自毁本源，也要提升速度，以便顺利脱身。

“哧！”

一声轻响。隐约间仿佛出现了时光碎片，绚烂无比，那是速度达到极点引起的质变。

很快，距离就拉开了。石昊不愿伤及自身元气，没有不顾一切地追击。

那个人直接跃到了一座古阵台上面，各种符号闪耀，而后“嗡”的一声，他从那里消失了。

这名异域的年轻至尊被乾坤袋送走，离开了战场。

他是第一个主动离开战场的人，即便有人知道此事，也不会嘲笑他。因为在那种情况下，他怎么可能一人应对两大高手的追击？

特别是，其中一人居然除掉了三头王。他有理由相信，虚空兽可能真的被那个人斩灭了。

“这简直是一代魔尊啊！他才多大年纪，就有了如此惊人的修为。这少年不能留，我得通知皇族的成员！”那名逃走的年轻至尊自语道。

“真是晦气。”石昊摇头道。

“咔嚓！”

清脆的响声传来。就在这时，唯一洞天裂开，各种符文四散开来。

石昊一个踉跄，嘴角溢血。

“还是差了一些！”石昊自言自语道。他将各种符文刻在唯一洞天上，进行演绎与升华，可是并未完满。

当他们再次回到那片山脉深处，清理战场时，石昊不禁皱眉。这里没有留下什么有价值的东西，三头王已经灰飞烟灭了。

“就带上这条蜘蛛腿吧！”石昊说道。

现场只剩下一条巨大的蜘蛛腿，其他的都化成飞灰不见了。

另外一处战场，战斗仍然无比激烈。

各路高手争雄，打得惊天动地，鬼哭狼嚎。

远远望去，流光溢彩，宝术冲霄。各种法器剧烈地碰撞，不时碎裂。

就在这时，地平线尽头的那片山脉中，浮现出一道身影。他扛着一条巨大的蜘蛛腿，缓步走来。

那个人身上带着少许血迹，脚步让地面轻微颤抖。

正在激战的人看到这一幕，瞬间就愣住了。

“那是……三头王的腿？”众人盯着地平线上的那道身影，颤声道。

很快，这片区域变得鸦雀无声。这种气氛迅速传到了更远处。

更多的人愣住了，不可思议地看着那道身影，而后感觉心头悸动。

这里的时间仿佛停滞了。众人如同泥塑木雕一般呆呆站立着，不敢相信自己看到的这一切。

三头王在上一纪元就是如同噩梦般的生灵，让人忌惮不已，如今居然惨败在一个毛头小子手中！

“它可是修出了三道仙气的三头王啊，怎么可能就这样殒命了呢？”

“这个少年到底是谁？他真的只是一个炼体者吗？他居然斩灭了三头王，太恐怖了！”

众人议论纷纷，不敢置信。

这个清秀俊美的少年来到战场前，他看起来很平和，却让人感觉有一种独特的风采。

“这真的是三头王的一条腿。怎么会如此？他真的斩灭了那位王者！”有人大声道，眼中尽是惊讶。

这是何等辉煌的战绩！

所有人的眼睛都直了。无论是天神书院的弟子还是域外的生灵，都牢牢地盯着石昊。

他瞬间成为了全场的焦点。

王曦的眼睛睁得大大的，吃惊地看着自己的这位道友，觉得不可思议。这一切真的是他做的？

她很难将这个斩灭三头王的少年与自己那个戴着金刚琢的“道友”联想到一起，这太具有颠覆性了。

绿陀目光冷峻，盯着石昊。他始终不太相信这一切，这个少年未免也太厉害了！

邀月公主红唇微启，想要说什么，却不知道如何开口。

她洁白如玉的脸上满是震惊之色，这还是那个被她调侃的那个少年——王曦的追随者吗？

那可是三头王啊！

它不仅被这个少年斩灭了，而且它的腿还被扛到了战场中。这个少年是在耀武扬威吗？

“不可能，绝对不是他！他只是一个炼体者，即便再强大，也不过修出了两道仙气而已，怎么灭得了三头王？”有人大叫道。

异域的生灵都很难接受这个结果，吵嚷起来。

“斩了他，为三头王报仇！”有人高呼。

可是没人敢动。这个少年将修出三道仙气的至强者都斩灭了，实力会有多么强大，简直不可想象！

在他们看来，石昊堪比异域古籍中记载的那些绝世皇族的成员，达到了真正的同等级无敌境。

这样的人才是至强者，可以称为至尊！

同时，很多人还想到了一个非常严重的问题。早先这个少年说自己斩灭了虚空兽，那个时候没有一个人相信。现在两相对比，不少人都打了个冷战，意识到自己也许误会了什么。

如果虚空兽真的被这个少年斩灭了，那无疑会掀起一场大风波。这究竟是一个什么样的少年啊，战力实在是太可怕了！

他一日内连斩异域两位年轻至尊，让异域失去了修出三道仙气的领军人物，这绝对是轰动九天十地的大事件！

许多人目瞪口呆，心惊胆战，他们之前居然忽视了这个少年。

对于同辈人来说，这可是一个了不得的盖世英雄！

第884章 战斗结束

石昊站在地平线上，拖着三头王的蜘蛛腿，镇住了战场上的所有人！

晚霞灿烂，将石昊的影子拉得很长，让他看起来像是镶嵌了一道又一道金边。他浑身散发着神圣的光彩，气势不凡。

无论众人信与不信，三头王都殒命了。

众所周知，若是三头王还活着，以它高傲的性格，不会让自己的一条断腿落在他人手中。

很久之后，众人才回过神来。

“一位绝世英杰在这里一战成名，就要崛起了吗？”有人叹道。

“不行，得除掉他，不能让他成长起来。”异域的生灵中有人低语道。他们相信，这个少年多半是可与皇族中的成员相匹敌的人物。

“我还是不太相信啊，真是他干的吗？”有人提出质疑。

就在这时，视线尽头另有一人走来。他如同从地狱走出来的战神，白袍上满是血迹。

“莫道！”有人惊呼。

对于这个奇才，众人都有些忌惮。无论是天神书院的人还是异域的生灵，都有这种感觉。

“咦，不对，你们看他身上的血，那是……三头王的！”有人大声道，发现了这一异常之处。

“真的是三头王的血！”一些人惊呼，而后倒吸一口凉气，像是想起了什么。

“该不会是……他干的吧？”有人小声嘀咕道。

莫道慢慢来到石昊身边，他英姿过人，含蓄内敛，眼中有一种慑人的威严。

“这个英气逼人、身姿挺拔的少年才是斩灭三头王的真正强人！”有人做出这样的判断，大声道。

因为莫道身上的那股气息太明显了，白袍上又有血迹，所以不少人认为是他斩灭了三头王。

“是你斩了三头王？”这个时候，连异域的生灵都叫嚷起来。他们对于这个结果难以接受。

很多人对莫道充满了敌意，怒气冲冲。此人居然斩灭了他们一个王族强者，简直是彻底反了！

对此，莫道一言不发，神色冷漠。

“你们在喊什么？这自然是我做的，如何？”石昊说着，拎着那条巨大的蜘蛛腿来回舞动了几下，大地都被砸得裂开了。

许多人听了他的话直翻白眼，原本还相信是他所为，听他这样一说反倒不信了。

他若是沉稳一些，还能显示出英雄气概，可现在一副轻浮的样子，哪里像什么盖世英雄？

反观莫道，一言不发、沉着稳重，这才符合他们心中的少年霸主形象。并且莫道身上沾了三头王的血，更符合逻辑。

“你们这是什么眼神啊！不懂得透过现象看本质。真豪杰斩三头王就如同拎起小鸡仔般容易，这条腿送你们了！”石昊说罢，将那条蜘蛛腿扔进了人群中。

“轰！”

一声巨响。许多人连忙躲开，不敢碰这条腿，怕有什么因果报应。

“笨蛋，这是熬炼稀世神药的材料，配合一些神药放入鼎中，可以炼制长生丹。”王曦传音道。

“什么？这蜘蛛腿这么珍贵？”石昊大吃一惊，对莫道说，“赶紧出手，抢回来！”

莫道虽然有些犹豫，但还是走了过去。

这个时候，异域的一些生灵也反应了过来，尤其是那几个领军人物。

他们脸色阴沉，准备出手。哪怕三头王已死，他们也要将部分尸骨带回去，给族人一个交代。

“砰！”

这是修出三道仙气的生灵之间的大碰撞。莫道一边与人搏斗，一边将那条蜘蛛腿抛向石昊。

“收！”石昊大喊一声，将蜘蛛腿收入一座丹炉中。

“轰！”

惊天动地的一声巨响。土石崩裂，虚空破碎。

莫道与那人对了几招后，两人都退了回去，并没有生死相拼。

众人的眼神都有点不对劲，一会儿看向石昊，一会儿又看向莫道。前者的真正实力到底如何？

“这家伙真是太幸运了，居然收了一位修出三道仙气的年轻至尊做仆从！”有人感叹道。

一些人认为三头王就是石昊击败的，也有很多人认为是莫道斩灭的。当然，不相信石昊的占多数，毕竟三头王的血更具有说服力。

“这么辉煌的战绩，你们居然不相信，让我情何以堪？”石昊不满地在那里叫嚷道。

这下大部分人都不相信是石昊斩灭了三头王了，因为他太缺乏高手风范了，居然当众争起功来。

“嗖！”

有人将蜘蛛腿落在地上的血液收了一些，动作快如闪电。

“带回去！请前辈至尊施展秘法。他们一看就会知道三头王是怎么殒命的，被何人所杀。”异域中的生灵这样说道。

天神书院的弟子闻言，也收集了一些血液，准备请书院中的大长老检验。

实力达到了一定境界的强者，可以从一滴血、一块骨中查验出很多东西，甚至连古代的诸多秘密都能推测出来。

相传，不朽者甚至能以大法显化昔日之事，可让上一纪元的诸事再现。

听他们这样一说，石昊瞬间就安静了，一言不发。

他还不愿意过早暴露呢，在末世即将到来之际，冒头的椽子肯定会先烂掉。不过看样子这次是要真相大白了，只要至尊级人物出手，一探便知三头王是他斩灭的。

到时候，他的容貌可能都会显露出来，被那些人看个清楚。

石昊顿时头疼起来。

斩灭三头王和虚空兽时，他热血沸腾，意气风发，可是一想到未来的结果，真是让人头疼。

“轰！”

一声巨响。有人趁着大家都在关注石昊和莫道，突然发起攻击。

杀声震天，这个地方再次沸腾了。

石昊想到自己将要暴露的事，一点好脾气都没有了，冲着前方的异域生灵喊道：“你们都想被除掉吗？”

“狂妄！”有人回应道。

“莫道，去将出声的人给我拿下！”石昊喝道。

莫道虽然有些犹豫，但还是冲了过去。那个人正在与玄昆大战，莫道这样的强者加入后，形势立刻大变。

战场上，随着石昊的回归，形势一下子发生了逆转。早先战局处在一种平衡状态，双方不分上下。可现在石昊带着一个修出三道仙气的人加入，顿时让异域的生灵有些吃不消。

“嗖！”

那个被莫道和玄昆缠住攻击的人转身就跑，他已经抵挡不住了。

玄昆追了过去，想要将他斩灭。

“莫道，去那边，解决一下麻烦！”石昊再次命令道，让莫道去帮助王曦，与她一起解决一名年轻至尊。

异域的生灵看到敌方多了一个修出三道仙气的人，顿感情况不妙。他们怀恨在心，想除掉石昊，却不敢轻举妄动。

他们还不能确定是不是石昊斩灭了三头王，如果真是石昊的话，谁上去就是找死！

此时，石昊倒是很悠闲，因为无人来挑战他。

只有两道仙气的人不是他的对手，不会自寻死路。而修出三道仙气的生灵都在与别人对决，无法脱身。

“莫道，去那边！”石昊再次吩咐道。

修出三道仙气的强者出手，如同虎入羊群一般，瞬间击败了对手。不过莫道并未伤人性命，只是震开他们而已。

“吃我一击！”有人大喝一声。

异域一个修出三道仙气的领军人物舍弃了对手，冲向石昊。

“所谓的炼体者，来吧！”那人吼道。

“嗯，半步炼体者？”有人吃惊地说道。这个人在炼体上有天赋，虽然走的是修法之路，但是体魄强得惊人。

“轰！”

一声巨响。石昊站着没有动，挥动拳头，正面迎向对方这一击。

“咚！”

这个地方一下子沸腾了。神力汹涌而出，如同雷鸣，又若战鼓。

大地崩裂，虚空破灭。

接连的大碰撞让人胆战心惊。

“走了！”这位领军人物喝道。

天神书院的人听到这句话，不由得目瞪口呆。这是什么情况？那个人为何突然做出这样的选择？

“还愣着干什么，追啊！”石昊一声怒吼，神情凝重，道，“快，他的一条手臂废掉了。敢与炼体者比拼肉身，找死！”

短暂的寂静后，这里又沸腾了。

“不要放走他们，冲！”

战况逆转，来自九天十地的修士发动大反攻，追击那些异域来客。

“轰！”

惊天动地的一声巨响，天地一分为二。

乾坤袋瞬间发光，显化了出来，笼罩着那些异域来客。

与此同时，一张古卷铺展开来，正是十界图。它笼罩了天神书院的弟子们，守护着他们。

两件至宝演化的世界解体了，众人回归到现实中。

“结果如何？”黑色的山体上，雪白骷髅出现，询问己方的弟子。

“三头王被人斩灭了！”有人禀报道。

“什么？谁做的？谁能斩灭它？”雪白骷髅的头骨中浮现出灵魂神光，大声问道。而且，它发现虚空兽没有回来。

“虚空兽呢？”雪白骷髅喝问道。

啊，虚空兽真的没有活着回来？众人神色骤变，大吃一惊。虚空兽不是涅槃了吗？难道真的被斩灭了？

第885章 终极地

雪白骷髅当场急眼了。虽然它的身份很不一般，但是与不朽者相比就差远了。此番它受人之托主持此事，结果两个来头甚大的生灵全都不见踪影了，让它怎能不担心？

它心中生出一股强烈的恐惧感！

虚空兽和三头王都来自可以叱咤风云的家族，若是这两个生灵殒命了，势必会引起暴乱。

“到底怎么了？”雪白骷髅焦急地催问旁边的人。

“三头王被斩，虚空兽……失踪，可能也战死了。”有人小声回应道。

“是谁干的？”雪白骷髅大吼道。它头骨内的灵魂之光不断跳动，气息惊人，它真的快疯了。

异域的很多生灵向着前方望去。此时此刻，他们不知道是该看向石昊，还是看向莫道。

“莫道怎么去了那边？”雪白骷髅问道，有些不解。

“他叛逃了！”有人咬牙切齿地答道。

“他功力超绝，名动天下，被不朽山后方的古界所看重，居然私自叛逃了，他疯了吗？”雪白骷髅不知道莫道是否疯了，反正它要疯了。同时，它想到了莫道的姐姐，那个女子可是被皇族成员看重的旷世奇才。

莫道有这样的背景还会叛变？它无法理解。

“过分啊，做错了事要接受惩罚！”雪白骷髅头骨中的神魂在跳动，在挣扎，仿佛立即就要施展秘法。

这时，天地隆隆作响，神雷滚滚，恐怖的世界法则降临，压制了这里。

乾坤袋抵挡住了苍穹，对抗规则与秩序。

“轰！”

巨大的响声传来。十界图发出耀眼的光芒，守护着天神书院的学生，同时对另一界的人施压。

“哧！”

突然，十界图散发出数十道光芒，璀璨夺目，冲向乾坤袋。

所有人的脸色霎时间变得无比惨白。无论是那个骷髅，还是站在远处的天神书院的长老们，神魂都近乎僵硬了。

他们清楚地知道，这个级别的至宝比拼会击穿大世界，引起最可怕的结果。

当年的世界原本是一个整体，就是因为有仙王级人物激烈地比拼，所以最后才化成九天十地。

如今，这种至宝出世，一旦比拼起来，简直不可想象！

“轰隆！”

一声巨响。天地颤抖，众人的心也跟着悸动起来。

“咚！”

十界图与乾坤袋短暂地碰撞在一起，发出如同鼓声般低沉的声音，绚丽的光彩射向四面八方。

许多人连眼睛都睁不开了，就连那雪白骷髅也觉得心惊胆战，不敢逞强。

直到一切平静下来，人们才发现，两件至宝并未激烈地比拼，只是短暂地试探着攻击了几下而已。

“我的兵器碎掉了！”

“我的护体宝器啊，当中加了五行神料，结果都化成了齑粉！”

异域这一边，有人惊叫起来，无比痛惜。他们的兵器都被毁掉了。

天神书院这一边，也有人面色发白，身上的法器在光芒中化成了粉末。

他们知道，肯定是十界图与乾坤袋碰撞产生的力量导致的。

唯一值得庆幸的是，没有人负伤。

众人纷纷猜测，为什么两件至宝不撕破脸皮来场大战。

“咦，我收回来的三头王的血不见了，和法器一起化成了飞灰。”有人惊呼。他原本想要将三头王的血带回去给至尊看，查明它究竟是被何人所斩，死于什么宝术。

“无妨，可以请乾坤袋还原场景。”雪白骷髅说道。可是紧接着，它神魂一颤，仰头望向乾坤袋。

很快它就甩了甩头，不去多想了。

现在双方肯定无法激战了，两件至宝已经在此对峙，真要开战，那情形将不可想象。

最重要的是，异域的大部分生灵还无法真正跨界。

“走！”雪白骷髅倒也果断，知道无法采取任何有意义的行动，索性带人打道回府。

一行人走进那条模糊的通道，最后回头冷冷地一瞥，杀气腾腾。

“等我们真正降临时，整片世界都将颠覆！”一个声音冷漠地回荡，让天神书院的人心头一震，鸡皮疙瘩起了一身。

“待到他年征战，千山万水，诸天神魔，万古生灵，璀璨纪元，都将颠覆！”又一个声音传来。

这是从通道连接的那一界传过来的，比刚才的声音还恐怖，让天神书院的长老们都觉得毛骨悚然。

目前两界没有真正贯通，越强大的生灵越难跨界。可见等待在那一边不能过来的生灵有多么恐怖！

“好了，他们离去了。”天神书院的一位长老说道。

远处的一座山峰上，浮现了一道身影。他一抬手，就收走了十界图。

所有人都大吃一惊，那一定是九天十地中最强大的生灵之一。

“唔，你们不要多想，所见所闻都不要乱说，一切都等回到天神书院后再论。”一位长老提醒道。

接着，长老们施展大法，催动宝术，贯通虚空，直接铺展出一条金色的大道，长达万里。

“哧！”

远处的山峰上，那道模糊身影手中的十界图突然发光，洒落在金色的大道上。

“轰！”

巨大的声音响起。天地崩塌，毁灭的气息散发开来，让人不寒而栗。

金色的大道无限延展，直通这块大陆的最深处。

这块陆地飘浮在宇宙中，远远看去像是一座岛。诸天星辰都围绕着它转动，它大到无边，堪比星海。

现在，一条金光大道竟然贯穿了这么长的距离，让人惊叹！

“走吧，事情有变，迅速去寻你们的机缘吧。”天神书院的长老大声道。

这是一次磨砺，更是一场生死试炼。有人殒命是在所难免的，目的是留下最强大的几人。

他们如同“养蛊”一般，早晚会让弟子们走上这条路，只需有能扭转战局的关键人物即可。

他们深刻地知道另一界的生灵有多么可怕。上一纪元他们已经大败了，这一世若是按部就班，便毫无希望。

在他们看来，这一纪元即便走到最辉煌时，也不过是走了原来的老路。

可是现在看来，新的道路在哪里？还是得走一些旧路。他们只能送这些年轻人去不同的地方亲自感悟，从而获取一些机缘。

众人踏上了金色的大道，瞬间感觉时间飞逝，岁月更迭，仿佛经历了一万年那么久远。

“轰！”

直到听到一声巨响，他们才从金光大道上掉落下来，落在一片浩大的废墟之中。

此时，他们已经进入了这片陆地的最深处。他们是被金光大道传送过来的，不然飞上几世都到不了这里。

巨大的建筑遗迹，破败的古墙壁，昔日的辉煌尽在瓦砾间哭泣。

断壁残垣，一望无边。

这里曾是一番盛世之景，像天庭一样繁华，后来被外族攻克，成为一片废墟，无人问津。

即便如此，那些残迹上刻着的符文至今还在释放出奇异的力量，可见它完整时有多么可怕、不凡。

“仙家战场终极地！”有人惊呼。

关于这里，只有极少数人知道隐情。

“这里有机缘，也有死亡魔渊，是否进去任凭你们自己选择。”一位长老大声道。

到了这里，有几人会退缩呢？

他们都是九天十地天资最高的天才，明白想要收获必须付出的道理。

几乎所有人都选择了前进。他们从长老那里了解到一些情况后，纷纷上路，最后登上了一座古天台！

那是一座残台，相传昔日登上此台就可成仙！

可惜它早已毁坏了，如今只剩下半座，如同残缺的山体般，黑沉沉的，看起来无比压抑。

“嗖！”

一道又一道身影从上面消失，转眼就不见了。

石昊不知道所谓的机缘是什么，也不知道那些人要去哪里。就连天神书院的长老也不知道这些人的目的地。

根据前人的经验来看，每一个人的经历都不同，去的地方也不一样。

所有人的去向都充满了未知！

有人曾经进入真龙巢穴，与一条龙一起重生；有人曾经在凤凰卵中涅槃，浴火重生；还有人迷失在时间长河中，永远消失……

石昊想了想，咬了咬牙，也登上了这座高台。而后他的身影便模糊了，瞬间消失！

第886章 千古

石昊的身体像被分解了，化成一片又一片，如同叶子在下落，又像光雨在飞洒。

他的神魂在飘散，似乎也在分解，他觉得自身化成了微粒，一颗颗都在发光。他仿佛已经离开了原有的世界，在轮回，在往生。

恍惚间，石昊看到了一条河。

岁月流逝，时光奔腾，那是时间吗？一去不复返！

石昊心中一惊，从茫然中觉醒，感受着自身奇异的状态，悬在永寂的虚空中。

那条时间长河咆哮着，从远方呼啸而过，波涛翻涌！

每朵浪花之上都有一个盖世英雄，气宇轩昂，英姿超凡。

一朵浪花代表一个时代，英雄则体现了那个时代的特征。他们站在浪花上，散发着耀眼的光芒，照亮千古。

石昊简直不敢相信自己的眼睛，他看到了什么？

是时代的变迁、岁月的更迭，更是人世的浮沉。

那就是历史的长河！

石昊有点发蒙，不知道自己究竟来到了什么地方，为什么会看到这些。

隐约间，他看到一幕又一幕的历史剧变，有绝世豪杰冲霄、有仙子喋血、有苍生大呼……

这些画面有的清晰，有的模糊。

石昊认真看着，发现有些是古籍中记载的东西，有的则不知从何而来。它们都太过久远，快被世界遗忘了。

石昊想看个真切，当他仔细凝视时却什么都看不清了。

突然，他打了个冷战，感到毛骨悚然。

他看到无边的黑暗在侵蚀那条时间长河！

雾霭无边无尽，化成滚滚黑潮，淹没了一切。

随后，他又看到一个又一个牢笼在时间长河中起伏。

“嗯？”石昊震惊了。

当年他修仙气时，元神曾经被关进牢笼内，进入永恒的黑暗中。那牢笼就是这种黑暗密室。

这一次，他看得很清晰。一个又一个牢笼从最黑暗的尽头浮现，落入时间长河中，激起滔天大浪。

石昊看得脊背发凉。

这预示着什么？

那无边黑暗的尽头到底有什么东西？为什么会有一个又一个牢笼出现，坠入那条大河中？

这时，被黑暗笼罩的大河上，突然出现了一个旋涡。那里圣洁无瑕，所有黑雾都被驱散。

这景象太惊人了。一个特别的旋涡出现，干扰了整条大河，影响了一切，让黑暗中多了一盏明灯。

最后出现的是混沌雾霭，它由光与混沌组成，扎根于时间长河之中！

石昊心中的疑问又加深了一层。他不知道其他人在经历什么，只知道他此时见到的景象实在是太奇异了。

或许别的修士见到的更惊人吧。也许有人此时见到了真龙，也许有人如凤凰涅槃般在蜕变。

大风呼啸，时光碎片飞舞。

石昊化成的发光粒子被卷了过去，而后被那个旋涡吸收，从那里消失。

他大叫了一声，不断挣扎反抗，可是无济于事，他的身体直直落入旋涡的最深处。

他觉得，刚才自己见到的一切事关重大。

可惜他参不透，悟不出！

他感觉自己像在经历永恒，漫长的岁月无边无际，将他困住。最后他眼前一黑，彻底失去了知觉。

也不知道过了多久，石昊醒了过来。他发现自己不再是发光的微粒，已经恢复本来的样子，只不过衣衫都不见了。

他虽然样貌清秀，但是躯体修长强健。他舒展四肢，没有感觉到异常，一招手从体内的空间法器中取出战衣套在了身上。

这是什么地方？四野幽静，很是空旷。

石昊感觉自己仿佛来到了世界的尽头，这里雾气缭绕，什么景物都看不清楚，到处都是模糊的。

石昊向前走去，仔细观察着周围。

四周没有一点声音，安静得让人快要窒息。

这是一片古地，青石铺的地面早已残破，废弃的宫殿有的倒塌了，有的还屹立着。

“嗯？”

前方有一些宫殿不是用巨石砌成的，而是由神金铸成的，瑞光早已消退。金属宫阙虽然没有倒塌，但是已残缺。

那些宫殿上有明显的掌印、刀痕、箭痕。

石昊大吃一惊，觉得那些掌印和刀痕中都蕴含着无尽妙理，是盖世英雄留下的。

神金宫殿虽只剩下几座，但都有绝代强者留下的痕迹。

石昊尝试接近这些宫殿，想用手去抚摸上面的痕迹，结果发现自己居然不能靠近。一股莫大的排斥力将他推开，像有不朽者在守护此地。

恍惚间，石昊听到了惊天动地的喊杀声。人影无数，大钟、宝鼎、道塔等飞舞着向这里撞击。

他忍不住惊呼出来。那些兵器不见得比乾坤袋差，也不属于人间！

石昊心中悸动：这到底是什么地方？这片废弃的古地上，殿宇成片，为什么会遭受这种兵器的集体攻击？

残缺的金属建筑气势恢宏，像是为巨人建造的，给人一种庄严而神圣的感觉。

这时，石昊体内突然出现了一团火光。这团火挣脱他的肉身，在他头上跳动，然后化作一面镜子，映照着那些掌印和刀痕。

石昊不再像过去那般感应不到任何气息，抬头看了一眼，没有出声。

直到很久后这团火光才消失，一切又归于寂静。

这是哪里？我来到了什么地方？石昊还是有些迷茫。

他仔细地凝视着四周，心中猜测：这是仙人的天庭，还是不朽者的栖居地？怎么会有这样的景象？

“把我送到这里，有何用意？”石昊自语道。

“送你机缘。”一个声音突然响起，打破了宁静。

石昊心头一震，之前根本没有感应到有人在附近。紧接着他身体发光，释放出骨文，严密戒备起来。

他仔细寻找着声源，朝前方走去。

一座金属殿宇出现在他的眼前，房顶被掀开了，只剩下围墙，闪耀着冷冽的金属光泽。

石昊小心翼翼地走进殿宇，顿时愣住了。

这里鸟语花香，草木葱茏，没有丝毫荒寂萧瑟之感，一番生机勃勃的景象。

在这残破的殿宇里，藤萝叠绕，草木清新，有石桌，有蒲团，还有一个明媚动人的女子。

“请坐！”女子开口招呼石昊。她虽没有倾国倾城之色，但很有灵气，一双大眼透露出智慧的光芒，身上带着仙道气息。

“你是谁？该不会是一位真仙吧？”不知道为何，石昊来到这里后，心中想到什么便脱口而出了。

这里的气氛很不一般，仿佛直指大道本质，就连人的思想都变简单了，不再那么复杂。

“也许是，也许不是，现在我只是一道残留的印记。”这个女子平静地答道，没有隐瞒什么。

石昊惊讶不已。难道她曾经是一代真仙，是一个真正的仙家女子？

这简直如同做梦一般，他竟见到了这等人物！

这个女子袍袖一挥，石桌上便出现了四碟小菜，还有一个酒壶和两个玉杯。

小菜不知是由何种食材做成的，玉杯也很古朴，当她执起酒壶时，有混沌之气从壶嘴中弥漫出来。

女子给石昊倒酒，壶嘴中流出的液体晶莹透亮，散发着阵阵仙气，芬芳扑鼻，让人沉醉。

石昊大吃一惊：这是真正的仙家陈酿吗？这种东西别说是他，就连今世最强大的人都喝不到吧。

带着仙气的酒肯定是好东西，喝下去不知道会发生怎样的蜕变，他这般想着。

“请！”女子举起一个玉杯，示意石昊端起另一个玉杯。

石昊有很多疑问，没有立刻举杯，而是问道：“我正在经历什么？”

“往生，轮回。”女子平静地答道，像在说一件非常普通的事。

第887章 轮回

往生？轮回？石昊愣住了。

这个女子为什么这样说？这是真的吗？

早先他化成微粒，来到时间长河旁边，看大河被黑暗吞噬，看一个又一个牢笼出现，最后他被河水上方的一个旋涡吸了进来。

难道来到这里就是步入了轮回吗？

石昊瞬间想到了太多。

他已经不在原来的世间了，换句话说，他已经消亡了吗？

石昊默默地体悟，摇了摇头。他不相信这个说法，他还是原来的他，没有什么变化。

女子似乎看出来他在想什么，道："你已不在人间了。"

石昊皱起眉头。

这个说法也许是正确的。他的确离开了，化成粒子，进入那扎根于时间长河的旋涡之中。

如果有往生，这也算吗？

"所谓轮回，只是一段经历，并不一定要投胎转世。"女子解释道。

"是吗？我现在不是转世，倒像在经历一段旅途，这也算轮回吗？"石昊问道。

"轮回不计岁月，有千百世的轮回，也有刹那的往生。"女子说道。

"请赐教！"石昊郑重地开口。

"顿悟，便可算一个轮回。"女子这般说道，似乎一切都很平常。

按照她所说，所谓轮回就是一段经历。跳出原本的生活轨迹，在另一条路途上开启一段经历，这就是一段轮回。

顿悟之后，人生便可以陡然转变，大彻大悟。

"有人闯入一方古界，经历种种奇异之事，再回归原本的世界，那段经历对于他来说就是一段轮回。"女子淡淡地开口道。

如今石昊离开了原本的世界，来到这里，也算是一段轮回。

"即便你迷失了，忘掉了一段岁月，亦为一段轮回。"女子继续说道。

洞中方七日，世上已千年，这也是一种轮回。

眼前的女子面白如玉，眸子灵动，娓娓道来，让石昊陷入沉思，久久不语。

"有些人的元神离开肉身，久久不归，身在黑暗牢笼。按照你所说，也算一段轮回吗？"石昊问道。

"算！"女子点头道。

"这样也算。"石昊盘坐在蒲团上，小声道。

有人终日静坐，神游太虚，坐百年生死关不动如山，心神寄托于大道间，这是轮回吗？

有人悟道时，可见魔头入侵，可见大千世界幻灭，可见生老病死、七情六欲，亦可见人生种种、仙道诱惑，这些是心之所向还是轮回？

一时间，石昊愣住了，如同石化了一般。

凡人心中所想自然多为虚幻，可是修士悟道，动辄闭关百年，精神徜徉于天地间，所想不见得为虚啊！

这是轮回吗？

"这世间有生死轮回吗？"石昊神情严肃，道，"你知道，我说的不是顿悟，也不是迷失一段岁月的往生，而是寻常人所说的前世今生。"

"执拗！这世间少有绝对的事，都是相对的。"女子没有给一个肯定的答案。不过石昊还是有很大的收获，从女子方才的话中受到了许多启发。

"这就是你定义的轮回吗？"石昊问道。

眼前这个人可能是一位真仙，她的一言一行都有深意，尽是天地至理。若是能受其点拨，石昊的路将会更加宽阔。

"我早已不是仙，只是一些破碎的印记。"女子轻轻一叹，说道。

"请！"女子再次示意石昊举杯。

这个玉杯造型朴实，是从一块天然原石上挖出一个小洞制成的，样子自然而古拙。

杯中的液体芬芳醉人，晶莹透亮，飘出一丝丝仙气，笼罩着一层混沌雾气，无比神圣。

这种酒别说喝，就算只是这样看着，都会让人觉得沉醉。隐约间，石昊感受到了一股大道的气息，赶忙将其逼入体内。

"这酒不一般，能够饮上一杯，实属仙缘，谢谢！"石昊说着，举起了酒杯。

“这酒自然不一般，当年也只酿造了这一壶而已。我能在这里等待后世人出现，也全靠它。”女子坦诚地说道。

“啊？”石昊惊呼。

“它是你无法想象的人酿成的。”女子神情凝重，有些迷茫，道，“我为什么这样说？噢，我只是破碎的印记，遗失了太多记忆。那个人究竟是谁？”

“喝下它，我的功力是否会突飞猛进？”石昊问道。

“你想多了。揠苗助长，于你有害。不过有朝一日你会发现，你得到的好处远比想象中的还要多。”女子这样说道。

“是吗？多谢，请！”石昊举杯说道。

石昊的酒杯与那个女子手中的酒杯碰在一起，发出清脆的颤音。

刹那间，石昊惊呆了。

两个酒杯碰撞在一起后，杯中的液体摇动间，跃起一个又一个小人儿，冲起一件又一件兵器，浮现出成片的符文。

这是什么？它们都是酒液所化吗？

酒液像有生命一样，化成了塔、钟、炉等兵器，再化成各种生灵展开激战。

这分明是酒液，却化出了一个微型世界。

“现在你明白它有多珍贵了吧？”女子微笑道。

石昊露出疑惑的表情，盯着这杯酒，之后又看向她。

“你自己品尝一下就知道了。”女子说道。

石昊点点头，饮了一小口。就在这一瞬间，一杆黑色的战矛冲起，飞入他的口中。

恍惚间，他听见三千混沌神魔在咆哮，吟诵经文。

石昊心头一震，仔细感应，听到的确实是诵经声。更奇怪的是，他越用心品味口中之酒，诵经声就越清晰。

也不知道过了多久，石昊才平静下来。那点酒已被他咽下，味道变淡，直至没有味道。

石昊心中充满了期待，再次饮了一点酒。这次一口钟飞起，带着混沌之气，伴着光阴碎片，没入他的嘴里。

接着，诵经声再次响起，悠悠不绝，震耳欲聋。石昊像是傻了一样，表情呆滞，不断品味着酒的味道。

很长时间过去，石昊才清醒过来。

第三次饮酒时，一枚夺天地造化、被仙气包裹的金色种子，没入了石昊的口中。

这一次，新的诵经声响起！

很久后，石昊才睁开眼睛，道：“这是仙种吗？那些是仙古纪元的路与法吗？”

他的心情久久不能平静，震惊不已。

这一杯酒蕴含了太多天地至理，甚至包含了上一纪元的诸多法则与大道，将这些奥义浓缩于一杯酒液中，简直骇人听闻！

杯中的酒液没有减少太多，相对来说还很满。

这一杯酒中到底有多少天地至理？

“你若是将这些酒都喝下去，最终也只是照搬仙古法，意义不大。前车之鉴，供你参考，我们之前都失败了。”女子这般说道。

说这话时，她的语气中有一种淡淡的凄怆。她所说的“我们”，自然是指曾经的一批无上强者，如今他们都葬在了仙古纪元。

“再造‘我们’，没有意义。如果有一天，你们踏出不同的路，你喝的这杯酒才会有意义。你才能窥探其中的奥义，两相印证。提前解封与寻觅，只会禁锢你的思维，限制你潜在的能力。”女子幽幽一叹，说道。

石昊闻言，仍只顾埋头饮酒，细细品味。

每隔一段时间，这里就会发光，兵器冲起、生灵大战……所有出现的东西都没入了石昊的嘴里。

这是一杯特别的酒，蕴含了太多奥秘，其意义沉重如山！

这一杯酒，石昊也不知道喝了多少天才真正喝完。

“不错，你都喝下了。其他人可能喝一点身体就承受不住了，你很不错。”女子赞叹道。

石昊听到这一番话，心中大喜。

他知道这个女子来头甚大，能被她夸奖非常不容易。按照常理，就算绝世天才来到这里喝上一点酒，身体也会四分五裂。

他这样的经历算得上九死一生。

“你喝下这杯酒，就相当于喝下了仙古纪元的历史，经历了诸多轮回。那些法、兵器以及生灵，都已被你看见。”女子叹道。

石昊默然，看向石桌上的酒壶。

女子点了点头，道："你实力不凡，可以尝试将这壶酒撼动。"

"如果撼动了它会怎样？"石昊问道。

"你如果能撼动此壶，便会有天大的事情发生，影响无比深远！"女子郑重地说道。

第888章 古今未来

石昊低头看向石桌上的酒壶。它的样子古拙而平凡，只是壶嘴处在向外冒着混沌之气，还有丝丝仙雾飘出。

拿起酒壶就会有天大的事发生？

石昊抬头看向对面的女子，想从她的眼中看到一些异常。可是她依旧一副无喜无忧的样子，恬淡安静。

“刚才你已经得到了很多，有什么体会？”女子问道。

“大千世界，诸天神魔，无穷奥义，瀚如烟海。”石昊答道。他闭上眸子，嘴里还有仙酿的味道。

他仿佛又感觉到了小鼎、道塔、战矛等跃入嘴里化成符文，演绎成古经的奥妙。

他的确体会到了很多奥义，这酒绝对是无价之宝。他有一种羽化成仙的错觉，甚至觉得自己已经超脱了。

而此时再次深思，他的脸色渐渐变了，最后无比惨白。

“为什么一切都化为无形了？”石昊问道。任凭他怎么努力回想，很多东西都模糊了，想不起来。

“我说了，现在得到这些，于你无益。即便你已全部继承，也只是走我们的老路罢了。只有踏出不同的路，有朝一日突破原有的一切，你喝下的‘仙古法’才会有意义，那时才能两相印证。”女子答道。

“一杯酒怎够完成印证？一壶酒也不过十数杯，且都是特意酿造的，离真正的仙古纪元还很远。”石昊说着，伸手抓向酒壶。

“你太自信了！”女子大声道，压住了石昊的手。

“不可以吗？”石昊问道。

“可以，不过我要先讲明，免得你没有机会后悔。”女子神情凝重，告诫道，“如果你条件不够，触及酒壶，就会灰飞烟灭。”

“我愿意尝试！”石昊信心满满地说道。如果连这样的条件都满足不了，他还怎么在接下来的天地动乱中存活？

“听我讲完。”女子盯着石昊，严厉地说道，“如果你可以满足条件，将引发惊天剧变！”

石昊一愣，无论自己是否符合条件，都不是什么好下场，那他还掺和什么！

“后一种情况中，有一条生路，不过这只是我们推演出来的可能，不知道是否真正存在。如果有的话，那就很完美了！”女子继续说道。

“嗯？”

石昊看着她灵动的眸子，那里清澈如水，映照出他的身影。

“活下来，好处很大吗？”石昊问道。

“对于你来说，逃过这一劫，才有可能逃过这一纪元的劫。”女子答道，恢复了恬淡的脸色。

纪元劫？石昊心中一惊，皱起眉头。这一世终究要凋零吗？

“你考虑清楚了吗？”女子问道。

石昊默然，良久之后才点头道：“考虑清楚了！”

女子收回自己洁白如玉的纤手，盘坐在石昊对面，平静地看着他，不再说话。

“咚！”

天地间仿佛有一座时间仙钟被撞响，声音悠扬，回荡在万古间，响彻诸天万界。

这就是石昊触碰到酒壶的感觉。

那声音震耳欲聋，在他的神魂中回响，在他的元神内回荡。他头脑中一片空白：难道连这一关都过不了吗？

女子也紧张起来，难道又有人要殒命了吗？

“嗡！”

一声轻响，酒壶震动，混沌之气与仙雾升起。石昊的手掌终于稳住了，没有再继续龟裂。

他一声断喝，运转柳神法，治疗伤体。

随后，他用力抓起酒壶。“轰隆”一声，金属建筑都在跟着摇动，诸天星辰似乎都在簌簌颤抖。

石昊抓起酒壶后，虚空当场被击穿，像是犯了什么禁忌一样！

这与女子端起壶时完全不同，动静太大了。

万重雷电带着混沌光出现，景象惊人！

现在没有时间容石昊多想，他抓起酒壶后，一通狂饮，想将酒全部喝下。

那裂开的虚空恢复了宁静，雷电也逐渐消失了。

女子目瞪口呆。怎会如此？这和她想象中的完全不一样，剧变根本就没有发生。

太安静了，一点都不符合常理！

石昊在饮酒时，瞥了那个女子一眼。

随后，他便无暇顾及其他了，各种兵器、生灵虚影以及经文从他嘴里出现，如同一个微型世界，波澜壮阔、气象万千。

“呵呵……”

笑声突兀地响起，惊心动魄。这笑声没有源头，根本不知道是从何处传来的，就连石桌旁的女子都不知道发出笑声的究竟是何许人也。

“来了！”女子大声道。

她心头一震，眉心裂开，出现一只美丽的眼睛。她先是仔细凝视虚空，而后看向宇宙星海。

一道神光瞬间从她的眉心冲起，上窥九天，下探九幽！

可是即便如此，她也没能寻到笑声的源头！

“呵呵……”笑声还在回荡。

那人开口道：“终于找到你了。”

这句话让石昊心中发毛：这是谁？他在哪里？为何我感应不到他？他为什么要找我？

石昊一向对自己的灵识十分自信，可是现在没有一点办法探知对方的所在。

“你的真身在万古前，还没有在此显化，就已经降下神觉？”女子淡淡地说道，盯着远方，像在看一条历史长河奔腾而过。

石昊猛然抬头，预感到不妙。

虚空在破灭，时光在消退，成片光芒出现，无尽的混沌崩开，一道模糊的影子站在天地的尽头。

他推动着日月星辰，带动着漫天混沌，踏过时间长河，由远及近，向这边走来！

女子有些绝望，眼中尽是不甘，她只能坐在那里，无法反击。

女子轻叹道：“你们至于吗？这样一个小家伙也能引得你们出手？隔着万古时空，你也要冒着自身殒命的危险，除掉一株幼苗吗？”

那道身影依然很模糊，但很高大。

他龙行虎步，双手推动诸天星辰，踏着时间长河，穿行于天地之中！

虽然这个人还没来，但是那种气息太恐怖了。大海为之干涸，太阳随之陨落，他的气息仿佛能毁灭一切。

石昊感觉自己如同坠入地狱之中，浑身直冒冷汗。

这是怎样的一个人？他是来诛杀我的吗？石昊心中有数不清的疑问。

“对于你等来说，时间如长河，奔涌向前，不敢逆反，怕沾染了因果而殒命。可对于我来说，它只是一个环，而非长河，纵有巨大代价，也并非不可逆。”这个人的声音传来，没有怒气，却带着巨大的威严。

“你们是怕了吗？竟然不惜一切代价要除掉一株幼苗！”女子大声道。

“不是怕，只是顺手而为。既然我坐于万古前，生出了些许感应，为何不随手斩了他呢？”那男子答道。

石昊听到这一席话，整个人都愣住了。这个人坐在万古前，就已经有所感应，预测到了他的出现？

这是一种怎样通天的本领！

“说得好听，还不是你们一起推演的结果，怎会是你一个人？”女子冷笑道。

“顺势而为。我已经斩了不止一个。很多人在历史上如同烟花般绽放，虽然美丽，但只是一刹那。”那男子说道。

石昊身体冰冷，如坠冰窖之中。

这是一个何其残酷又可怕的结局，他连抗争的机会都没有，别人一念之间就可除掉他。

最重要的是，他们盘坐在万古前，不属于这一世！

这让石昊觉得既悲哀又无奈。

“你们这样行事，强行逆转，就不怕引起最大的杀劫吗？”女子厉声道。

“有吗？又不是第一次了。”男子这样说道，面不改色。

“你从万古而来，想强行除掉他，若是未来也有人来呢？未来与他有紧密关系的人，必然会被牵引进这桩惊天的因果中，你不怕吗？”女子问道。

“的确有这种可能。不过和他有关系的人会有那么强吗？如果有，我就顺势除掉好了。”男子答道。

“呵呵，你太自信了。值得你们踏时间长河而来的人，怎会简单呢……他必有一条活路！”女子大声道。

“是吗？那就让我看一看是否有这样的生灵。”那男子说道，准备出手。

一旦他跨越时空发动攻击，将引得天崩地裂，惊世剧变随之发生。

“轰隆隆！”

突然，天地的尽头剧烈震动，一道身影浮现出来。

那道身影压塌了古今未来，震断了时间长河，就这样现身了！

“什么？真的有！”男子惊呼。

那是一个女子，她身体修长，衣裙飘舞，戴着一张神秘的鬼脸面具。

第889章 白衣绝世

未来竟然真的有这样一个人，与石昊有关！

她不属于当世，也不属于过去，就这样踏在时间长河上。她浑身环绕着无穷混沌气，携带着阵阵仙光，俯视万古长空。

“真有人敢挡我的路，哈哈哈！”远方，那道推着日月星辰而行的高大身影站在混沌气中，大笑道。

这一笑，让他周围的大星簌簌坠落，一些大星直接崩裂，发出烟花般的光，最后化为灰烬！

这种威势无与伦比！

天宇裂开，黑暗大裂缝扩大，黑洞一个接着一个地出现，满天星辉都变得暗淡了。

石昊感到异常吃惊。难道这世间真的存在这样一个人，与他有很不一般的关系？

她居然就这样出现了！

他原以为，如果真的有一个人与他有关，注定会是柳神，可现在看来并不是。这让他心中发凉，感到一阵凄怆。难道他当日看到的预言注定要成真吗？

当有一日，乾坤倾覆，岁月变迁，一切都不存在了。这世间只有他一个人孤立山巅，独自面对苍茫天地。

那个时候就只剩下他一个人了。一株焦黑的柳树成为背景，他身后是何等凄凉的景象。

什么敌人、亲人、朋友以及爱恨情仇，一切都不复存在了。

石昊还看到，他独自上路，既不知归路，也不知前途。

这个女子不是柳神的话，那会是他在那条路上遇到的人吗？

在生死攸关之际，有人出手相救，石昊不知道是该哭还是该笑，眼中有泪，心中有悲。来的不是故人，而是一个他并不认识的女子。

如今的玩世不恭，也许终将被沉着稳重取代，很多事似乎已经注定。

如果有朝一日他不再活泼，变得深沉，独自面对这世间，那该会多么可悲！

这其中到底发生了怎样的事？

光是想想，他都觉得心中发凉。他定然会经历一次又一次的生离死别，看一个又一个熟悉的人上路，送他们远去。

虽然有人出手相救，但是此时石昊心中充满了悲伤。他意识到许多事即将发生，心中压抑，感觉快要窒息了。

“我相信，未来可以改变，我看到的不会成真！”石昊暗自低语道。

那个女子踏在时间长河上，被混沌雾霭笼罩。她修长的躯体静立不动，唯有雪白的长裙随罡风而舞。

她好像由不朽的玉石雕刻而成，一头乌黑的秀发自然地披散在胸前。

在场的三人都想看清她的容貌，可是都做不到。那个鬼脸面具很特别，比仙器还不凡。外人无法看透，即便生有天目也不行。

青铜面具似哭非哭，似笑非笑，让人看了，便留下深刻的印象。

紧接着，那面具便化成了一枚古朴的指环。浮华褪去，返璞归真，在女子身前沉浮。

即便如此，他们还是看不清那个女子的容貌。就连她的身影都很模糊，仿佛跳出了世界之外。

接着，指环又化成了一柄仙剑，杀气腾腾。

随后，仙剑又化成了一个大道宝瓶，吞吐诸天星辰，缭绕着无尽仙气。

直至最后，它又化成了面具，戴在那个女子的脸上。

“这面具以最平凡的青铜铸成，加入仙金精华后成为无上至宝。你这是在示威吗？”远处，那个推动日月星辰而行的男子开口了。他不怒自威，乾坤星海都跟着隆隆作响。

女子依旧一句话也不说，目光没有在男子身上停留，而是看向了石昊。

无论是与石昊坐在一起的女子，还是那个恐怖的男子，心中都是一惊。

好自信的女子！

她从出现到现在居然只关注那个少年！

“哈哈……”男子大笑，霸气十足，道，“也不知道多少年了，我都不知道还有谁敢这样对我。你是个特别的女子，希望有一天你能常留在我身畔。”

他如同帝王看上了自己中意的女子般，语气张狂，不知道是自信还是放肆。

这女子能显化于此，实力肯定不容小觑。

这时，那个白衣女子看向男子，双目中射出璀璨的光束，气势瞬间变得不同了。

她如同一位女帝，睥睨人间。

一股可怕的气息逆着时间长河直冲那个男子而去，激起了惊天骇浪，从天宇上卷落下一颗又一颗大星！

这种景象太恐怖了，震撼人心。

仅一股气息就如此强大，这白衣女子果然非同小可！

“究竟过去多少世，才能出现一个你这样的女子？”时间长河的上游，那个男子轻叹道。

随后，他的身体猛然爆发出可怕的光芒，好像无数个太阳挤在一起，如同惊天的彩虹般沿着时间长河而下，冲向那个白衣女子。

一刹那而已，他就施展出了数种大神通，向那个白衣女子发动攻击。

石昊惊讶不已，坐在石桌对面的女子也是如此。她睁开天目，紧张到了极点，没有人比她更清楚那男子有多恐怖。

时间长河下游，那个白衣女子扬起洁白如玉的右手，结了一个法印，而后向前拍去。

“轰隆！”

一声巨响。天地为之战栗，诸天道则像是臣服了，虚空与大道都在簌簌颤抖。

石昊和另外两人透过大道的轰鸣声，洞悉了四个字——万化仙诀！

他们明白了，白衣女子的手段已经达到了不可思议之境。她用一种神通降服大道，压制天地，使得乾坤都与其合二为一。

从那上游而来的成千上万道光束，代表着一道又一道的宝术，恐怖至极。

可就在这时，所有光束都变暗淡了，随后便在白衣女子的身前消失了。

那么多大神通居然在刹那间全部消失了！

盘坐在石桌对面的女子看到这番场景，脸上不禁露出惊骇之色。

无上神通接连发出，结果被白衣女子一掌拍得全部消失了，这简直是神话中的神话！

“真有这样的生灵，可以与我匹敌？这种手段是你自创的吗？我从未见过，倒是有几分新鲜感。”时间长河上游的那个男子踩着日月星辰，伴着混沌雾，这般说道。

“轰！”

惊天动地的一声巨响。白衣女子出手了。

她看着恬静，真正行动起来却霸气十足。她俯视天地万灵，不将任何生灵看在眼中。

此时，她摘下面具，抖手扔出。那面具瞬间变得巨大无比，沿着时间长河冲向那个男子。

她主动出击了。柔弱与被动根本不是她的本性！

“嗯？”

那个男子大吃一惊，仓促间感觉自己要吃亏，赶忙出手。

青铜面具来得太快了，直接将男子盖住，这是沉重的一击！

第890章 **不可亵渎**

“破！”

男子大吼一声，手掌如同山岳一般，迎着那巨大的青铜面具拍去。此时他稍微露出了“真形”。

他矗立于天地间，浑身都被甲胄覆盖着，连面部也是如此，一双青色的眼睛射出利剑般的光束。

此外，他背后拖着一条尾巴，上面也覆盖着铠甲。他浑身闪烁着冰冷的金属光泽，是一个极其可怕的生灵。

他一掌就震碎了天宇。那些大星一颗接一颗崩裂，化成瑰丽、恐怖的光华。

“锵！”

巨大的响声传来。白衣女子的青铜面具遮盖苍宇，和男子的手掌撞在一起，产生了惊天动地的碰撞。

那个男子顶天立地，高大威猛，周围被日月星辰环绕着。

此时他的一条手臂忍不住微微颤动。他拍出的那一掌不仅没有击穿白衣女子的面具，反而让他自己的虎口受伤了。

“再破！”男子断喝道。

他被激怒了，手掌发光，无数大道规则浮现，一起冲向天际。

显而易见，这个男子爆发出了极为可怕的力量，仿佛可以瞬间斩尽一切外敌！

看到这一幕，石昊与石桌对面的女子的心都快跳出来了。

一道又一道秩序神链抽打在青铜面具上，让它颤动，不断发出轰鸣声。

青铜面具虽然不住地颤动，但是始终没有裂开。

“轰！”

一声巨响。那个男子施展无上拳法，将无数神通融在一起，向青铜面具攻去。

青铜面具发出仙光，有一滴泪水从上面滑落。泪水疾速放大，落下时化为一片大海。

一滴眼泪化成汪洋，淹没星辰，无边无际。

站立在下方的男子直接被汪洋淹没了。

“轰！”巨大的声音响起。

男子浑身发光，双手结出法印，爆发无量神力。他在全力摆脱，不断发起凌厉的攻击。

一道又一道混沌之气腾起，而后迸发无尽的仙光，这里什么都看不清了。

无数法则喷薄而出，秩序神链如同蛛网般密密麻麻地纵横交织，到处都是。最后形成了黑洞，不断开合，此地完全被击溃了。

混沌之气汹涌而来，将这里淹没。

石昊瞠目结舌，心怦怦直跳。

对面观战的女子也目瞪口呆，这一战超乎她的想象。青铜面具上的一滴眼泪竟有如此神威，轻而易举就缠住了那个男子，这太让人吃惊了。

一声惊天动地的嘶吼响起，仿佛可怕的野兽在怒吼。下方的男子震碎了一些大星，让天宇都暗淡下来，时间长河都快要断流了。

那个男子立身于时间长河上，不断咆哮，身体好像燃烧了起来，汪洋都被蒸发了，只留白雾。

紧接着，他的尾巴如同一杆战矛般冲霄而上，刺向青铜面具。

这股力量截断星河，刺破星空！

这条尾巴快速变大，散发出浓郁的仙气，可怕至极！

“咚！”

一声巨响。面具不断旋转，将雾霭收走，将它们重新凝聚为一滴眼泪。

青铜面具沿着时间长河向下，朝着白衣女子飞去。它在飞行过程中发出灿烂的光芒，让历史轨迹上的星辰都黯然失色。

“哪里走！”男子大吼道。他沿着时间长河往下，将大星一颗一颗地踩碎，气势恐怖至极！

白衣女子站在下游，双脚始终没有动过一下。这一次，她用雪白的手掌缓慢地向前推去。

“当！”

一阵清脆的响声传来。青铜面具被定住，瞬间迸发出刺目的仙光——它在变化！

面具刹那间化为了一柄仙剑，绝世剑气冲霄而起，迅速向前斩去。一缕又一缕的寒光射出，那是秩序、是规则、是大道！

从剑尖喷出的光束剖开道则、斩开混沌、毁灭一切，璀璨到极致。

在时间长河的上游，那个追击而来的男子脸色大变，愣了一下。

短暂的犹豫，那柄仙剑瞬间就到了他近前！

“锵！”一声巨响，火星四溅。

仙剑与被甲胄覆盖的尾巴撞在一起，流光漫天，划破夜空，击落了一条璀璨星河。

接着，在昏暗的光线中，仙剑向前劈斩，速度快到极致，天地大道都不禁哀鸣。

那个男子嘶吼着，猛力甩动尾巴，与那柄仙剑对决。

尽管男子的尾巴上有甲胄，堪比仙矛，但还是出现了一道道裂痕，险些被斩断。

“我的血是白流的吗？”男子没有发怒，反而很冷静。他的声音很低沉，如同闷雷一般，引得四周的虚空不断轰鸣。

那洒落的血不知不觉间已沿着时间长河而下，化成璀璨的符文，出现在白衣女子的周围，化成了绝世杀阵。

“哧！”

男子一扫之前的颓势，变得无比狂暴，气息也强了一大截！

“无论你在哪里，先打上我的烙印再说，这样将来才好寻到你！”男子喊道。他曾说过，要将白衣女子留在身边，现在这是在提前准备。

他知道即便自己在这里胜出，现在也留不下那个女子，要等到将来再做筹谋。

“你想多了。”白衣女子终于开口了。

话音刚落，仙剑横飞而起，一剑刺向虚空！

“轰！”

一声巨响。这道剑光散开后，化作成百上千点光芒，全部洒落在那个男子身上。

男子浑身发光，各种秘术一同施展，可还是没有护住他的全身。

铿锵之声不绝于耳。他身上的仙金甲胄不断破碎，一块又一块地脱落。

这甲胄是一件珍贵的仙家战衣，如今却被硬生生劈开了，上面足有数百处裂痕。

“好厉害！未来会有这样一个人？”石昊对面的女子忍不住出声，此时她觉得白衣女子的实力简直冠绝古今。

一剑落下，便刺得那如君王般的男子狼狈不堪，踉跄倒退。

“我流的血越多，敌人就会越凄惨。”男子自语道。他并无挫败感，反而越发勇猛了。

那些血混在时间长河中流走，越来越多，全部汇聚在白衣女子周围，化成了繁复的纹路，组成惊天杀阵。

白衣女子抬手一挥，击散了一些血液，可它们并没有消失，而是散开后又快速重组在一起。

“我是不灭的，我的血液也是不灭的，可以终生将你禁锢！”男子冷漠的声音自时间长河上方传来。

白衣女子依旧很平静，她双手结印，迸发出的光束化成了一个宝瓶。

“轰！”

响声震耳欲聋。瓶嘴发光，喷薄出无尽瑞光，全部击向那些血液，令其蒸发，燃烧！

“嗯？”

男子大吃一惊，身体剧烈摇动。他施展出强大的禁忌秘法，向白衣女子冲了过去。

这时，白衣女子召回了仙剑，仙剑瞬间化成一个宝瓶，与她结印形成的宝瓶融合为一体。

美丽的符文密布在宝瓶上，释放出不朽的气息，混沌雾与仙光不断从瓶口涌出。

这一次，宝瓶不再喷薄神力，而是将漫天的血光和对方发出的神通、宝术全部收了进去。

它仿佛什么都可以容纳、炼化！

那个男子身上的伤口全面裂开，血液流向宝瓶。他意识到，这个女子是在用实际行动回应他。

他曾说过，血流得越多，敌人越凄惨，现在白衣女子要收走他全身的血液。

“给我断！”

男子大喝一声，不仅想断掉那种吞噬力，还想断因果、斩天地，与白衣女子暂时断掉所有联系。

他怕自己的血液被全部吸走，最后血尽而亡。

“哼！”

白衣女子冷哼一声，超然中带着不可侵犯的威严。她催动手中的宝瓶，宝瓶喷薄出无尽光彩，瞬间笼罩了天地。

“轰隆！”

惊天动地的一声巨响。

那个男子被光华击中，整个人横飞而起，身上的甲胄也全部裂开了。他的身体再也支撑不住，生生砸向时间长河的上游。

“你……”男子怒吼道。

这简直是奇耻大辱！他居然被白衣女子打倒了。

第891章 再见

让仙金甲胄裂开，这是何等强大的力量？有几人可以轻易击毁仙道法器？这个白衣女子做到了！

这时，一些仙金碎片飞向金属建筑。盘坐在石昊对面的女子一挥袍袖，接住了数块仙金碎片，面露喜色。

这可是两大至强者对决后留下的“痕迹”，其中蕴含的价值不可估量。如果将这些仙金碎片研究通透，就可以更轻松地悟道。

远处，那个男子心有不甘，怒火中烧。

“定！”男子一声怒吼，施展出深不可测的古天功，想要力挽狂澜。他不甘心就这样被人解决掉，也不想被打回万古前。

时间长河的下游，白衣女子手持宝瓶站在那里。宝瓶上面刻有绝代美人飞仙图，此时正洒落无尽光雨，释放出强大的仙劫之力。

这种仙劫可不是一般意义上的仙力，它自身带着奇异的奥义。

世间，一旦有人想要飞仙，必会引来屠戮。

这种仙劫力，与其说是一种规则，不如说是一种灭仙的劫难！

随着大道宝瓶的喷发，那无穷无尽的光将早先吞掉的血都熔炼，然后全部释放出来。

这一击无与伦比。那个如君王般的男子刚想施展出通天之力，凝聚起来的符文就被全部击散了。

“啊……”男子大叫一声，血液洒落，伤痕累累，早先的自负不见踪影。

他就这么败了？

要知道，男子可是一位无上强者，盘坐在万古前，神游太虚。

那个男子能在遥远的过去感应到石昊，还跨过时间长河来对付他。这等能在过去影响未来的人物，几人能敌？

可男子现在居然被人打得肉身裂开，弄不好就是一个形神俱灭的下场。

“他一时间还死不了，毕竟他盘坐于万古前，过来的不是真身。”石桌对面的女子叹气道。

“嗯？”石昊不解。

“这是他的一道法身沿着时间长河而来，身穿甲胄而战。他的真身还盘坐在万古前呢，并未出动，不然你以为他会这样轻易被打败吗？”女子解释道。

按照她所说，没有人敢轻易出动真身。可即便出动法身，也要付出巨大的代价，甚至会连累真身殒命。

那个男子败了，其真身多半会消亡。

石昊听到这一番详细的解释，不禁倒吸一口凉气。触动古今未来，竟要付出生命的代价！

“他以为自己能不染因果，无视时间长河。哼，他根本不可能做到！”石桌对面的女子说道。

“咚！”

巨大的响声传来。在宝瓶的接连攻击下，那个男子再也难以凝聚成形，坠入了时间长河之中。

一朵又一朵浪花溅起，男子再也没有起来。

万古前，一阵巨大的咆哮声传来，惊动了天地。

这吼声来自仙古纪元末年，正是大战落下帷幕之时。

一切已成定局。

无论是战败的一方，还是战胜的一方，都不解为何会有这样一声沉闷的嘶吼。

一座古殿中，上面盘坐的一道身影原本如同石像般一动不动，此时眉心龟裂，鲜血溢出。

“天啊，一位大人的神像裂开了，怎么回事？”这是万古前的惊呼，不曾被记载下来，在如今的这一世，更是没人知道。

此时，石昊还盘坐在废墟中，想着刚才发生的那一幕。白衣女子就这样击倒了那个男子吗？

石昊看向那个白衣女子，她像尊贵的仙王一样，傲立世间，所向无敌。

过去有无上君王想要针对来世人，结果却引出了这样一个女子！

“杀！”

突然，时间长河的尽头传来一道音波，滔滔如江海，滚滚如山崩，又若无尽星海倾泻而下。

那种波动太可怕了，让时间长河狂躁地涌动起来。

在时间长河的上游，一座古庙浮现，里面盘坐着一个人，正是刚才那个被击败的男子。

“他的……真身来了！”石桌旁的女子惊呼。真身出现，那不是抱着赴死的心态一战吗？

真身沾染因果，注定要殒命啊！

“还没有真正过来！”石昊大声道。那座古庙只是在那里显化而已。

一个男子盘坐在万古前，缓缓地睁开双眼，目光犀利。

“再来一次吗？送你上路。”白衣女子只有这样一句话。

古庙中，男子浑身发光，口诵真经，震动万古长河。一颗又一颗大星明灭不定，围绕着他旋转。

男子仿佛成了宇宙的中心，无数星河将他环绕，让他看起来威严而神圣，不可冒犯。

时间长河下游，白衣女子结出法印，催动手中的宝瓶，准备再次发起攻击。可是，突然她身体一震，停下了一切动作。

很快，石昊也感觉到了，瞬间身体动弹不得，他对面的女子也是如此。

时间长河上游，那个男子仍在口诵真经，一片又一片黑雾浮现，从无尽苍穹上涌来。

一刹那而已，男子的周围变得黑压压的，伸手不见五指。

就在此时，男子背后无声无息地出现了一道巨大的黑影，黑影顶天立地，矗立在乾坤中。

那道黑影太庞大了，一眼望不到头，星河与它相比，就如同它的汗毛一般。

那道黑影矗立着，一动不动，仿佛一个镇压古今未来的盖世魔头。相比较而言，古庙中盘坐的男子显得很渺小。

早先他也曾耸入天宇中，高大无比，可是与那道黑影一比，就显得太小了。

看到这番场景，白衣女子也难以保持原有的平静了，她如同雄霸天下的女帝般，释放出神圣的气息。

白衣女子神情凝重，目光冷厉，盯着那里道：“我又看到了一角，难怪未来那么艰险，尽是血与火。”

那里越发黑暗了。

从苍宇上落下的黑雾更浓了，即将出现第二道黑影，它虽模模糊糊的，但同样庞大。

第一道黑影移动了，准备冲过来，那种气息和威势仿佛要摧毁一切。

白衣女子顿时变得郑重无比，如临大敌。

她一声断喝，施展出一种十分可怕的天功。她整个人都在发光，从其血肉中竟冲出和她长得一模一样的生灵，悬在她的头顶上方，不断结印。

她是在脱胎换骨，再造真我。

“轰！”

惊天动地的一声巨响。白衣女子施展出最强一击，向那个男子攻去。

天崩地裂，时间长河断流，历史的星辰成片坠落。她使出浑身解数，不断结印攻击。

“轰隆隆！”

终于，时间长河像失控了一样，向四面八方奔腾而去。

这意味着一切都乱了。

一切渐渐平静下来后，时间长河上游的古庙消失，黑影不见了。

白衣女子嘴角溢血，点点猩红染红了她的衣襟。

“发生了什么？”石昊问道。他刚才根本看不真切，不知道发生了什么状况。

石桌对面的女子严肃地说道：“她斩断时间长河，干扰了过去，阻止了黑影过来。”

这足以说明问题了。白衣女子不让黑影出现，没有与之决战。

“没有人可以轻易扰乱时间长河，她这样出手，干扰了过去，那些人便无法再出手了。”石桌对面的女子说道。

这一切都是她的猜测。

“白衣女子为此付出了很大的代价。”她补充道。

而后她又皱起眉头，仿佛有些事情无法想通，道：“也不太对。”

点点光雨飞来，包裹着石昊，将他隔绝在时间长河外，使他不沾染因果。随后，光雨又消失了。

“我知道了。她对你出手，让你挣脱出来！”石桌对面的女子盯着石昊说道，明白了过来。

石昊闻言，不禁愣住了。他看向那白衣女子，又看向时间长河上游的尽头。

“我终于见到你了。生在这一世，你比谁都要难、都要苦，需要一个人独断万古啊！”白衣女子对石昊说道。她的白衣沾染了一些血迹，如同朵朵梅花在雪地盛放一般，看起来有些凄美。

白衣女子说话的语气很柔和，和战斗时完全不一样。她对石昊说这些话，显然带着一种特别的情绪。

石昊想要看清白衣女子，记住她的面孔，可是根本看不清楚。即便没有青铜鬼脸面具遮掩，石昊也只能看到她模糊的轮廓。

“再见……再见……”白衣女子轻语道。接着，她的身体渐渐暗淡，最终化成光雨，从这里消失了。

第892章 回途

石昊怅然若失地看着时间长河滚滚而去。一朵又一朵浪花泛起，每一朵上都站着一些模糊的影子，那些影子属于曾经的一代天骄。

可惜这些人都如同流水般一去不复返，全都殒命了。

刚才那场巅峰对决是不朽的，跨越时空，无惧时间的流逝。那才是真正的不灭之战！

虽然岁月流逝，时间更迭，但是有些人还在。

石昊知道，那个白衣女子还活着，就活在将来。终有一日，他会再见到她。

石昊从来没见过一个女子这么强大，而且如此超凡脱俗。

前所未有！

石昊不知道那个如同君王般的男子是否能够活下来，他在这一战中付出了巨大的代价，最后连真身都浮现了，不知是否会因此在万古前殒命。

如果那个男子真的死了，必将掀起一场大风暴。对白衣女子而言，这将是一个极为辉煌的战果。

一个女子在时间长河中击败一位无上大人物，这是何等的气魄！

不过，即便那个男子殒命了，他背后还是有更厉害的人。那道巨大的黑影让白衣女子都十分忌惮，只能避而不战。

现在想起来，石昊觉得有些后怕。将来真正面对这些敌人时，有多少人可与之一战？

石昊想了太多太多……

未来的路充满了荆棘，崎岖不平。他曾窥视过未来一角，又听了白衣女子说的那些话，心中不免感到酸楚，不知道将来会发生何等惊变。

他不想看到惨烈的战争，更不希望在未来绝望。他想让身边的人都活下来，而不是一个人孤独地站在凄冷的山巅。

“还没有发生，一切都可以改变。不曾发生的事，都还有余地，可以逆转！”石昊自语道，像是在为自己打气，坚定信念。

他咬着牙，嘴唇都出血了。

不甘、彷徨、绝望……

一时间，石昊心中充满了各种情绪，很是复杂。

“再见……”白衣女子说的话只剩下这两个字还在回荡着，让他更加心神不宁。

有朝一日，他是否会向所有人道出这两个字呢？

他的心都在颤抖。

待一切都平静下来后，石昊依旧坐在那里一动不动，呆呆地出神。

“这几块仙金碎片送你了。”石桌对面的女子说道。这是刚才那个男子的战衣被打碎后遗留下来的。

这东西带着两大强者决战时的部分痕迹，蕴含着大道纹路。如果石昊足够强大，趁着它们的气息还没有消散，说不定能参悟出什么。

石昊木然地把仙金碎片接到手中，没有什么表示。

接着，他抓起酒壶，不断向嘴里倒酒。神光闪耀，符文跳跃，到最后，酒渐渐地都没有了味道。

壶嘴处还在向外流出酒液，不过已经没有符文了，也没有经文声响起。

“好了，你该离开了。这壶酒乃万古沉淀所得，可不是为你一个人准备的，你喝得差不多了。”女子说道。

说完，她的身体渐渐模糊，化成一片符文烙印在石桌上。

石桌上留下一行文字，大意是“留待有缘人”。

这一行字是精神印记，是这个女子化成的。她只是一些残留的印记，并非真正的仙子。

这时，石昊头上无声无息地出现了一团火，它映照着时间长河，然后将几块仙金碎片包裹起来，熊熊燃烧。

到了最后，这团火突然又消失了。

“当！”

石昊松手，酒壶顿时落在石桌上，那几块仙金碎片也都落在那里，发出清脆的响声。

“万古后，我还在吗？是否会有另一个人来到这里饮酒，看时间长河，谈古今大事？他能否见到石桌上的仙金碎片？”石昊站起身来，自言自语道。

时间终究要逝去，他不知道自己会有怎样的结局，是否还会活在世上。

世间万物，不管怎样，终会更迭，也许这就是轮回。

“轮回！”

石昊大喝一声，施展出自己至尊骨蕴含的神通，接着又使出了一种没有完全成型的神通。

它们结合在一起，贯穿长空，仿佛可以击穿一切，改变万物。

光芒万丈，骨文密布，这个地方已经被耀眼的光淹没了。

这里变得寂静无声。

石昊一个人在废墟中漫步，想要把这里看透。

“咚！”

一声巨响。终于，时间长河发生了变化。滔天的浪花激起，形成一个旋涡，散发出混沌气。

恍惚间，石昊发觉自身就在这条河中，而且在河底。

“轰！”

一口黑洞出现，旋转着将他吞了进去。最后他脱离了河面，从旋涡口飞出。

石昊再次感觉自身化为了发光粒子，这种感觉很奇妙。

他体会不到时间究竟有多久长，在茫然和惆怅中，终于踏上了归路。

这就是他此行的经历。

他没有见到真龙，也没有进入凤凰卵中涅槃，可他经历了一段富有传奇色彩的旅程，就好像做了一个梦。

虽然这个梦很真实，但是又找不出具体的轨迹，没有留下什么痕迹。他喝下的酒液中蕴含的经文都不见了，仿佛从来没有出现过一样。

最后，石昊出现在一座巨大的祭坛上，回到了原来的世界。

“咦，他回来了！”远处有人小声议论道。

很多人都已经回归了，但凡有奇异经历的人，都有巨大的收获。不少人异常兴奋，在那里滔滔不绝地谈论着。

当然，也有一些人注定无法回来了，永远留在了那些奇异的旅程中。有些人殒命了，有些人迷失了。

每个人都经历了一段独特的旅程。

有些人得到了古籍，有些人得到了药方，有些人开启了武库，有些人重塑了肉身，还有一些人……

当石昊走出人群时，发现了异常。

远处有不少人在混战。

“各位不要只顾着兴奋，互相交流一下吧。”有人大声道。

在场的人其实早已注意到了远处的情况，发现是天神书院中的一些刺儿头在闹事。

“什么情况？”有人问道。

“这些人让大家说出各自所得的机缘，相互交流，共享造化。”有人不甘心地说道。

天神书院那些人经过了涅槃，没有什么可以往外拿的，却要众人取出得到的经文和神通，这不公平！

有人得到的仙丹残片都被强行取了出来！

“太过分了，他们凭什么？”有人大声叫道。

“是一位长老鼓励的！”一位修出两道仙气的高手说道。

这句话一出口，所有人都默然了。他们压住心中的怒火，渐渐明白了这是怎么回事。

那些刺儿头都有背景，手中还有神秘的武器。其中一些人不仅与长生世家有关，而且与书院中修出三道仙气的年轻至尊交情颇深。正因为这样，所以他们有些肆无忌惮。

当然，最重要的是书院的态度——鼓励“交流”，任凭他们切磋。

用一位长老的话说，适当的竞争就如同养蛊一般，彼此厮杀才能产生无上的王者。

“绿陀就那样大摇大摆地走出去了，那些刺儿头连屁都不敢放一个，还主动送上了一些交流所得的好东西！”有人不服气地说道，脸上尽是鄙夷之色。

此时，前方大乱，发生了激烈的内斗。

“咦，又是那个小姑娘，她又在摔神兽了！”

“那是麒麟好不好！”

众人都在观战，纷纷议论着。

石昊一眼就看到了小兔子，她抱着一头银色的神兽，气鼓鼓地和一群刺儿头对峙，最后直接将怀中的幼兽扔了出去，狠狠地砸向人群。

这个动作引起了一阵混乱，她摔的可是一头真正的麒麟幼崽！

别说是其他人，就连书院中密切关注此事的长老也有些傻眼了。交流之事可是他允许的，可是摔麒麟这种事，他绝对是不允许的。

这不是第一次了。那个小丫头在书院中一不高兴，就将怀中的白麒麟幼兽扔出去，当成砖块砸人。

事实上，书院早就想将小麒麟收走了，可那头白麒麟幼兽认准了那个小姑娘，谁都带不走。对此，书院也毫无办法。

只要这个小姑娘不开心，受了委屈，就会将麒麟当成发泄物一样扔来扔去，其他人还真没这个胆量。

书院里没有一个人敢伤害小麒麟，大长老曾说过，谁敢加害它，就会死无葬身之地！

“老虎不发威，你当我是病猫啊，还想索要我所有的机缘？简直是白日做梦！”这时，曹雨生的声音传来。

石昊的脸色不是很好看，他刚在时间长河中再次感知到了未来一角，最怕的就是失去这些亲人和朋友。现在见到故人被欺凌，他当即沉下了脸。

“什么？你还敢调戏清漪，不怕荒出现后打倒你们吗？”曹雨生大叫道。

“什么荒？他早死了，他算什么！”有人不以为意，这样说道。

不过他们对曹雨生这个胖子非常忌惮，他浑身冒着符文，肉身中还养着一个混沌剑阵，有点吓人。

石昊听不下去了，看到莫道正在不远处，立刻传音道：“你去和他们交流一下，统统给我镇压！”

第893章 强盗交流

莫道默然。这家伙还真当他是一个打手了，什么都吩咐他做！

只是人在屋檐下，不得不低头，现在他和石昊已经是一根绳上的蚂蚱了。

当那些人看到莫道转身，向他们走来时，顿时发生了一阵骚乱。这可是一位拥有三道仙气的年轻至尊，一般人谁敢惹？

莫道向前走去，神情凝重。他的内心深处很不平静，仿佛有猛烈的大风呼啸而过。

他也曾登上祭坛，经历过一段神异的旅程！

现在他的心情还没有完全平复，刚刚经历的那些对他的冲击太大了，甚至可以说颠覆了他的认知！

石昊收莫道为仆从，不仅是因为他实力强大，还有更为深远的考虑。

石昊想通过莫道铺开局面！

莫道是天纵奇才，在边荒后面的世界是一个名人。如果他得知了所谓的“真相”，回去后肯定会掀起轩然大波。

石昊希望自己收的这个仆从，既是一个无敌战将，又是一个颠覆者。

莫道此次的历程非同一般，他看到了昔日大战的石刻，得知了部分真相。

那些石刻与精神印记本是留给九天十地的英杰的，想让他们见识祖辈与那些古老种群的激烈大战，激发他们的斗志。那些石刻上面不仅记载了一些历史上的纷争，还有一些隐秘之事。

当然，莫道并没有完全相信，内心十分挣扎。他认为这是九天十地那些古祖的一面之词，不一定可信。

“你怎么了？患失魂症了吗？”石昊不满地问道。

莫道此时失魂落魄，眼神飘忽，不知道在想些什么。

“我和你们交流。”莫道开口道，回过神来。

那群人的脸色立刻变得难看起来。这人来了的话，除非请出邀月公主、绿陀等人，不然谁也不是他的对手。

“好呀，你们快点交流！”小兔子笑道。她抱着麒麟幼崽在那里蹦跶，一副很开心的样子。

“这……”那些人看着莫道步步逼近，紧张得汗都流出来了。

“先解决那边的人。”石昊传音，让莫道先去帮助曹雨生。一些人将曹雨生牢牢围住了。

莫道堂堂一个拥有三道仙气的年轻至尊，如今被人这样指使，心里很不是滋味。

“哧！”

莫道抬手，五色光芒飞出，立刻将一群人震开了。

此时，曹雨生还没有真正动手呢。他以肉身为法盘，刻下了三大先天杀阵中的一种，夺天地之造化。

修为越高，法阵越清晰，释放出的威力就越强大！

一旦法阵真正形成，而他的肉身也经受得住，到时候对付世间最强大的人也不成问题。

曹雨生的肉身迸发出刺目的光芒，混沌剑气一道一道地飞出，恐怖至极。

现在莫道加入这个战团，打破了平衡。

“这是我的菜啊，我还没动呢！”曹雨生大叫道。他本来还真准备动手和这些人好好交流一下的。

不过，莫道抢在他前面出手了，目光冷峻，盯着那群人。

“你来自异域，如今身份不清不楚，还想对我们出手吗？”有人喝道。

他们自然不愿意莫道加入进来，与他切磋实在是没有什么胜算，只有吃亏的份。

当然，说这些话时，这些人心中还是在打鼓的。实力才是硬道理，实力悬殊说什么都没用。

石昊站在远处，并不表态，静观其变。

“还不退下！这里跟你没关系！”另一人大声道。

莫道皱着眉看了他们一眼，又看了远处的石昊一眼，直接动手了。

“嗖！”

莫道手一挥，一道紫光飞出，瞬间击中了那个开口说话之人的护体骨文。那个人被震得大口咯血，横飞了出去。

接着，莫道再次抬手，另一人也飞了出去。

无论是宝具还是神通，都挡不住莫道的攻击。

“打起来了，异域的生灵出手了！”有人惊呼。

众人闻言，纷纷将目光转移到莫道和刺儿头的切磋上来。

此时，一群刺儿头叫苦不迭，与这个人“交流”，纯粹是自讨苦吃。

“异域生灵要造反，各位一起出手！”有人大声道。

这明显是有人想鼓动众人联手对付莫道，因为一个人上去根本赢不了他，所以使了激将法。

莫道看了石昊一眼，见他没有阻止，顿时气势更足了。

“噗！”

一人被他抬手一击，差点直接在半空灰飞烟灭。

“砰！”

莫道一个抬腿，直接踢在一个人身上。骨头断裂的声音顿时传出，那个人的身体几乎被折断。

莫道发威了。尽管他还没有痛下杀手，但是这里已经有不少人都负伤了。

这下所有人都意识到麻烦大了！

“你竟敢这样对我们！”也有人觉得自己身后有靠山，出来进行干预。

“打得好，这下终于不用我出手了，真是好辛苦。”小兔子开心地说道。

一群人哑口无言，心想：你那是辛苦吗？只是扔扔手中的麒麟幼崽，将仙道瑞兽当武器而已。从没见过这样的人！

如果不是对书院中的老头子有所忌惮，他们早就将幼兽抢走了。

很快，那群刺儿头被打得鬼哭狼嚎，纵使联手也根本不是莫道的对手。

“够了！”

有人靠近石昊这里，让他命令莫道住手。

“再揍一会儿！”石昊心中的怒火还没消退，对莫道传音道。

那些人对小兔子和曹雨生出手，还想调戏清漪，简直是欺人太甚，让人忍无可忍！

“噼里啪啦！”

一群刺儿头倒下了一片，只有机灵些的逃过了一劫。

“好了，跟他们交流得差不多了，怎么不见他们拿出东西？不是有神通和法器吗？”石昊大声道。

莫道开始搜那些人的宝物了。

这群人目瞪口呆。这次奇异之旅中很多人都有巨大的收获，可是谁愿意全部交出来啊！

“你们不要太过分！”有人大叫道。

一些人已经来到石昊附近。他们无法阻止莫道，便想让石昊命令他住手，他们都知道莫道是石昊的仆从。

“道兄，还是让你的仆从住手吧，这样下去对谁都没有好处。”有人说道。

“嗯，没事，他们交流完就好了。”石昊漫不经心地答道，暗中催促莫道快点动手。

莫道也毫不含糊，将那些人身上的东西掏了个干净。

“道友，再不住手，会惹出祸事的。”有人沉不住气了，对石昊这般说道。

“你是在威胁我吗？”石昊冷冷地道。

远处，小兔子和曹雨生在起哄，吵嚷着要过去帮忙。

此时又有人站出来，面色阴沉地看着石昊，道：“你要知道，你只是王曦仙子的追随者，也是一个仆从，再这样闹，对你没好处！”

“啪！”

清脆的声音响起。石昊一巴掌打在此人的脸上，将他瞬间扇飞。

“你是谁啊？”石昊问道。

“他是和王家交情很深的人。”有人回应道。

“很有可能就是王家的人！”另有人补充道。

那个被扇飞的人道：“你竟敢对我动手！就算你修为再高，终究也只是一个仆从，头上戴的金刚琢，你是无法摆脱的！”

“嗖！”

石昊一跺脚，一道刺目的光芒飞了过去，那个人瞬间被打倒在地。

“这些话你是代表谁说的？王家吗？如果是的话，我直接就将王曦拿下！”石昊冷冷地道。

第894章 冲突初起

“你……”那个人脸色苍白，又惊又惧，身体瑟瑟发抖。他心有不甘，想大叫、诅咒，却又害怕石昊对他不利。

他知道石昊很强，到处都在传这个少年有可能斩了三头王，虽然这种情况概率不大，但是也足以证明此人的不凡。

可是这个少年毕竟头上戴了金刚琢，此生注定为王家所用，根本不可能反抗。如果王家的人催动金刚琢的话，就可以灭其元神！

金刚琢可不是谁都能戴上的，唯有少年英杰才值得王家动用这种手段。

金刚琢一旦戴上，除非王家的人帮忙，否则根本取不下来。

“你是王家人？”石昊问道。

这个人居然敢小觑他，视他为一个仆从！

“你……别乱来！”躺在地上的人颤声道。一股杀意让他不由自主地浑身打起哆嗦来。

“乱来？凭你也敢威胁我？”石昊说道，一脚踏在那个人的胸膛上。

此人顿时疼得龇牙咧嘴，连忙大叫道：“有话好好说！”

“说！”石昊只说了一个字。

众人叹气，心中不解。这个家伙不是天神书院的学生，只是一个追随者，怎么会这么强大？

“我想说，他不是王家的人，只是和我们有些关系而已。”有人小声道。

“原来只是一条杂鱼！”石昊冷冷地说道，将那个人一脚踢开。

“啊……”凄厉的叫声响起，回荡在此地。

这时，邀月公主拍着手掌，笑道：“有魄力，就该如此。王家的人太过分了，道兄不妨过来一叙，我们帮你想办法解除金刚琢。”

她的家族与王家一向不和，是众所周知的冤家。

这时祭坛上光芒一闪，王曦出现了。她向这边走来时看到了这一幕，不禁皱起眉头。

她认出刚才那个差点被石昊斩灭的人，是与她的家族有着密切关系的一个家族的天才。

王曦是一个聪明人，她没有立刻开口，只是静静地观察着。同时，不少人也在观察她的神色。

这个地方人越聚越多。一些刺儿头在惨叫，他们的东西都被莫道收走了。

“道兄怎么了？发生了何事？你为何出手这么重？”王曦忍不住了，向石昊问道。

“道兄，何必如此，以你的天资在哪里待不了？我邀月正式邀请你加入我族。”邀月公主笑道，唯恐天下不乱。

“没什么。”石昊平静地答道。

众人惊讶不已，他居然平静了下来，不再多说。

这时，莫道已经在搜罗战利品了。

遗憾的是，那些刺儿头虽然有的脱胎换骨了，有的功力大进，但是身上没什么宝物。

他们获得的造化都是一次性的。服食了仙药残渣的人，不可能再吐出来了；浸泡过仙兽血液的人，虽然肉身变强了，但是也不可能把真血带出来。

莫道有些嫉妒。那些东西即便只是残渣，但毕竟来头惊人。

“什么？你见到了不灭仙丹？”莫道惊讶地说道。他一把揪住一个人的衣领子，将整个人都举了起来。

在场的人都目瞪口呆，激动不已。不灭仙丹可是仙道大药，服食下去的话可验证不死之道。

谁会不眼红？

不少人呼吸急促，盯着被莫道举起的那人，都想扑过去。

“我只是瞥到了而已。它是有生命的，带着芬芳划空而过，和古籍中记载的一样，能飞天遁地。”那个人解释道。

他发现了一座丹炉，在炉中找到一些灰烬，把它们当作药吃掉了。没想到效果极其惊人，他的肉身有了奇香，完成了一次蜕变。

可惜的是，灰烬中原本藏有一颗不灭仙丹，他却没能拿到。最后，他眼睁睁看着丹炉内光芒大盛，丹药自己飞走了。

“我后悔死了，真应该上去就捂住丹炉口，这样就能得到不灭仙丹了！”那人说道，脸上尽是遗憾之色。

他还想将丹炉搬回来，无奈力量不够。

众人只能摇头叹息。

莫道在这里“交流”得很顺畅，脸色通红。他既激动，又遗憾。当然，他也有不少收获。

“玉石经书！”

石昊惊呼，一看到一部紫色经书出现，一下子就冲了过去。

玉石块发光，紫雾弥漫，氤氲蒸腾。玉石经书内传出若有若无的经文声。

石昊怎能不吃惊?

在三千道州天才大战时，由仙道花瓣绽放而开启的那片仙古遗地中，最终的大造化就是玉石书。

那个地方的玉石经书足有数十部，每一部都埋藏在一口古棺中。可是最后被带出来的经书没有几部，且鲜有人能修炼成功!

石昊当时没有得到经书的认可，后来靠投机取巧才得到一部。此时，他居然在这里见到一部类似的玉石经书。

莫道出手后，又发现了一部玉石经书，现在一下子有两部了。

这让石昊无比震惊。这里只有一部分人，如果让所有回归者都取出自己的战利品，说不定还能发现几部经书。

“仙道经书吗？一下子有两部出世啊，哈哈，真是天大的喜讯啊！”大笑声传来。

几位老人联袂而至，再也坐不住了。

石昊与莫道此时一人持着一部经书，脸色阴晴不定。刚拿到手的东西怎么甘心送出去呢!

石昊手中的经书紫莹莹的，并没有像三千道州那次一样飞天逃走。

“你们不认识上面的文字，也打不开玉石书，就留给我等保存吧。回到书院后，我们会给予你们重赏。”一位长老这样说道。

石昊牢牢抓紧经书，不想放手。什么重赏也不如这玉石书啊!

“莫要紧张。我们身为长老，怎么会与你们争夺东西？我们只是先拿去研究，译出文字，日后自然会给你们两个功臣看的。”一位长老解释道，笑容满面。

这个地方沸腾了。

所有人都盯上了这两部经书。

仙道经书谁不惦记?

“人都回来了吗？”一位长老问道。现在他们有点迫不及待了，想先回书院认真琢磨仙道古书。

石昊与莫道颇为无奈，只得将玉石书交了上去。

此时，石昊心头一震。

他身上还有一部从三千道州带来的玉石书，这次一定要在天神书院学会那种文字！

想到这里，他的心怦怦直跳。

掌握了仙古文字的话，他也许会开启大造化。

“长老竟然跟弟子争机缘！”不远处，小兔子开口了。她什么都敢说，什么都不怕。

“不要乱说，长老只是暂时借来研究。”有人小声道，生怕她的话落入众人的耳中。

不久后，祭坛平静了。

光华消散，预示着再也不会有生灵回来了。

“走了！”

一位长老施展秘法，一条金光大道瞬间出现，横跨星河，直达这块大陆的边缘地带。

众人一齐冲上金光大道，飞向远方。

最后，他们来到一艘古老的战船前。

活着回来的人都上船了，开始踏上回程。

星辰闪耀，一条又一条星河逝去。巨大的战船横渡宇宙，载着一群人远行。

在他们离去后，那座飘浮在宇宙中的岛上出现了一道模糊的黑影，恐怖至极。

那道黑影自言自语道：“各地的仙道玉石书先后出世了，这意味着，新的世界开始了。是悲凉落幕，还是能看到绽放出璀璨光彩的那一天……”

时间流逝。

星空远去，战船从古地中浮现，来到了无量天。

接着，战船一路疾驰，最后回到了天神书院！

至此，这段旅程结束，天神书院的人回来了。

人们知道，风波并未结束。

无论是石昊斩了三头王，还是仙道经书出世，都将引起一场轩然大波，世人定会纷纷议论。

“天啊，我们终于回来了！”

“谢天谢地，我们又回到了人间，从那仙家战场上活下来实属不易。”

战船落在天神书院中，一些人长舒了一口气。一些强者的仆从拍了拍胸口，心中充满劫后余生的喜悦。

第895章 风波乱

“好了，你们可以去休息了。”一位长老吩咐道。

回来后，战船上的几位长老便消失了。他们这次从仙家战场带回来的东西非同小可，需要立刻召集人手研究。

他们一共得到了四部玉石书，这是一个辉煌的战果。

书院的长老们凑在一起，个个激动无比，都在观看这些仙道经书。他们孜孜不倦地研究，想要参悟这些价值连城的经书。

只是这些经书在这一纪元似乎无法进行有效的修炼，这是个大问题，一时间难住了他们。

各种消息接踵而至，引起了巨大的轰动，天神书院沸腾了。

“仙道经书啊，居然带回来不止一部，这下我等都有机会参悟了！”

“那家伙是谁？来自另一界的天才，却被人收为仆从，你们不会在说笑吧？我们这边竟有人活捉了异域的生灵！”

小道消息满天飞，引起了众人的激烈讨论。

“三头王是何等厉害的生灵？！你们竟把它斩灭了，怎么不把尸体带回来让我们看看？”

“唔，神奇的旅程！有人居然在真龙洞穴中采得龙草，服食后肉身功力大增，顺利成为炼体者！”

此时，别说是那些没有去仙家战场的人，就连从那里回来的修士也都惊呆了。了解到各种隐情后，人们很难不嫉妒。

“咦，那个疑似斩了三头王的家伙被长老带走了，这是要审问他是否做了那种疯狂的事吗？”有人提出了疑问。

石昊被带进了大长老的闭关地，很久后才出来。所有人都不知道他们俩谈了些什么。

石昊从那里出来后，各种谣言已经满天飞了。

他回来后，并没有多说什么，而是安静地盘坐在一座巍峨的大山上悟道、修行。

这是王曦净土中的一座神山，这里云雾缭绕，霞光四射，气势磅礴，一番宁静的景象。

石昊越安静，别人越好奇，都想知道这到底是怎么回事。

王曦洞府外那一座又一座大山间，不时有修士出没，他们前来拜访，都想弄个明白。

人们都很好奇，石昊究竟是怎样的一个人。他收服了拥有三道仙气的莫道，疑似斩灭了虚空兽和三头王，还是一位走到了极境的炼体者……

随后，风波愈演愈烈。

有人说大长老那里传出消息，三头王是石昊斩灭的；也有人说，即便他没有修出三道仙气，但因为是炼体者，且天资超绝，所以实力也可以与邀月公主等人相匹敌；还有人说，他之所以成为王曦的道友，是因为他在追求王曦，常住在她的洞府旁。

仙家战场发生了很多事情，石昊一人的传闻就占了不少。

与此同时，其他惊人的消息也传出了。

“风族的年轻至尊殒命在仙家战场了？”

“这是真的吗？修出三道仙气的风行天就那样英年早逝了？”

石昊听闻消息，只是冷然一笑。他还听到了一些传闻，比如他痛恨的元青后人也被除掉了。

事实上，风波若是继续下去会很麻烦。

很多人意识到了石昊的不凡，都想一探究竟。

当然，在此过程中，也有人说三头王不可能是石昊斩灭的，而是莫道所为。石昊之所以能收服莫道，是因为两人对决时有约定，只能催动两道仙气。石昊是炼体者，肉体强大，故此险胜了。

一时间，天神书院热闹了起来。

最让人惊讶的是，王曦的对头邀月公主曾几次派人来请石昊，拉拢之意很明显，不过都被石昊拒绝了。

与此同时，其他天才也向石昊伸出橄榄枝。据闻，这都是他们背后的家族在出力，想要将石昊争取过去。

许多人还在纠结石昊是否实力很强时，一些人已经盯上了他的仆从——莫道。在他们眼中，这个仆从价值无量，甚至比石昊这个主人还要厉害！

仙古纪元后，这是九天十地的人第一次与另一界的生灵有所接触，还将他生擒活捉了过来。

这件事影响深远。很多大势力都想得到莫道，进而从他口中得知异域的奥秘。这个人是一部活着的宝书！

天神书院最先行动，莫道就在书院中，那些老古董怎么可能会放过这个机会呢？

书院中的一位长老甚至笑眯眯地找到石昊，直接将莫道带走了。

石昊抗议过，但最后还是妥协了。他要求天神书院保护好莫道，不要让外界的势力过来抢人。

那位长老点头答应了。

让长老们遗憾的是，莫道始终保持沉默，一言不发，不肯回答任何关于异域的问题。

书院中的长老们自然不会就此放过他，直接动用武力，搜查其元神，想要以霸道的手段了解他们想知道的东西。

莫道险些因此而殒命！

他的元神早已被种下印记，若是被外人强行探索，便会自动引爆，波及他自己以及周围的生灵。

“什么？一位不朽者留下的印记？”书院中的长老们震惊了。

莫道的头部发光，恐怖无比，仿佛要毁灭一切。

关键时刻，长老们祭出十界图和九凰炉，快速镇压了一切。

即便如此，莫道也险些殒命。几位长老出手护住他，将他送进凰血池疗伤。

这一日，石昊将莫道接了回来，郑重宣告：谁再打莫道的主意，就是跟他过不去。

石昊这样做既有真心，也有作秀的成分。他无法与书院中的长老针锋相对，也不愿莫道受苦，只能这样做。

书院中的长老也不打算再出手了，因为强行索取是根本无法了解另一界的真实情况的。

长老们暗中叮嘱石昊，潜移默化也好，真正收服也好，他务必要从莫道口中了解到有价值的信息。

虽然天神书院的人不对莫道出手了，但是外界的其他势力依旧紧盯着莫道，想通过他了解有效的信息。

在此期间，越来越多的拜访者出现，与石昊商谈关于莫道的事。

石昊不得不说，虽然接待前来拜访的人很累，但是得到的好处确实不少。有不少人送来了礼物，石昊和莫道有选择性地收下了。

“喂，你们听说了吗？那个炼体者可能要离开书院了，好像有长生世家给了他极大的好处。”

“此人真是神秘，收服一个仆从，就引起这么大的风波。话说，真是他斩灭了三头王和虚空兽吗？”

不过几日而已，各种说法都出现了。

事实上，最近这段时间的确有长生世家派人来接触石昊。他们不光看上了他这个人才，更想得到莫道。

“呵呵，诸位还是不要打歪主意了。这个人是我族明珠王曦的追随者，他的仆从自然也属于我族！”

王家的人来了，他们与几个想打石昊主意的长生世家讨论着这件事，说话很直接。当然，这些话他们不可能当着石昊的面说。

王家的人在石昊面前非常客气，极力拉拢他。可石昊才和他们接触了一会儿，就从一些人眼中看到了异色，那分明是一种傲慢。他们认为石昊头上戴着金刚琢，已被他们掌控，无须高看。

这些人掩饰得很好，一般人感受不到那种歧视，但石昊神觉敏锐，看得很清楚。

除此之外，让石昊觉得不舒服的是，在来拜访的人中，他看到了熟人。那是曾经逼他进太初古矿的王家人！

很明显，他们透过金刚琢认出了石昊，知道了他是谁。

“是他！进入了太初古矿，居然能活着出来，还跑到这里来了！”那几人惊呼，不禁倒吸一口凉气，浑身直冒冷汗。

能从太初古矿活着出来的人，一般来说都能取到珍宝。而且那段时间古矿不时有经文声响起，像是有人在悟道。

他们怀疑，石昊得到了太初古矿中的真经！

现在他们看石昊的眼神非常热切，不仅想得到他从太初古矿带出来的东西，还想通过他从莫道身上获取秘密。

这下，石昊彻底被盯上了。

王家视他为家仆，外人再来找他时，被王家人百般阻拦。

“不自量力，就凭你们也想将他带走？没看到他头上戴着金刚琢吗？即便他再强大，哪怕收服了拥有三道仙气的异域生灵，依旧是我家的仆从！”

“呵呵，他虽然很不凡，但也只是我族小姐王曦的追随者，一旦戴上金刚琢，一世都得追随王家！”

书院中有王家的年轻人，他们远不如长辈沉稳，在与其他家族的同辈人交谈时，气焰十分嚣张。

这种话直接传入了石昊的耳朵里。

“你们真当我是王家的仆从了？不就是戴上了一个破金刚琢嘛，回头我就扯断它！”石昊冷冷地道。

“哈哈，道兄，你已经是王家的人了，就别多想什么了。”王家的人一点也不觉得尴尬，这样说道。

石昊怒火中烧，大声道：“为了洗刷耻辱，看来我真得做点事了！”

消息很快就传开了。石昊发怒了，将王家小姐王曦封在了洞府中。

“天啊，有传言称那家伙为了一雪前耻，将王曦擒住，一起拜天地了！”

“啊，王家人不是说那金刚琢是王曦亲自为他戴上的吗？怎么会发生这种事？”

“正是因为如此，那个家伙为了洗刷耻辱才这样做啊！”

第896章 逆袭

“我不相信！王曦仙子怎么会被他制服？她修出了三道仙气，一身修为傲视同龄人，王家长生功一出，谁与争锋？”

天神书院内更热闹了。

谁都知道王曦是拥有三道仙气的年轻至尊，所向披靡，怎么会被人制服，还押着去拜天地了？

这个传闻瞬间激起了轩然大波，让一群人坐不住了，在那里叫嚷着。

“一定是假消息！我不信王曦仙子会打不过自己的仆从，实在不行，催动他头上的金刚琢也可以让他束手就擒！”

一些人虽然惊诧，但是并不相信那些传闻。

“是真的。有人亲眼看到王曦仙子的洞府被封了，正是那个小子所为。很多人都看到了！”有人大声道，表情复杂。

在天神书院中，王曦一直拥有极高的人气。她不仅出身高贵，而且天资超绝，是最出彩的女子之一。

此时，王曦的净土中来了很多人，他们均为求证传闻而来。

就连一些平日里闭关不出的人都来了。

“诸位道兄，这到底是怎么回事？那家伙不是王曦的追随者吗？头上戴了金刚琢，也能作乱？”一位蓝衣公子胸膛剧烈起伏，大声问道。

他是王曦的仰慕者，听到这个消息，险些喷出一口血来。不过他了解到一些情况后，心中又出现了希望。现在谣言满天飞，他不太相信那是真的。

“有人在恶意中伤王曦仙子，一定是这样！”一个身材魁梧的青年吼道。他也气坏了，同时心有忧惧。

不一会儿，这些人就来到了王曦的洞府前。这里早就聚集了很多人。

“那是……莫道，他在做什么？”一些人问道，很是好奇。

莫道白衣胜雪，非常英俊。在这个年龄就修出了三道仙气，他称得上是一位传奇至尊。

此时，莫道盘坐在洞府前，一动不动，身体弥漫出三道仙气，在他的头上结成了大道之花。

“他在闭关修行！”有人大声道。

“不对。我怎么感觉他在守着王曦的洞府不让人进去啊？”一些人质疑道。

“唉，你们才来吗？莫道这是在为主人看守门户，封印洞府，与外界隔绝呢。”有人解释道。

这个地方沸腾了。

早先认为这一切都是谣言的人面色顿时变得苍白。王曦真被石昊擒住，带进了洞府？

不少人暗自握紧了拳头。这些后来赶到的人一个个双目如同喷火一般，愤怒至极，他们实在难以接受这个事实。

这些急匆匆赶来的人，大多是对王曦有好感的修士，不然怎么会这么积极呢？

“那个家伙和王曦……真的……”有人不甘心，向那些早赶来的人问道。

“虽然让人悲愤，但……真的不是谣言。有人亲眼所见！”旁边的人答道，恨不得直接冲进去。

“究竟是怎么回事？”一些人打探道。

这里吵吵嚷嚷，好不热闹。不少人眼睛都红了，恨不得击穿洞府的门户，立刻闯进去。

“太卑鄙了，真是可耻啊！我们的王曦仙子是被暗算的，被那个家伙封在了洞府中。大家应该出手，解救王曦仙子！”有人大声道。

可是，没有人敢真正出手。众人都忌惮那个盘坐在洞府门口的白袍少年，一看他就不好惹。

除非邀月公主、绿陀、玄昆等人亲自出手，才能与莫道一战。

很快，这等人物真的出现了。

邀月公主脸上带着笑意，来到此地。这件事发生得太突然了，不过对于她来说，这算是一个好消息。竞争对手出现负面新闻，她当然喜不自胜。

“什么？我族的明珠真的被一个仆从算计了？”书院中的两名王家子弟接到消息后，十分震惊。

随后那两人便抓狂了。这简直是王家的奇耻大辱！

早先他们还在谈论，要做一番大事，结果却发现曾被他们看不起的仆从居然将王曦擒走了！

这就像一记响亮的耳光，将他们打蒙了。

从仙古纪元到现在，漫长的岁月过去了，王家族中分支太多，只能择优进入直系族内。

各分支虽有共同的祖先，但现在血缘关系不是很近，彼此之间完全可以成婚。

这两人早先还对王曦仙子心怀憧憬呢，没想到现在王曦仙子居然被一个仆从掳走了，岂能不生气？

他们赶到时脸色铁青，看到莫道更是忍不住咬牙。

“你还不快起来，将洞府封印破掉！”王家的一个子弟对莫道大喊道。

“聒噪！”莫道扫了他们一眼，说了这样两个字。

“张狂什么？你只不过是那个小子的仆从，而那个小子是王曦的仆从，你得听命于我族！”一个青年气急败坏地吼道。

“你们口中的仆从正在洞府中，你们大可进去兴师问罪。”莫道很平淡地说道。

“你……知道自己在对谁说话吗？你也算王家的人马！”那个青年喝道。

“你们的仙气根本不纯，是利用古代殒命的英杰体内残存的仙气造出来的，别在这里逞能。”莫道冷冷地道，根本就看不起那两人。

周围的人对此都沉默不语。一个家族，不管用什么手段，能培养出一个拥有仙气的修士，都是一个了不起的成就。

“轰！”

一声巨响。有人对莫道施展宝术。

莫道一甩袍袖，将那人震得飞了出去，轻松得如同摆手一般。

这个地方顿时大乱。

许多人一起出手，结果都奈何不了莫道，全都受了重伤。

事情闹大了，有人前去向书院的长老禀报。

“真发生这种事了？”王家的长者也怒了。这件事传出后，他们非常被动，也很难堪。

很多家族听到了这个消息，无不认为王家太窝囊了。区区一个仆从，王家的人都拿不下？

其实，王家第一时间就派出了人手，前去了解情况、解决问题。那些人可不是书院中的毛头小子，都很老练。

可是在知道这里发生了什么事后，他们也都无可奈何。

更多流言传了出来。

王家的强者终于出手了。

“轰隆隆！”

惊天动地的一声巨响。巨石崩裂，地动山摇，可是洞府并没有受到什么影响。

莫道面对王家的高手时，并没有拦阻，而是任他们出手，攻击那座洞府。

“嘻嘻……”人群中，邀月公主笑道，“王曦自己选男人，你们操什么心？非要搞破坏。”

王家的人听到这话，差点直接翻脸。

这时，邀月公主的族人也赶到了，王家的人瞬间不敢轻举妄动了。

“小子，你给我出来！”王家的长者终于忍不住了，愤怒地喊道。同时他命人去请书院的长老，想尽快破开洞府。

也不知道过了多久，洞府的一扇巨大石门敞开了，混沌之气涌了出来。紧接着，石昊大步走了出来。

“小子，你终于出来了！既然戴上了我族的金刚琢，就要有一世为奴的觉悟，你竟敢如此放肆！”一个中年人吼道。

“你要是这么说，那我还真没什么愧疚感了。”石昊应道，眼中尽是挑衅。

王家人气得肺都快炸了，平常他们所过之处，哪有人敢这样挑衅他们？

第897章 嚣张

石昊站在洞府外向前望去。密密麻麻的人群，如同蚂蚁般堵在这里，议论纷纷。

混沌之气弥漫在石昊身体周围，虽然与王家的人对峙，但是他依旧镇定。

洞府建在山腹中，此时外面站满了人。书院中的年轻修士和外界一些家族的不凡人物，个个都目光不善，紧紧地盯着石昊。

“小子，你活腻了！”王家有人喝道。他们简直恨透了石昊，恨不得一巴掌将他拍扁。

“嗡！”

虚空抖动，骨文成束，化作一条璀璨的星河，向前方镇压而去。

“嗖！”

石昊如同闪电般快速后退。石门瞬间自动关闭，将所有星河般的骨文阻挡在外，响声震天。

这洞府是书院中的长老们开辟出来的，有强大的防御作用，如果从内部封住的话，外面的人将很难突破。

“轰！”

秩序神链纵横交错，如同一张网击打在石门上，笼罩了洞府，响声如同惊雷一般恐怖。

“小子，你给我滚出来！我王家的人你也敢动，找死！”有人怒吼道。

“出来！”有人跟着喊道。

不光是王家的小辈愤怒不已，就连那些长辈也都急眼了。王曦的身份非比寻常，她是王家的明珠，不能被亵渎。

不出意外的话，王曦肯定要嫁给另外一个家族的绝代人物，以应对即将开始的大动乱。

若联姻成功的话，两大家族将成为一个整体，在另一界的生灵杀进九天十地后，可以联手自保。

仙古纪元末期，整个世界一片混乱，百分之九十九的生灵都成了历史烟尘。有些家族在那个时代就合作过，也正是因为这一点才存活了下来。

如今这一界再次面临生死危机，他们自然希望家族之间的关系越发紧密。

“一群乱七八糟的人，吵什么吵！”石昊在洞府中大声道。

外面的人闻言，怒火中烧，王家的人更是脸色发青。

乱七八糟的人？谁敢这样评价他们？一个戴上了金刚琢的人竟敢如此大逆不道！

更多王家的人开始攻击洞府，想将石昊捉住。

“少年，你要是出来向我等请罪，我们可以对你网开一面！”王家的一位老者传音道。

“叔祖，跟他说什么废话！一定要对他予以严惩。他以为自己很了不起吗？即便在天神书院中，我族也一样可以镇压他！”一个年轻人喝道。

“啪！”

清脆的声音响起。这个年轻人直接挨了一个大耳光，当场被扇蒙了。

王家的长者虽然恨不得立刻除掉石昊，但是也不得不承认他天资很高。长者们对族内这个年轻人很不满，觉得他不识时务。

“哧！”

邀月公主忍不住笑了，道：“王家真是霸气啊，在天神书院都敢这般行事，张口就要杀这个斩那个的，都不屑掩饰了。”

“少年，还请出来一叙。”王家的长者不理会邀月公主的冷嘲热讽，继续对石昊进行劝解。他们知道邀月公主的家族有强者在场，正等着看他们的笑话呢。

石门再次开启。

石昊听到了传音，知道天神书院的长老到了。

在“隆隆”的响声中，雾霭弥漫，石昊再次现身。

“长老，还请不要阻拦，让我们带走这个奴才！”王家一个性格暴烈的中年人这样说道。

“奴才？再敢羞辱我，当心我灭了你祖宗十八代！”石昊怒斥道。

其他人都在兴致勃勃地围观。

王家的人很嚣张，石昊的脾气也非常大，完全没有屈服的意思。

石昊继续指着王家那个中年人的鼻子大声骂道：“你有多远给我滚多远，别扰了我的清净！”

“小子，你敢对我不敬，不想活了！”那个中年人大声道，伸出一只金色的大手，向前抓去，就要收拾石昊。

“放肆！在天神书院，你也敢行凶，想找死吗？”一个惊雷般的声音在长空下响起。

众人的双耳被震得嗡嗡作响。当看到是谁在说话时，所有人都不禁面面相觑，不知道说什么好了。

众人本以为是天神书院的长老在说话，结果是石昊在那里咆哮。

王家的人险些被气昏。这小子太嚣张了，真以为自己能在天神书院做主吗？是可忍，孰不可忍！

王家人想出手时，一只大手从后方伸来，挡住了他们。

天神书院的长老虽然没有说话，但明显还是倾向于石昊的。

石昊早知他们会如此，心情很平静。

事实上，他根本就不惧怕王家的这些人，来的都是中层人物，并没有什么不可冒犯的大人物。而且他本身也有一定的底气，不想让自己受委屈。

从仙家战场回来后，天神书院的大长老就召唤了他。在这等人物面前，许多秘密都很难守住。

石昊本来也不想故意隐瞒，于是将自己的身份和在仙家战场的战绩都如实告诉了书院的那位大长老。

石昊知道天神书院会很好地保护他，以他这样的天资，足以成为种子选手之一。

虽然暴露自己的身份可能会有危险，但是对天神书院最强大的长老坦诚说出事实，肯定会得到保护。

毕竟他除掉了三头王和虚空兽，天神书院自然会重点关注并培养这样的人才。

“前辈，您这是何意？为何阻止我等惩罚这个狂徒？”王家的人不乐意了，大声质问道。

“不要轻易动手，先将事情问清楚。”天神书院的长老这样说道。

“还问什么？他一介仆从，竟敢玷污我族明珠！”王家那个脾气暴躁的中年人不满地说道。

“会说人话不？”石昊一副怒气冲冲的样子，道，“你说谁是仆从？我与王曦早先以道友相称，看来如今要换另一个称呼了！”

王家的人被气得脸色铁青，说不出话来。

这家伙什么意思？

他现在说与王曦的关系要换一个称呼，这是在赤裸裸地羞辱王家人吗？

这群人愣了几秒，然后一片哗然。见过嚣张的，没见过这样不留情面的。

王家的人实在气坏了。

“哈哈……”邀月公主一副看热闹不嫌事大的态度，笑道，“道兄，你这样成为王家的霸王女婿，态度可不是很好啊。对了，回头我会送上一份贺礼，恭喜你与王曦。”

在场的人中，只有她敢这样放肆。她故意嘲笑王家的人，一点都不给他们留面子。

“谁说我要成为王家的女婿？就他们这群人，我受不了！”石昊一脸不屑地说道。

王家的人受此侮辱，恨不得当众将石昊除掉。

“我灭了你！”一声怒吼响起。

这一次，王家的人全都忍不住了，一起动手。

“放肆！”天神书院的长老喝道，伸出灰蒙蒙的大手，将一群人全部震飞。

“前辈，您这是何意？”王家的人大叫起来。

“你们又是何意？这是天神书院，不是王家，容不得你们放肆！”石昊大声道。

“你又不是书院弟子，只不过是我王家降服的仆从，自然可以惩罚！”王家人冷冷地道。

“诸位，大长老已经降下法旨，他即将成为我天神书院的弟子。”那位长老这般说道。

听到这个消息，众人哑口无言。

天神书院的长老都是九天十地中的隐世高手，实力恐怖，漫长的岁月中难得在世间一现。大长老更是其中的佼佼者，实力深不可测，这个少年居然让他都出面了。

“我还在考虑要不要加入天神书院。”石昊淡淡地说道。

众人闻言，全都目瞪口呆。

第898章 误导

他们张了张嘴想说什么，可最后又都闭上了。

这太打击人了。

天神书院的大长老降下法旨，让这个少年成为书院弟子，而他居然还在考虑是否要加入。

“人跟人的差距怎么就这么大呢！”一个修士忍不住小声嘀咕。他当时为了加入天神书院，使出浑身解数与人争夺入学资格，险些殒命。

“我想……揍他！”一个修出仙气的少女咬牙道。当日为了加入天神书院，她也经历了种种考验，身负重伤。

许多人被石昊的话刺激到了，心中很是不满。为了成为天神书院的一员，他们都付出了极大的代价。成功的那一刻，他们都心潮澎湃，无比激动，甚至热泪盈眶。

可眼前这个少年根本没有付出什么，直接被大长老邀请加入书院，还挑三拣四，一副不是很情愿的样子，让他们怎能不生气？

这也太打击人了。一群年轻男女看向石昊的目光都很不友善。

王家的人和其他高手则神情凝重，无比严肃。

这可不是小事！

大长老亲自开口让石昊加入天神书院，这个消息太令人震惊了！

所有人都不得不郑重对待这件事。王家的人一遍又一遍地打量石昊，重新审视这个少年。

一时间，石昊成了焦点。

短暂的寂静后，人们开始热烈地议论起来。

王家的人心里很不是滋味。一个戴上本族金刚琢的仆从，居然闹出这么大的动静，如今还牵扯到了天神书院的大长老。

刚才针对石昊的王家人，一时间不知道说什么好，脸色阴晴不定。他们刚才还在呵斥石昊呢，现在……

“前辈，不管他是谁，做错事总要付出代价！”王家的一位老者看向天神书院的那位长老，这样说道。

虽然他们没有起初那么强势了，但还是不得不去争。如果王家因为这个少年被天神书院看重，就放下了恩怨，那就显得他们太无能了。

毕竟他们来自长生世家，论实力是无所畏惧的。

“王曦怎么样了？她在哪里？”天神书院的长老问道。

这也是王家的人最关心的问题，外面的传言太不堪了，让他们的心一直揪着。他们也想知道究竟发生了什么。

“她很好，还在熟睡中。”石昊答道。

此话一出口，全场顿时鸦雀无声。所有人都不说话了，紧紧盯着洞府的出口。

邀月公主也吃惊地睁大了眼睛，这家伙真敢乱来。

石昊说的话有些暧昧，让人浮想联翩。“熟睡”这个关键词着实刺痛了王家的那几名高手。

“你敢欺负我王家的明珠，不想活了吧！”王家的一个老头子大叫道，向着石昊扑去。

王家认定王曦是要与一位绝代人物成婚的，如果发生什么意外，他们绝对无法接受。

“找死啊，快斩了他！”那个脾气暴躁的中年人怒吼道，也跟着向前冲去。

所有人都傻眼了。

天神书院的不少人都被刺激到了，特别是对王曦有好感的人。

“这家伙还真是……果断啊，真不是好东西！”有人嘀咕道。

“你们疯了？”石昊喝道，而后快速躲避。

天神书院的那位长老回过神来，再次出手，阻挡王家的人。他受大长老所托，不能在这个时候看着石昊被斩。

“砰！”

一声巨响。此地光芒冲霄，符文在空中交织。

“前辈，发生了这种恶劣的事，你还袒护这个狂徒？”王家的人眼中凶光毕露，质问道。

天神书院的长老一时语塞，不知道该怎么回答。

“发生了这种事，你说怎么解决？”天神书院的长老向石昊问道。

“还能怎么解决？千刀万剐，拖出去喂狗！”王家的人恶狠狠地说道。

“不知道你们在说什么。”石昊摇头道，一副不理解的样子。他越表现得毫不在意，就越让王家的人抓狂。

“到现在你还敢这么嚣张，我看天神书院怎么保你！”王家的一位老者冷冷地道。此时他没有失去分寸，也没有急着出手，他不怕把事情闹大。如果天神书院真要袒护石昊，他不介意将老族长请出来，大闹一场。

“什么乱七八糟的，我听不懂。”石昊继续摇头道。

这家伙的心理素质也太强了吧……

“王曦呢？曦儿出来！”王家的人传音道。

“别吵嚷，当心扰了她的美梦。”石昊说道。

天神书院的长老觉得事情有点不对劲。这家伙未免也太镇静了吧，不像惹了大祸的样子。他谨慎地问道：“王曦呢？你跟她究竟是怎么回事？”

听他这样问，其他人都一愣，不约而同地看向石昊。

“我跟她是莫逆之交，一起修行。我先醒来，而她还在沉睡中。”石昊淡淡地说道。

王家的人脸色很难看，忍住没有立刻开口。

天神书院的长老继续问道：“你们怎么修行？那是什么功法？”

“自然是奇功妙法，适合两人同修。”石昊答道。

王家的人坐不住了。这家伙说得太明显了，一男一女同修，就差说“双修”两个字了。

“啊……”王家有人忍不住大叫起来。

“说！到底是怎么回事啊？”天神书院的长老喝道。他看到石昊眼中一闪而过的异样，觉得这小子在故意针对王家。

“就是一起修行，没其他什么事，我还能说什么？”石昊无辜地说道。

这个时候，别说天神书院的长老，就连其他人都看出了一些问题。

天神书院的长老一步迈出，从这里消失，转眼间就将王曦带了出来。她真的在安静地沉睡。

“曦儿！”王家的一个中年人大叫道。

天神书院的长老用手一点，王曦当场醒了过来。她快速起身，对眼前的情况有些不解。

“王曦，究竟发生了什么？”王家的一位长老喝问。

“没什么。我从仙家战场得到了一本《心梦古经》，想入梦悟道，而初始篇还需一人入梦相助……”王曦解释道。

众人闻言，脸上都露出异色。石昊这家伙鬼扯那么多，王家人都快气晕了，原来只是帮人悟道而已。

很多人都觉得石昊是个混账，太缺德了。谁经受得起这样的惊吓？估计王家人现在还怒气未消呢。

“外面传言，你被他偷袭并压制，我等特意来看一看，准备施加援手。”王家的人讪讪地说道。

“谣言。”王曦摇头道，没有多说什么。

“我宽宏大量，不与你们计较。”石昊说道，摆了摆手。

“好了，这件事过去就算了，一场误会而已。”天神书院的长老出来打圆场。

“这样就算了？”王家人不干了，短暂的平静后，一个个脸上都带着冷笑。

“我族明珠的名声在这件事中受损，你如何补偿？”王家有人喝道。

“简单。既然你们有这样的顾虑，就将王曦嫁给这个少年好了。”天神书院中响起大长老的声音。

一群人顿时傻眼了，这让王家人接受也不是，拒绝也不是。

第899章 一切明了

既然大长老开了金口，无论是王家还是其他家族都得掂量一番。大长老是何等人物？就算他们的老族长出山，也不见得能与他匹敌。

现在所有人看石昊的眼神都怪怪的。

这个少年该不会是大长老的私生子吧？不然大长老为什么这么看重这个少年，一直庇护他？

众人都在猜测这到底是什么情况。难道真是这个少年斩了三头王？而虚空兽并非涅槃消失，也是被他斩灭了？

早先虽有这个说法，但只有少数人相信，大多数人还是持怀疑态度的，尤其是没有进入仙家战场的人。

可现在，所有人都心中一惊，睁大了眸子！

这时，王家的一位长老咳嗽一声，道：“前辈，这种事并非儿戏，王曦与他没有可能！”

王家的其他人也点点头，态度非常坚决。在他们心中，那位绝代人物比石昊强多了，更合适王曦。

“王曦小姐，你的意思是？”天神书院的另一位长老问道。这一次大长老没有开口。

“我和他只是道友，没有其他关系。”王曦平静地回应道。

“唔，既然如此，这件事就此了结，各方都罢手吧。”大长老再次开口，而后便再不说话了。

什么意思？所有人都有点糊涂了！大长老为那个少年和王家人说媒，而王家人很干脆地拒绝了？

有人觉得大长老刚才那么做根本不是为了说媒，只是为了帮那个少年脱困。

还有不少人认为，大长老也许真有做媒的意思，没想到王曦居然拒绝了。

“好吧，今日之事就此罢休。”王家的一位老者说道，为这次事件画上了一个句号。

然而那个脾气暴躁的中年人很不甘心，冷冷地道：“不过是一个仆从，未免太招摇了！”

王家的老者瞪了他一眼，不让他再开口。大长老的面子他们还是要给的。

“仆从？”石昊直接翻脸，厉声道，“你问问王曦，她与我到底是什么关系。我何曾追随过她？她只是以道友的身份请我进入书院而已！”

所有人都惊呆了。这个少年的脾气也太刚烈了，丝毫不让自己受委屈。

这两人的关系复杂微妙，刚才还险些被说成夫妻。

石昊补充道：“还有，你王家弄个破金刚琢，随便给人设下禁制，就认为别人是你们的奴才，何等飞扬跋扈！是不是我在地上画个圈，将你们都围在里面，也可以认为你们整个王家都是我的仆人？你们的脑子是被太古莽牛踢过吧！”

众人瞠目结舌，觉得不可思议。这家伙真是什么都敢说，丝毫不给王家留面子。

石昊之所以走到今天这一步，就是因为王家咄咄逼人，想通过他控制莫道。先是小辈用言语轻慢他，接着是那些老辈故意威胁他。

正因如此，石昊这次才会反击。

现在他已经与大长老私下达成协议，打算加入天神书院，所以这次他没有必要打落牙齿和血吞了。

旁边这些人可不这么看。王家实在太强大了，如同巍峨的太古魔岳般矗立在那里，压迫得人近乎窒息。

“这破金刚琢你们赶紧收走，不然我立刻还你们一堆废铜烂铁！”石昊大声道。

“哈哈……”王家的人忍不住大笑起来，道，“你行，你给我破开它试试看。”

“没有一个奴仆能解开金刚琢，你要是能做到也算是一代人物，算我们小觑你了。”王家的那位老者冷冷地道。

“破铜烂铁一堆！”石昊嚣张地说道。不过他不得不承认，这金刚琢是真的很难解开。虽然他的肉身堪比炼体修士，且已修出三道仙气，但是这么长时间也没能摘下它。

虽然他可以强行解开金刚琢，但是难保解开时不伤到自己的元神！

“小子，既然你大言不惭，就当众给我破开它试试看！”王家的人冷笑道。

“你说怎样就怎样啊？什么条件都对你们有利。”石昊冷然一笑，道，“如果我现在破开金刚琢，你们是否尊我为主？”

对面，一群人怒目而视。

“不敢吗？你王家不是一直飞扬跋扈，唯我独尊，最喜欢做这种事吗？”石昊故意奚落道。

“好，我们跟你赌！”当场就有几个人站了出来，大声道。

有人面露嘲讽之色，道：“你若解不开，就乖乖当一个下人吧！”

“什么东西！真当自己是个人物了，我看你如何破金刚琢！”另有人说道。

他们此时都已撕破脸，暂时忘记了大长老的恐怖力量。

“还你们这破铜烂铁！”石昊大喝一声，双手直接抓向头上的金刚琢。

刹那间，光芒闪耀，法力汹涌而出。他将数种宝术融合在一起，守护头颅，浑身迸发出恐怖的气息。

“轰！”

惊天动地的一声巨响。金刚琢上骨文交织，如同燃烧了一般。

“轰隆！”

无尽的雷电浮现出来，可怕的神力冲上高天，刺目的光芒将那里笼罩了。

众人什么都看不到了。

“这小子胆子真大！”有人感叹道。

“不自量力！自古以来谁能自己取下金刚琢？”王家的人不屑地说道。

“咔嚓！”

突然，断裂的声音传来，如同仙瓶破裂，星河倾泻。这个地方的气息一下子就不同了。

紧接着，光芒变得暗淡了。

此时的石昊仿佛一尊无敌战神，徒手扯断了金刚琢，好不威风!

虚空崩裂，狂风大作，乱石纷飞，可他的头颅依旧如故，安然无恙。

他成功了，徒手扯断了金刚琢!

石昊平静地将金刚琢掷出，扔在了王家众人的脚下。

所有人都震惊了。

石昊并没有消耗太多神力，他原本就有实力解开此琢，只是没有把握护住自己的元神而已。不过与大长老私下密谈后，他受到一些启迪，回来后就琢磨出了办法。

“他真的破开了金刚琢吗？”

“太不可思议了！金刚琢不仅刻着大量符文，而且其中还加了一点仙金，居然还是被扯断了。这家伙太可怕了！”

“这个少年是真仙转世吗？”

所有人都被吓到了，一个个先是瞠目结舌，而后开始议论纷纷。

王家人看着被扯断的金刚琢，全都觉得难以置信。这是一个什么样的少年，怎么会有如此强大的实力？

这些人脸色一阵青一阵白，想到先前与石昊立下的赌约，想死的心都有了。

王曦也惊讶不已。力破金刚琢，就连她也不见得能做到啊！这位道友简直难以看透！

远处，绿陀、玄昆等人都脸色一变，深感压力。

邀月公主震惊得张大了嘴。由于她的家族和王家是对头，因此她非常了解金刚琢。

眼前发生的一切简直就是打破了神话啊！

“你们几个奴仆，还不快过来行礼！”石昊大声道。

“噗！”

那几人同时咯血，有的晕厥了过去，有的踉跄后退，被其他人扶住。

“果然不愧是长生世家的人，连昏死过去这种无耻的招数都用。”石昊揶揄道。

众人心中久久难以平静。

“他打破了神话啊！竟然破解了封印在身上的金刚琢！”

“据传这种宝琢一旦加身，即便自身突然间突破一两个大境界，都难以解开。他是如何做到的？”

此地一片喧哗。

“我终于明白了，三头王是被他斩灭的，虚空兽也成了他的战利品！”

“王家太可笑了，竟妄想将一个无敌的少年至尊收为仆从。他们太高看自己了！”

“咦，如果将王曦许给这个少年，倒也算是一桩美事，现在看来王家这些人拒绝得太早了！”

此时形势大变，这个少年稍微显露了一些实力，便引起了多方势力的关注。

邀月公主、绿陀等人背后的家族，恨不得立刻将他引到己方阵营来，哪怕付出极大的代价也在所不惜。

只是书院的大长老先下手了，他们都不敢轻举妄动。

“唉，难怪他敢收异域的年轻至尊莫道为仆从，原来他有如此强大无敌的实力啊！”有人这般说道。

至此，众人明白了这一切。

第900章 抉择时刻

王家与石昊立下赌约的人，一个个面色通红，手指捏得发青。这个结果让他们无地自容，颜面尽失。

最可恨的是，那个少年还冷言相对，一点也不给他们留情面，他的话如刀子一般刺进他们的心。

怎会如此？

事实上，其他人更为震惊。

一个少年至尊就这样崛起了，出乎了所有人的预料，谁都没想到会是这样一个结果。

“得饶人处且饶人，就这样吧。”天神书院的那位长老劝道。

石昊一句话也不说，就那样盯着王家的人，让他们脸色难看到极点，走也不是，不走也不是。

那几人向王曦传音后，终究还是硬着头皮迈出了离开的脚步。他们没有认赌服输，向石昊请罪。

“哈哈……”石昊并未阻拦他们，只是大笑起来。他什么也不说，只是一直笑，这笑声却像在那几人身上扎了刀子一般。

众人神色怪异，静静地看着这一幕，随后不少人都跟着笑出声来。

王家的那几个人身体发僵，都无法迈步了。这种笑声是对他们的蔑视，更是一种不屑与凌辱。众目睽睽之下，他们不敢兑现赌约，灰溜溜地逃走，注定会成为笑柄。

这不仅让他们自己丢了面子，而且也让王家因此蒙羞，实在是糟糕透顶！

虽然这并不是一场战役，但是王家的人感觉比经历了一场可怕的大战还要疲惫。在令人感到屈辱的笑声中，他们低着头远去。

王曦一叹，转身离去。离开前，她回头匆匆一瞥，看了石昊一眼，心情十分复杂。

人们看到这一幕，都感觉很怪异。这两人原本关系和睦，是非常完美的一个组合，如今却闹到这个地步。

“走了，该散了。”有人大声道。

在这里待下去没有意义了，其他人纷纷动身离开。莫道也开始赶人了，在石昊的授意下，他释放出三道仙气，震慑群雄！

“他是谁？我怎么觉得他就是那个家伙啊，一样是卑鄙无耻的恶棍！”小兔子咕哝道，话音刚落便被清漪和曹雨生拉走了，不让她在此地停留。

目前石昊还没有暴露身份，熟人最好不要多说，尊重他的选择。

这里的事立刻传遍了天神书院，让许多人无比惊诧，不敢相信竟会是这样一个结果。

“嘿，你们听说了吗？王家妄想收一个修出三道仙气的少年至尊为仆从，结果那个少年归到我们书院门下了。”有人小声道。

天神书院真的太大了。正因如此，许多住得远的弟子早先不知道这事，此时听到身边的人谈及，无不露出不可思议的表情。

“可惜了王曦仙子，她原本与那个少年走得很近，视其为强大的助力，如今却与他闹成这样。”

“王曦仙子岂是你等能为之惋惜的，人家高高在上，不会在意这些。她有拒绝那个少年的理由，毕竟她最终会嫁给一位绝代人物。”

“真的假的？王家早先不知道也就罢了，如今明白了那个小子的价值还是视若无睹吗？”

“何为绝代人物？在这个世间，修出仙气并非衡量战力的唯一标准，还有其他因素！”

……

消息传开后，又成功地引起了一场轩然大波！

很多人都在猜测石昊的身份。

对于石昊来说，现在是否暴露身份已经无所谓了。因为他与大长老谈妥后，一切问题都已解决，所以也不怕院中与元青交情颇深的长老出手对付他了。

石昊与莫道离开了这座洞府。

不久后，书院中有人过来，给石昊分了一块净土。他的这片净土非常广阔，里面的神山一座接着一座，紫气蒸腾，气势磅礴。

“听闻王曦的未婚夫是一位绝代人物，说不定会找你的麻烦。”莫道开口道。

石昊愕然。这家伙什么时候这么八卦了？这不符合他的风格啊！

“一路走来，听人说的。”莫道回应道。

“跟我说一下异域究竟是什么样子的，不朽山后方的那个世界到底怎样？”石昊问道。他对自身的麻烦毫不在意，却十分关注另一界的动态。

可惜莫道守口如瓶，不肯多说一句，连书院中的长老逼迫他都没用。

石昊意识到，如今时机未到，很难从莫道嘴里得到什么消息，只能一步一步来。石昊建议他去典籍室看史籍，了解“真相”。

这件事不可能一蹴而就，需要循序渐进、潜移默化。

石昊的洞府无比广阔，紫霞灿烂，灵气浓郁，是一个非常理想的修行之地。他与莫道搬来没多久，还没去拜访各位故友，就听到了巨大的钟声。

“当——”

这是大道之钟发出的，响声震耳欲聋，悠悠不绝。

天神书院所有人都抬头看向云端。那里有一口混沌迷蒙的大钟，此时在震动着，召唤诸强。

一时间，群英闻声而动！

“走，我们也去看一看！”石昊大步迈出，莫道紧随其后。两人来到天神书院的深处。

一片石林中，仙雾弥漫，白色气体萦绕着山石。这个地方看起来非常神秘，满是仙道气息。

有些石块如巨虎，有些石块若利剑，有些石块形似青牛……石林十分广阔，一眼望不到边。

在石林的前方有几座石崖，气势磅礴，矗立在那里。

一些长老站在上面，个个都神色严肃。这么多大人物一起出现，绝对是有大事发生。

要知道，他们当中的任何一人都是至尊，是九天十地中最强大的人物之一。他们很少出现在世间，都是隐世人物。

毫无疑问，就连各长生世家的老族长见到他们都要行礼，不敢过于随意。

“大势已定，不可逆转，关于这些我们不想多说了。”一位长老开口道。

众人屏住呼吸，静静聆听。所有人都知道，大乱将起，九天十地将会迎来一场极其残酷的战争，征战的脚步不远了。

“书院中有一些仙道经书，是时候传下去了！”另一位长老大声道。

“轰！”

这个地方刹那间人声鼎沸。

其实，这些弟子进书院的时间还不算长，虽然他们知道书院中有各种无上典籍，但是都以为一两年后才能接触到，没想到这么快!

他们感受到了这些长老内心的忧虑。长老们如此迫切地要将仙道经书传下去，说明血染大地的那天不会太远了。

“上一纪元的修行体系，与我们现在的修行体系有很大的不同，想要学习的话，自然就要掌握他们的文字，否则根本无法施展咒语和道术。”

石崖上的长老们神色肃穆，此处的气氛很沉重。

“可惜天地即将大变，在今世学古法异常艰难，不过要是细细研究，将会有极大的收获。触类旁通，与今世之法两相印证，可助你等成道。”

长老们向弟子们娓娓道来。

此地再次恢复宁静，所有人都用心地听着。

“人的精力是有限的，不可能万法都能学通透，现在是选择的时候了。愿意学仙古法的留下，不愿意学的可以离去。”

“古法和今法很难说清谁比较强。不要觉得古法可让人成仙就一定无敌，其实今世之所以罕有成仙者，就是因为天地的环境变了。”

“我可以透露一点，即便选择今世法，一路走下去也会有极大的收获。一群绝世人杰已经走在了前沿，不会比修出仙气的人实力弱。”

“没错，在今世修仙气，是在延续古法，并非今世法的真谛！”

石崖上，一群长老先后说道。他们说的都是大道路途上的选择。

弟子们闻言，皆心潮澎湃，激动不已。

第901章 今世法极尽

在场的人没有一个是凡夫俗子，都是一域翘楚，此时怎会不激动？

“前辈，你们讲得不够详尽，让我们如何选择？”一个头长牛角的青年提出疑问。

这是很多人的心声。在这种关键时刻不了解透彻，谁敢轻易做出决断？毕竟这个决定会影响他们的一生。

有人问道：“我们千辛万苦修出的仙气，只能算是古法，而不是今世法吗？”

在场的人都是天之骄子，历经重重考验才进入天神书院，大半都修出了一道仙气。这是他们的骄傲所在。

古往今来，能做到这一步的人有多少？他们来自九天十地，从十九个古老地域中崛起并被选中。仙气是他们傲视群雄的关键，如今听到修出仙气者在今世也不见得是最强的人，他们自然很不服气！

“不错，今世法不见得弱于古法。如今已经有人在这条路上走到了最前沿，让我等都惊叹不已。”一位长老回应道。

“长老的意思是，修习今世法有成的人即便没修出仙气，也能与我等匹敌？”一个紫衣少女问道。

“有这样的人吗？”其他人质疑道。

“自然有。”那位长老点头道。

这个消息顿时引起了轰动。

“烦请长老细说。”那个紫衣少女说道。虽然她表现得很恭敬，但是明显不太相信长老的说法。

就连石昊也感到诧异。他还真不相信，连一道仙气都没有修出的人能与自己匹敌，两者之间的战力差距太大了。

“好，我便现场举例，让你们看个明白。”石崖上，一位身穿金色道袍的老者说道。他须发苍白，双目炯炯有神，有种让人信服的气质。

众人闻言都心中一惊。现场举例？难道他们当中真有这样的人？

这时，石崖上的老者抬起手，向人群中指去。这个举动一下子吸引了所有人的目光。

人群中，一个小胖子嘴巴微张，一脸惊愕。

石崖上的老者正是指向了他。

曹雨生硬着头皮道："长老，你指错人了吧？我已修出了一道仙气。"

他虽然脸皮厚，但是也不敢当众承认自己在今世法上独步天下，他从来就没有过这种念头。

清漪、小兔子以及长弓衍一齐看向他，脸上都露出异色。长老怎么会指向曹雨生？

"我没有指错人，就是你。"老者微笑道。

"我实力有这么强吗？"曹雨生自语道，一副很腼腆的样子。周围的人见状直撇嘴，他们可都见识过曹雨生的厚颜无耻。

其他人也不约而同地看向曹雨生，现在他是万众瞩目的焦点人物。

"你无须自谦，走上前来。"老者说道，让曹雨生登上石崖下的一座高台，面对着所有人。

"长老，他很特别吗？所谓的今世法在他身上有什么体现？"那个紫衣少女继续问道。

身穿金色道袍的老者收起笑容，严肃地说道："这个少年即便不动用仙气，也能抵抗你们。若是不信，你们可以出手。"

"别啊，长老，我可没有犯错，你别为我树敌。"曹雨生叫道。

其他人都很不解。这个小胖子只修出了一道仙气，如何与他们一争长短？

老者并不应答，随后他让曹雨生动用全力，显化肉身杀阵。并且他还警告曹雨生，如果不全力以赴，当场就会受罚。

曹雨生只得顺从。才片刻的时间，他的浑身便浮现出密密麻麻的骨文，每一寸肌肤都在喷薄混沌剑气，血肉中浮现出无数座杀阵，惊得众人不禁倒吸一口凉气。

"看到了吗？他若是继续在这条路上走下去，会比修出仙气的人弱吗？你们中谁敢与他比拼？"老者大声道。

众人默然。有见多识广的人当即认出，那可能是传说中的无上杀阵。这种东西祭出后，谁敢与之打斗？

这个小子居然将无上杀阵刻进了血肉里，太不可思议了！

"前辈的意思是，今世法就是在体内刻杀阵？"有人问道。

老者叹道："我只是举例而已，你们没有抓到本质。他之所以很强，是因为他在列阵境界时在自己体内刻下杀阵，超越极境，此后不断完善，才有了这样的道果。”

此话一出口，众人都沉默起来。

“我的意思是，搬血、洞天、铭纹、列阵……真一、圣祭等境界，都有这样的机缘。”老者解释道。

旁边，一位长老进一步补充道：“如果能在每一个境界都实现极限突破，超越过去，登峰造极，也许……便是一个崭新的境地。”

有人打破沉默，问道：“这太难了，还有其他例子吗？”

“那我就再举一个例子，来自三千道州的人应该知道那个人。”身穿金色道袍的老者这样说道。

“嗯？”这话立刻引起了各方的关注。

“那个名为荒的人，也叫石昊，我想很多人对他都有所耳闻。”老者继续说道。

长弓衍、龙女、魔女等人怎会不认识荒？但凡来自三千道州的人对荒并不陌生，再怎么说他也算一个名人。

老者神情严肃，说道：“据我们了解，他在洞天境实现了大突破，自己踏出了一条路。十大洞天破碎，融合归一，这一点超越历代前贤。他如果进一步完善这条路，即便不动用仙气，凭借唯一洞天也可压制修出仙气的人。”

众人都惊呆了。破碎十大洞天，融合归一，超越所有古人，这是何等的气魄与风采！

就连王曦、绿陀、邀月公主等人都感到很震惊！

三千道州有一些人已经猜到了石昊十大洞天归一这个秘密，可是今日从天神书院长老的口中得到证实，还是觉得不可思议。

“现在你们明白了吗？今世法练到极限后同样恐怖无比。无论是小胖子的列阵境，还是荒的洞天境，都已达到了无上至境！”老者大声道。

众人闻言，无不震惊。

这太难了！在体内刻下世间第三杀阵，养出的杀气恐怕还没杀人就先将自己灭掉了。而破碎十大洞天是何其残忍！别说所有的洞天融合归一了，可能还没融合一半呢，自己就形神俱灭了。

“九天十地的英杰如此之多，有几人能练成？”有人质疑道。那样的路实在是太艰险了。

身穿金色道袍的老者目光冷厉，道：“难吗？比修出仙气如何？我看是半斤八两，都是九死一生。当然，我险些忘记了，你们能修出仙气，大都靠取巧，没有几人是真正靠自己修出来的。”

这样的话一出口，许多人深感惭愧。

在场的各路英杰都明白长老这话是什么意思。这里绝大多数人都得到了家族的帮助，甚至有人直接换了一具躯体，那可是从仙古保存下来的含有仙气的肉身。

“大环境变了，真的没有多少人是完全凭自己修出仙气的啊！”天神书院的二长老叹道。

“虽然有些人是自己修出仙气的，但你们是否还记得在什么地点有所成的？”一位长老看着众人问道。

众人闻言，皆脸色大变！

“想来你们都记得自己是在各种仙古遗地中修出仙气的，因为只有在那种环境下才能修出仙气。如今大环境变了，在我等栖居的世界不适合修古法，很难有所突破。”

这些话重重地击在众人心上，让他们不得不沉默，暗自思量。

石昊也陷入了沉思。他的三道仙气的确是在那样的古地中修出的。

“别担心，既然仙气已经修成了，在外界也可用，就没有隐患。”一位长老安慰道。

“长老，你是想让我们选择今世法吗？”有人问道。

“不是，我只是告诉你们，今世法不比古法差。选择古法的话，我们可以提供上一纪元的经书，也能送你们去那些仙古遗留下来的小世界中修行。”长老一脸严肃，道，“人的精力是有限的，莫要想着两条路都走，那真的太难了。今日让你们来，就是让你们选择一条路。”

长老们的话都说到这个分上了，众人怎能不明白、不理解？

有人认真思考后，问道：“这里有仙古的无上道书，我们若是修炼的话，成就应该不会低。那我们若是修今世法，又有些什么可以帮助学习呢？”

“我说过，已经有一群人走在了这条路的前沿，风采照耀古今。你们若想在今世法上有所成就，肯定是有路可循的！”一位长老回应道。

“不要忘了，若能在搬血、洞天、铭纹、列阵等各个境界都超越古贤，那将何等惊人？修出三道仙气者都将不敌！当然，这太难了，有些不现实。我只是告诉你们，这条路很长，你们若有所成，也许真的可以对抗异域强者！”二长老大声道。

这番话瞬间让许多人热血沸腾，当即决定要走这条路。

“长老，真的有引路人，有法可循吗？”有人继续问道，有些担心。

“没错，有一群人已经走得很远了，留下了成功的路径，可供你们借鉴！”二长老亲自回应道。

“好了，你们可以选择了。”一位长老说道。

这里一下子热闹起来！

“我选仙古法。”石昊说道。轮到他上前进行选择时，他很清楚地表达了自己的选择。

“你……应该选今世法才对啊。”二长老露出惊奇的神色，道，“难道你想两条路一起走？”

第902章 仙古法

“我没有道理半途而废。既然我已经修出了仙气，总要领略山顶的风景才好。”石昊回应道。

石昊在今世法这条路上已经有了惊人的成就——十洞天融合归一，是一个开拓者！如果继续在这条路上走下去，他也许会在其他境界完成超脱。

二长老对石昊的选择感到诧异，希望他能修今世法。

周围的人都大吃一惊。这个家伙果然有气魄，明知道路崎岖，充满艰难险阻，却还是要走上一遭。

“你可知仙古之法虽然与当世的道法有相通之处，但是也有很多对立之处？修习古法一切都要从头再来，不像今世法那般你一路修炼下来，早已烙印在骨子中。”二长老告诫道。

他的话不是没有道理。学习仙古法，一切都要从头开始，过往的成就都要丢掉。

哪怕你将今世法修到了前无古人之境，对仙古法也毫无用处。两者是不同的体系，不同的道路！

石昊也知道这一点，可他就是想要印证！

如今他的战力摆在那里，他即便从头再来，也可以迅速崛起，绝不需要数十上百载苦修。

他态度明确，意志坚定，就是要先走古法的道路，而后再去悟今世法，如此才能厚积薄发、合二为一！

至于其他人，有一部分毫不犹豫地选择了今世法。早先几位长老描绘的前景十分美好，值得去打拼一番。

还有很多人非常纠结，心绪难以平静，不能一下子确定自己要走哪条路。

这是影响一生的大事，容不得出半点差错！

石昊果断迈步，向一旁走去。那里都是立志要学仙古法的人，大多都是生面孔，当然也有他认识的人。

看到他走过来，一些人自动让开，形成了一条道路。这家伙连王家的人都敢针锋相对，还疑似斩过三头王，怎能不让人忌惮？

许多人长舒了一口气。无论内心多么忐忑、纠结，他们终究都要做出决断。

选择学仙古法的人虽然没有选今世法的人多，但都是高手，没有一个是凡夫俗子。邀月公主、绿陀以及王曦都来了。

其他选择修仙古法的人，很多都是修出两道仙气的强者，皆是英杰中的佼佼者。

修出那么多道仙气的强者都不甘心放弃，想要见识一番仙古真正的大法。特别是拥有三道仙气的人，如果不能达到完满，将会是一生的遗憾。

只是不知道，眼前修出三道仙气的几个人是否真的是自己修出的，而不是靠家族造就的。

不过既然他们有了三道仙气，实力都不会弱。

石昊看了看远处，不禁眉头一皱。他看到了十冠王和谪仙，他们都是修出三道仙气的人，也站在了修习古法的这一边。

不少人在偷偷打量石昊与王曦这对“反目”的道友，小声议论着。

随后，石昊看到清漪走来，她也要学仙古法。

“她真的应该学仙古法！”石昊自言自语道。清漪身上有青月焰，曾照亮其元神，仿佛带着前世的记忆。

接着，他看到了月婵。她身段修长，肤若凝脂，乌黑秀发披散在背后，白衣胜雪，风华绝代。

她与清漪从三千道州纠缠到这里，一直没有结果，如今连修道法的选择竟也是一样的。

“别拦着，我也去！”曹雨生在远处叫道。这个胖子死乞白赖地非要过来，扬言要学仙古无上法，打遍天下无敌手。

结果，那位身穿金色道袍的老者一脚踹在曹雨生的屁股上，强行把他踢了回去，且明确告诉他：“别浪费了天分，必须研习今世超脱法。”

“好了，既然你们已经选择好了，学仙古法的人这边来。”一位长老上前，领着石昊等人向书院深处走去。

剩下的那些人也被带走，即将踏上一条极限路。

石昊一行人跟着长老来到了一片古地。这里到处都是断壁残垣，古木扎根于废墟中，荆棘密布，鲜艳的花朵散发着芬芳。

这里光线不是很充足，稍显昏暗。

这是仙古纪元留下的遗迹，是众多长老从地下挖掘出来的。

四长老盘坐在一块数十丈高的巨石上，开始为众人讲道，教他们怎样精通仙古法。

“想学古法，必须先了解其文字，如此才能动用咒术、道符。这部分知识很庞杂，需要用心去领悟。”

众人认真听着，全都点头表示理解。他们都知道，想学仙古法，首先要懂得谦虚。

“先从文字开始。”四长老说道。他神色严肃，郑重地在虚空中比画，一个又一个奇异的古字出现了。

这些字犹如金属铸成的一般，带着金属的质感悬浮在空中，密密麻麻的，很是神秘与瑰丽。

很快，人们觉察到了不对劲。短短的几分钟，四长老就已经刻了上万字，汗水顺着他的鬓角淌下。

“长老，怎么会有这么多字？”有人吃惊地问道。如果只是学习单纯的语言，根本就用不了上万字。

四长老此时有些吃力，脸上都是通红的。

“刻出这些字需要仙道气息，因为我没有修出仙气，所以有些吃力。不过好在我领悟了这些字的含义。”四长老说道，有点气喘吁吁。

随后他问道：“你们觉得这些字已经算多了，是吗？”

难道不多吗？众人不解。

“真正的仙古字，足有百万个，浩瀚如星河。”四长老说道。

“什么?!”众人惊呼。

“因为仙古法的各种道术和咒语都需要用大道之言描述，所以有许多生僻字，它们亲近最本源的道！”四长老解释道。

众人闻言，皆大吃一惊，同时也充满了渴望。

有人已经开始摹刻空中的那些古字了，想要参悟一番，结果发现越凝视它们，越觉得神秘。

有人凭借自身的实力揣摩出了一些古字的意思，可更多的字让人摸不着头脑，难以理解。

石昊倒吸了一口凉气。虽然他悟出了一些字的意思，但是想记住这些古字不是一件简单的事。

任何一个字都有奥义，阐释了一些规则与道理。

“难怪长老们说修习仙古法看重大势，直指大道本源，才这么一部分字就让人头大了。”石昊看着前方自语道。如果百万字都如此，那还真需要花费一番大力气去掌握。

四长老嘴角带着淡淡的笑意，给了他们一个下马威。

“仙古法说是直指大道本源，可是文字为何这么繁复？”有人问道。

“如果你的实力足够强大，百万真言、百万规则都可化成数千字，或者数百字。”四长老大声道。

言罢，他一抖袍袖，罡风大作，混沌翻涌，让这里变得一片昏暗。

一座拳头高的白玉小山从他的袖子中飞出，这座山只有巴掌大，很是精致。

“轰！”

一声巨响。白玉小山快速变大，在地上投下大片阴影，而后便落在不远处，震得大地不断摇动。

这是一座白玉山，上面刻满了文字。百万古字在白玉山上绽放出璀璨的光彩。那些古字熠熠生辉，被在场的人当成宝贝一样研究。

“咦，山顶被削掉了，难道上面本来也有字？”一个弟子问道。

“这是仙古纪元留下的一座玉石山，作用仅仅是帮人参悟古字！”四长老指向山顶道，“传说山顶被削平前，上面还有一百零八个古字。”

“一百零八个古字能做什么？”

“那一百零八个古字是浓缩的大道真义，据说掌握一个就受用无穷，只是如今都失传了。”四长老解释道。

掌握一个古字就有惊天动地之力，这真是骇人听闻！

第903章 仙之种

白玉山坐落在废墟中，晶莹灿烂，百万古字如同星辰在闪耀，光华烁烁。

石昊等人都已经登临山巅。他们对那一百零八个古字非常向往，都想得到它们蕴含的强大力量。

可惜，正如四长老说的那样，山顶少了一截，断面非常平滑，像是被人以绝世利器斩掉的。

这是仙古时期发生的事，其原因已不可追溯，令人很是惋惜。

“你们也不用太遗憾。九天十地藏有一些仙家洞府，还没有开启。也许有朝一日你们足够强大，修出了更浓重的仙道气息，就可以去寻找那终极仙文。”四长老说道。

众人心中再次燃起了希望。

他们不能小觑这些文字。修行到极致，任何一个字都是神通，特别是最后的一百零八个字。它们蕴含着仙古的精华，是一代文明的积淀。

“好了，你们莫要好高骛远，还是从最基本的文字开始学吧。你们可以先行揣摩与参悟，不理解时向我询问便是了。”四长老这样说道。

与此同时，他告诉众人，这座白玉山被他与诸位长老一同炼化了，蕴含着他们的精神印记，亦可帮助他们悟透。

众人闻言大喜，开始参悟。

一开始，他们以为参悟会很容易。毕竟他们都有天神级的实力，元神一扫而过，不说过目不忘，应该也差不多能记住一些。

然而，过了一会儿，不少人眉头紧锁，一筹莫展。原来这些不单是文字，更是蕴含着真义的大道碎片。

什么最复杂？自然是“道”。道无形无状，难以说明。

这些文字是道的载体，是先天大道的有形轨迹。一旦掌握这种文字，他们就能抓住天地的本质，促进自身的修行。

“这可是好东西啊，必须掌握！”石昊自语道。

大道可以用骨文的方式表现出来，也能用文字记载，两相印证的话，好处难以估量。

“砰！”

在人们悟道时，一阵剧烈的响声传来。一位修出仙气的年轻修士大口咯血，从白玉山前横飞了出去。

众人目瞪口呆，一时间不知道发生了什么事。

在那位修士参悟古字时，一个怪物踏着烈火冲了出来，它昂首长嘶，犄角顶裂了天穹。那位修士因此受伤。

古字而已，无法参悟就造成了这种结果，着实让人胆战心惊。

因为受伤的修士悟不透这些字，触及了长老留下的精神印记，所以直接激发了此字的最高威力，从而导致自己被击飞。

众人震惊不已。一个字运用得当，尚且有如此威力，若是百万古字叠加，灵活运用，那将会多么可怕！

同时，人们也意识到，这白玉山上虽然有长老们的精神印记帮助他们悟法，但是也隐藏着危机。这可能是长老们有意为之，算是对他们的一种考验。

时间流逝，一晃数日过去，众人都各有所得。

“轰！”

这一日，再次发出一声巨响。绿陀身前，数千古字旋转，围绕着他发光，最后竟然化为十条天龙，将他缠住，欲将他撕裂。

“不简单！绿陀现在就懂得灵活运用了，不过这是在冒险，让自己陷入危机之中。”四长老说道。

在这么短的时间内，绿陀就已经悟透了数千古字，着实是了不起！他刻写古字，将其进行排列，触发了长老留下的印记，从而引起异象，召唤出十条由文字组成的天龙。

“轰！”

惊天动地的一声巨响。最终，十条天龙全部被绿陀斩断，最终化成光，重新变成文字。

绿陀身体一阵颤动，脸色赤红，接着很快又平静下来了。

修出三道仙气的至尊果然了不得，实力强大得惊人。

“这算什么？不过是最基本的文字！如果将百万古字尽数掌握，再进一步推演，排列各种道则，威力将更加恐怖。”绿陀轻语道。

一些人默然。绿陀如今不过是天神境，有这样的表现已经非常厉害了。

“轰！”一声巨响。

王曦那里出现了一片植物，每一株都金黄璀璨，如同由黄金铸成的一般。成千上万根枝条凝聚成秩序神链，向她袭来，欲将她困住。

很显然，这也是由古字化成的。

王曦的身躯一阵摇动，承受了极大的压力。最后三道仙气从她的天灵盖中冲出，点燃了黄金古树，这里终于重归宁静。

在这里参悟古字的人都遇到了不同的麻烦。

谪仙那里直接出现星斗，而后一片古老的宇宙轰然一声砸落，将他覆盖在下方。那里缭绕着一片混沌之气，宇宙雏形在演化、沉浮。

“这个年轻人真厉害，难道是那位前辈之徒？那个人不是早已殒命数十万年了吗？”

“唔，这是数千古字压迫而导致仙种显化了吗？”四长老大吃一惊，自言自语道。

其他人也很吃惊，看着那里，久久都没有回过神来。那片宇宙周围的一切都裂开了。

直到十冠王手持一株小树，浑身溢出一缕缕混沌之气，散发出成千上万道光芒，众人才惊醒。他已经参悟了数不清的古字。

“世界树幼苗！”四长老惊呼。虽然他早已知道十冠王的存在，但还是震惊不已。

长老们在十冠王进入书院时就知道了世界树幼苗的存在，他体内有如此珍贵的仙道宝树，怎么可能逃得过长老们的法眼。

十冠王在参悟时并不掩饰，只要修行速度快，悟法精准即可。

此时，另一个方向也出现了异象。

一个绝美的白衣女子头上浮现出一轮青色的月亮。月光洒落，所有的古字都在发光，向着清漪飞去，随后没入她的躯体中，让她有所感悟。

这是什么？众人惊愕不已。

谁也没有想到，一行人中，清漪参悟的古字最多，就连石昊、莫道等人也比不了，她已悟出了上万个古字。

“那轮青月亮有什么来历？”人们纷纷问道。它仿佛认识所有古字，月光洒落时，可直接读取那些古字。

“这是真仙殒命后留下的火种，也就是世人眼中的绝世古火。为何此物伴随在她的身边，始终没有离去？”四长老吃惊地道。

随后，他又看向十冠王的小树。

“既然你们看到了，那我就说一下吧。”四长老叹了一口气，神色严肃地对众人传音，“你们选择修仙古法这条路，有些基本的事必须了解。”

众人闻言，都聚精会神地听着。

“选择修仙古法，有一个条件，那就是必须得到一枚仙种，与自身一起进化。种子越超凡，合道时的成就就会越大！”四长老大声道。

所有人一起回头，望向十冠王那株被仙气包裹着的小树。对于仙种，他们不是一无所知，自然听闻过有人以世界树为种子。

那绝对是绝世仙种！

同时，他们对清漪的青月焰也很好奇。难道昔日的真仙还能复活不成？

“最好的仙种自然是世界树、宇宙雏形等，可是这种东西可遇而不可求，就连长生者都不见得能为后代得到几枚。”四长老叹道。

一时间，人们都对十冠王和清漪羡慕不已！

“过段时间，我会带你们去寻找各自的仙种。”四长老这般说道。

“那里有世界树和宇宙雏形种子吗？”有人问道。

“天地间有很多奇异的物种，总有我们未知的东西，说不定我们还能发现与世界树、宇宙雏形相媲美的仙种。”四长老说道，想给众人一些信心和希望。

“哪里能寻到种子？”人们不太相信四长老的话，这样问道。

“界坟！”四长老大声道。

人们不由得心头一震，这个名字让人浮想联翩。

“你们必须提升实力，不要被另外两个书院比下去。”四长老说道，神情凝重。

“另外两个书院？”众人都大吃一惊。

“对，圣院和仙院。”四长老说道。

第904章 圣院与仙院

圣院和仙院，对石昊、清漪等人来说不算特别陌生。

当时三大至尊在三千道州选人时，就跟他们提到过，唯有最强英杰才能加入天神书院、圣院、仙院。最后他们都来到了天神书院。

至于其他人，有的对圣院和仙院一无所知，有的略有耳闻，反应各不相同。

“你们当中有些人应该听过这两个书院，对此了解多少？”四长老问道，用一双炯炯有神的眸子盯着众人。

“还请长老明示，我等对那两院知之甚少。”有人这样说道。

“这么说来，你们还是知道一些，但说无妨。”四长老微笑道。

“我曾听闻那两院有些特别，选拔弟子异常严格，一般人不可入内，可以说是与世隔绝。”邀月公主说道。

“你不愧为长生皇朝的人，了解的果然多一些。”四长老称赞道。对于别人来说，那两院或许非常陌生，可对于九天十地的古老家族来说，仙院和圣院根本不算绝密之事。

“这两院与世长存，只是一直处在封闭状态，里面的人终于要出世了吗？”邀月公主问道。

众人听了此话，心中有几分震惊：那两院来头竟然这么大？

石昊、月婵等听过这两院名字的人也都大吃一惊。他们还以为圣院与仙院是新成立的书院呢，没想到这两院的历史竟如此悠久，一直存在。

另外一些人也与他们有同样的念头，当即便有些忍不住了，问道：“居然还有这样避世的书院，为什么？”

“这两院说是隐世也好，说是新成立也罢，都没有错。”四长老这样说道。

众人惊呆了，听四长老慢慢道来。

一般来说，这两院不招收外界弟子，里面都是九天十地中一些老怪物的门徒，相对来说比较封闭，与世隔绝。

“所谓老怪物，是指我们这样一直隐世的人，甚至还有我等的前辈。”四长老说道。

众人目瞪口呆，这个消息实在是太震惊了！

要知道，天神书院的长老个个都是大人物，身份尊贵，实力强大，让各大势力都很忌惮。

那两院的弟子都是这些大人物的继承者，这未免也太震撼人心了。

“仙院最古老，据说有个别老怪物与这一纪元同岁，我等也只是听过，不曾见过。”四长老叹道。

仙院，顾名思义，与仙有关。仙院收录了不少上一纪元的法门，专门教人走成仙之路。

院中是否有人走到这条路的尽头，攀上高峰，那就不得而知了。毕竟时代变了，这片天地不再适合成仙。

圣院虽然成立得稍微晚一些，但是也无比辉煌！

按照四长老所说，一般的英才根本就没有资格进入圣院，不然的话，就是对那里的亵渎。

这样的话让人很不舒服，毕竟在场的人都是奇才。

“你们可知今世法的圣地在哪里？”四长老提到了今世法，道，“打破壁垒，在洞天、列阵等境界百尺竿头更进一步，实现超脱，这就是圣院的宗旨。那里的人都是绝代人物，走的是极尽升华之路，主修今世法！”

众人闻言，倒吸了一口凉气。圣院果然不一般，既是极限路的开拓之地，也是今世法大成者的集中地。

那样的人远胜常人，绝对有资格骄傲。其他天才进去，对他们来说也许真是一种亵渎。

此时，王曦眼中散发出异样的光彩，不知在想些什么。

邀月公主敏锐地捕捉到了她脸上一闪而过的异样，微笑道：“我听闻与你有关的一个人就在圣院修行，而且境界极高，号称绝代天骄。”

其他人听到这番话，皆大吃一惊。

他们近日已经了解到，王家有可能和另一个古老家族联姻。而那个家族的一位绝世强者无比神秘，不知在何方。

现在看来，那个人很有可能在圣院。

“仙院主修古法，圣院主修今世法，两者皆底蕴深厚，人才辈出！”四长老郑重地说道。

说到这里，他看了一眼谪仙。他总觉得这个年轻人好像得到了一位老怪物的指点，与一位古老的存在有关。

“虽然两院内弟子很少，但个个都是天之骄子。不久后他们也许会与我天神书院有一次交流，到时候希望你们不要让人失望。”四长老大声道。其实他心中没底。虽然天神书院招收了一批实力不凡的弟子，但是那两院太神秘了，鬼知道那些老怪物寻来的弟子有多出色。

那些老怪物一直在进行各种尝试。有的想复活仙古纪元留下的遗骸，将其收为弟子；有的在做实验，将修为极高的弟子的肉身以无上法力毁灭，帮助他们打破桎梏，让他们从头再修，助其超脱。

这些尝试都非常恐怖，光是听着就让人觉得毛骨悚然。

据闻，还真有成功的例子！

“不久的将来，在和他们进行交流时，我希望你们放手一搏，尽最大的努力！”四长老这样说道，显然不想自家的书院被另两院的人压制。

“长老请放心，到时候我等肯定能击败那两院的弟子。”有人信心满满地说道。

四长老听到此话并不高兴，他对这种盲目的自信一点也不欣赏。

“尽力吧！”他说道。

而后，四长老想了想，补充道：“如果你们足够强大，修古法者可能会被仙院的老怪物带走，修今世法的人也许能进入圣院。”

“嗯？”众人都愣住了。

他们明白过来：那两院是来挑选精英弟子的，难怪四长老神色不对，很不甘心。

众弟子开始议论纷纷，现场一片嘈杂。

那两院显然很强势，居然敢来这里直接挑选弟子。那些老怪物应该真的十分可怕，连天神书院的长老们都如此忌惮他们。

“那里的前辈很强吗？”绿陀问道。

“大长老厉害不厉害？那里像大长老这样的人可不止一两个！”四长老说道。

“那里的弟子有多强？”这个问题是众弟子关注的焦点，他们心中极其不服。

“今世的弟子有多强，我不知道，不过有一个人，你们或许了解。”四长老这样说道。

“谁？”弟子们诧异地问道。

“元青。”四长老说道。

众人虽十分吃惊，但神色还算正常，而石昊眉头紧锁，毛发竖立，显然已经控制不住自己的怒气了。

他对元青这个人深恶痛绝。刚来无量天时，元青曾想压制他十年，之后还将他放逐到太初古矿，阻止他修行，断他生路。

虽然这些事都是风族的人指使元青做的，但是石昊依旧觉得他可恨！

“元青大人自然非常强，据闻他已是至尊！”

“我听说他只是一只脚迈入至尊领域，可即便如此，也算得上是绝世高手了！”

“如果我说元青只是被那两院放弃的弟子，你们信吗？”四长老幽幽一叹，这样说道。

“什么？元青大人都不能成为那两院合格的弟子吗？”众人大吃一惊。

“没错。当年元青无法通过院中的考核，最后被赶了出来。”四长老郑重地答道。

这个消息在人群中引起了轰动。连元青那么强大的人物都是被那两院淘汰的弟子，这未免太让人震惊了。

“当然，虽然他被放弃了，但是那两院也不算无情，给了他很多道书。甚至有些老怪物在外行走时，还对他进行指点。这样，他才有了今日的成就。”

在说这些话时，四长老一直看着石昊，很明显是在提醒石昊：元青不好惹，如今他还与圣院、仙院有联系，和一些老怪物关系密切！

石昊终于明白，为什么元青做出那样的事后，还能将其子孙送入天神书院了。

第905章 青月传说

在接下来的修行中，众人无不感到惊诧，清漪的修炼速度太快了！青月所过之处，那些古字蕴含的大道真义便能被她理解。

“她天生适合修仙古法！”四长老惊叹道。这种成绩让人瞩目，想不关注她都不行。

与此同时，月婵不动声色，一直跟在清漪后面。她通体发光，白衣无尘，越发圣洁。

石昊知道，月婵也得到了莫大的好处。她与清漪一体两分，彼此能够感应到对方的一切，仿佛是同一个人。在近距离的情况下，两人之间更是没有任何秘密可言，清漪掌握的文字，月婵自然也会跟着悟透。

“这不是从下界来的人吗？居然这么强！”许多人露出异色，吃惊地看着清漪。

在九天十地中，九天高高在上，而三千道州属于十地，因此被称作下界。当然，这只是九天中人对十地一贯的称呼，并非真正的说法。

自这一日后，关注清漪的人越来越多了。书院中的几位长老也来了，默默看着她，皱眉思忖。

这些人通过古籍的记载，以及前往三千道州询问，终于确定那青色的火焰是上一纪元青月仙子殒命时所留的火种！

“了不得！别看这女子目前只有一道仙气，她未来的成就将不容小觑。那青月中肯定孕育着其他仙气，会为她补上！”

这个消息传出后，许多人开始行动了。先是一些女子故意接近清漪，希望与她交好。随后一些青年男子也开始行动了，他们都为一族翘楚，如今接近她，很明显都有所图。

“一定要将这个女子拉进家族中，未来也许有一桩大机缘！”这是某一古老家族中的族长亲自传的话。

这绝非个例。在随后的一个月里，一些家族纷纷行动，拉拢清漪，就连长生世家也不例外。

“为什么？难道她比修出三道仙气的人还有潜力吗？”一些少女对家族这样拉拢一个来自下界的女子很不满，问道。

“你们记住，如果能将她拉进我们的阵营，我们就无异于得到了一座仙古宝藏，价值无量！”长生世家的族人暗中告诉弟子，道，“那团火是青月仙子留下的火种，也许藏着她的终极秘密！”

“什么？还请族老明示！”听闻这个消息的人都不禁倒吸一口凉气。

“关于青月仙子，一直有一个传说……”

青月仙子一直在钻研不朽之法，才情震古烁今。她进行了多种尝试，与六道轮回仙王和无终仙王是好友，从他们那里得到了诸多启发。

传闻说，她修炼了一种渡劫法，当纪元溃灭、天地倾覆时，她可以暂时消失，待到想出世的时候，便活着再现世间。

这是一则隐秘之事，更是一个传说！

之前没有人把这个传说当回事，可是现在人们看到这与众不同的青月焰，知道它是青月仙子留下的火种后，都坐不住了。

青月的再现，牵动了一些古老家族的神经。

“如果谁有本事将清漪娶进门，我就考虑将下任族长之位传给他！”这是一个激进派的族长做出的决定，以此激励族中的弟子。

其他家族虽没有这么赤裸裸地表态，但也有所暗示：只要有人能与清漪拉近关系，家族便会给予其方便，极大地提高他在族中的地位。

他们之所以如此克制，是因为担忧万一真正的青月仙子重新来到世上，看到有人打她的主意，可能会出手毁灭整个长生世家。

石昊面露异色。他听到了一些小道消息，想到自己与清漪、月婵两人的恩怨情仇，心中有点忐忑。

不得不说，这些古老家族的搜集消息的手段确实很厉害，不久后就洞悉了清漪与月婵的关系。她们居然是一个人分成的两部分，这让他们大吃一惊！

要知道，这两个女子各自修出了一道仙气，如果有一天这两道仙气融合在一起，那可不是简单的叠加，会更强！再加上青月焰内蕴含的仙气，她们的成就不可限量。

白玉山上，百万古字彻夜发光，熠熠生辉。整整一个月了，所有人都在这里修行，认真参悟这些古字。

这一日，四长老运用法力移来了一座石山，在隆隆声中，将它放在了废墟上。

众人回头看到这座山时都露出异色。这山的形状很特别，像极了一座火炉，只是有些地方破损了。

“复苏！”

四长老大喝一声，催动着一道又一道神光照向山中，令它微微颤动。不一会儿，山的底部仿佛出现了炉火，在焚烧山体。

紧接着，一缕又一缕仙雾从山体的裂缝中逸出，散发出阵阵清香。

“长老，这是什么？”有弟子问道。

“这是一座炼丹炉，来自仙古时期，是我们从一座仙家洞府中挖出来的。虽然它不是什么无上宝具，但真的炼过仙丹，拥有惊人的药性。”四长老答道。

“长老为何将它搬来？”有人请教道。

“送你们一场机缘。这丹炉中的药气如今已化为宝药，凝而不散。”四长老解释道。

这么多年过去了，一座残破的石炉中还有神药？众人皆心头一震。

“石炉中虽然多是灰烬，但是也埋有一些宝丹，正是修炼仙古法之人需要的伐脉丹。用它调理肉身，更容易修炼仙古法。”四长老说道。

众人脸上纷纷露出喜色。毕竟天地大环境变了，修仙古法的难度加大，有这种神丹的话，可以减少不少的阻碍。

“丹药有限，你们要凭实力领取。”四长老补充道。

这句话瞬间点燃了现场的紧张气氛。

一些人立刻腾空而起，向着那座石山冲去，要进入丹炉口内夺取丹药。

四长老点点头，表示赞许。

“轰！”

一声巨响。十冠王出手了，他施展的是龙拳，霸气无双。三道仙气化成真龙缠绕在一起，向前飞去，直接将挡在前面的人击得大口咯血，撞在石山上。

十冠王横空而去，冲向石炉顶部。

“走！”

与此同时，其他人也动了起来，他们飞身向着丹炉口冲去。

石昊也腾跃而上，来到了丹炉口。

这座丹炉非常大，白色雾气从炉口处散发出来，清香扑鼻。

炉口附近，几大高手激烈争锋，大战起来。其他人现在暂时不能入内，谁先动手，谁就会成为被攻击的焦点。

十冠王、王曦、绿陀、谪仙、邀月公主、玄昆等人都在激战！

目前无人可以打破平衡。

看到石昊到来，其他人都露出异样的眼神。

“莫道，开道！”石昊喊道。

莫道一直跟在石昊身边。

“轰！”

巨大的声音响起。莫道出手，向着丹炉内冲去。

“拦住他！”其他人自然不可能看着他们抢先进去，转而对莫道出手。

石昊随后赶来，没有立刻出手。几大高手对他虎视眈眈，一边阻拦莫道，一边盯着他。

“清漪仙子，这边请。”绿陀开口道。

清漪此时站在丹炉入口处，白衣猎猎，仿若要乘风而去。

“清漪，我们一起入内。”石昊微笑道。

“久闻兄台法力精妙、道行高深，可惜一直没有切磋的机会，不如现在较量一场？”对面有人开口。

显而易见，有人要挑战石昊。

石昊自从归来后，一直表现得很神秘。所有人都知道他道法超然，却都不知道他究竟厉害到何种程度。

有人说他斩灭了三头王，还有人说他除掉了虚空兽，可惜这些都没有得到证实。

现在有人按捺不住了，想在天神书院中与石昊切磋，试试他真正的实力。

第906章 逼迫

“莫道回来，给我打败他！”石昊语气轻狂地喊道，根本就不将挑战他的人放在心上。

“你……太嚣张了！我挑战的是你，为什么让人代为出场？”那个人大吼道。他头戴紫金冠，器宇不凡，是一个十分魁梧的青年男子。

“我的仆从都修出三道仙气了！区区一个修出两道仙气的人也配挑战我？想与我一战，修炼五百年再来吧！”石昊奚落道。他知道，此人背后肯定有王曦、绿陀级别的高手撑腰，不然一个只修出两道仙气的人怎敢态度如此强硬？

人要脸，树要皮。此人被石昊当众嘲笑，脸色涨成了紫红色，手提一杆天戈冲了过来，喝道：“你这个无胆之人，只知道躲在背后，让异域的强者替你出头！你自己算什么？有种过来！”

“就是啊，你这算什么本事？以诡诈的手段收来一个仆从，根本不算真本事。有实力的话就放开手脚一战！”后方的人跟着喊道，明显是想逼石昊出手。

“一群蝼蚁也敢叫嚣！莫道，你还在犹豫什么？给我全都拿下！”石昊冷淡地说道。

对于这种不足以让他动手的人，他交给莫道处理就好了。

莫道从石炉的入口那里冲上来，一身白衣飘飘，乱发飞扬，目光像闪电一样让人不寒而栗。

他释放出一种惊人的气息，让对面的一些人心中悸动。

“莫道，你身为异域强者，号称一代至尊，却甘愿成为一个实力比你弱的人的仆从吗？我若是你，就直接将他打倒。不过我听闻，你受限于某种禁法，将一种可养魂的魔器——蕴魂塔交给了他，失去了自由身。你若是有所顾忌的话，我们可以帮你收拾他！”那个头戴紫金冠的青年男子说着，举起了手中的锋利天戈。

众人知道，他这是在用言语激怒石昊，想看看石昊的反应，也是在帮背后的人试探石昊是否真有斩灭三头王的本领。

“轰！”

一声巨响。莫道的掌心上出现了数十个古字，古字个个熠熠生辉，飞了出来。

这正是他在白玉山上悟出的法。

那些古字都化成了赤红色的凤凰，数十只火凤凰仰天长鸣，飞舞于九天之中。它们都有鲜艳的翎羽，身上散发出丝丝缕缕的仙气。

“破！”头戴紫金冠的男子喝道。他手上的骨镜如同一轮发光的太阳，映照出数十只火凤凰。

“空明镜？”众人惊呼。这镜子来头甚大，能将对方的攻击吸入镜体中，而后再释放出去，攻击对方。

传说中的空明镜是仙镜，为长生者的常用法器，可是早已消失多年，据说它已经在仙古一战中破碎了。

眼前这一面镜子显然是仿品，不过也足够强大。一般的仿制秘宝怎能挡住仙气的攻击呢？

莫道释放的火凤凰逐渐虚化，最后在那面骨镜中显化。

头戴紫金冠的男子一声断喝，抖动手中光芒璀璨的宝镜。数十只火凤凰化成赤霞，带着漫天的火焰，扑向莫道。

这种景象让人瞠目结舌。那个男子居然有这种手段！

要知道，他只是一个修出两道仙气的人，竟敢与一位年轻至尊对决，而且有守有攻，从容不迫。

石昊冷笑一声。难怪那人敢前来挑衅，原来是有恃无恐，背后之人送他宝镜，就是要试探石昊。

“哧！”

莫道双手结印，迸发出一道又一道光芒，亲手将自己演化出的数十只火凤凰斩灭，那些火凤凰最终再次化为古字。

随后，莫道俯身冲了过去，并不释放宝术，而是近身搏斗。

头戴紫金冠的男子手持宝镜，不断催动法术。镜面发光，从里面冲出成片光束，化成数十只金乌。

这面镜子不仅能吞没对方的宝术，自身也能释放攻击法术。它是由金乌的神骨打磨而成的，受限于材质，发挥出的威力有限，难以伤到莫道。

事实上，数十只金乌飞出后，根本就不能碰到莫道，他体外有一层刺目的光，护住了躯体。

“轰！”一声巨响。到了近前，莫道劈出一掌，释放出三道仙气。

那个男子立刻用宝镜抵挡。

“咔嚓！”

那面镜子当即发出碎裂的声音，落在了地上。

就在这时，一柄短剑从镜子中飞出，如同闪电般刺向莫道，让他根本来不及反应。

与此同时，另一个人向石昊攻去。那是一个青铜傀儡，既是一种秘宝，也是一种战斗工具。

有人还是忍不住想要试探石昊，自己不愿现身，便暗中祭出一种人形宝具。这宝具很不凡，是由各种神料千锤百炼而成的。

“你可敢一战？”一个声音响起。四个生灵一起跳出来，准备挑战石昊。他们都持有秘宝，想要掂量石昊的实力究竟如何。

“咔嚓！”

不远处，莫道怒了。对方总是利用宝具挑战他的至尊威严，让他忍无可忍。他全力出手，用利器将那柄短剑斩断。

那个头戴紫金冠的男子瞬间被击飞。

虽然空明镜仿品和短剑都很不凡，本可以承受三道仙气的数次猛攻，但是都被瞬间毁掉了。

莫道手持一柄龙形利器，如果不是身在这天神书院中有所顾忌，他早就将那人彻底斩灭了。

莫道回身，冲向青铜傀儡，准备助石昊一臂之力。

“算了，我自己来吧，不然总有人不死心啊！”石昊冷然一笑，这样说道。他的身体微微发光，撑开唯一洞天。唯一洞天紧挨着他的躯体，如同甲胄一般覆盖在他身上。

“锵！”

石昊举拳砸向青铜傀儡，瞬间发出刺耳的声音。这种东西坚硬无比，甚至蕴含着一点仙金，与金刚琢不相上下，价值惊人！

众人看到这番场景，无不目瞪口呆。这少年真不愧为炼体者，居然敢和这种战斗工具正面对抗。

青铜人挡不住石昊的肉身之拳，手臂凹陷，惨不忍睹。

这样一来，那些人更想知道石昊的法力到底如何了。他们早已知道石昊是天生的炼体者，其肉身之力不可匹敌。

就在此时，又有几名修士冲了过来。他们接连施展宝术，释放璀璨的光幕，还祭出了长生世家赐予的秘宝。

这些修士中有太古莽牛，有飞天蜈蚣，有三头狮子王，还有银龟，都出自强大的种群。虽然他们都化成了人身，但还是带着一些种群特征。

“嗖！”

一声轻响。石昊化成一支黄金神箭在空中穿行，上击莽牛，下战蜈蚣，东征狮子王，西伐银龟。

“咔嚓！”

那些修士的宝具在连续不断的大碰撞中破碎了，包括那个青铜傀儡。

“太可怕了！他真是人形的史前凶兽啊！”有人惊叹道。

“噗！”

接着，莽牛被石昊的手掌扭住脖子，蜈蚣被击中，狮子王被他一脚踢飞，银龟的甲壳裂开……

众人愕然，战斗瞬间就结束了。

他们都想看石昊的法力究竟有多强，然而石昊仅以肉身之力就彻底解决了这些人，根本用不上宝术。

那个头戴紫金冠的男子此时已经恢复了一些，结果才刚站起来，就被石昊凌空一脚踏在胸口上，痛得发出一阵惨叫。

“用这种货色试探我，远远不行。”石昊冷冷地说道，看向对面。

“兄台果然了得，能有这种手段，不可能是无名之辈！我等希望与你的真身见上一面！”终于，那些拥有三道仙气的年轻至尊坐不住了，一个个踏着虚空向这里逼来。

第907章 **年轻的至尊**

绿陀、王曦、玄昆、十冠王以及邀月公主等人都出动了，他们都想确认石昊究竟是谁。

修出三道仙气的人怎么可能默默无闻？他肯定已在九天十地中留下了自己独特的风采，一试便知。除非他来自圣院和仙院，是那些老怪物的后代或徒弟，一直避世不出。

“可以啊。谁想与我一战？要不你们一起上？”石昊看着众人，并不在意，也不惧怕。事到如今，他就算以真身与对方战斗也没什么了。

莫道跟在他旁边，一同与这些人对峙，并不后退半步。

石质炉体上，气氛顿时变得紧张起来。年轻至尊们将要交手，这绝对是轰动两界的大事件！

其他人都倒退几步，屏住呼吸，不敢掺和进去。即便炉口那里此时无人把守，也没有人敢贸然闯进去。

这几大年轻至尊不决出胜负，没有人敢率先下去，不然必会遭受修出三道仙气的人的联手一击。

谁能承受这样的一击？很有可能在瞬间被斩灭！

“呵呵，道兄面对至尊联手依旧谈笑风生，真是让我等钦佩。我想向你领教。”绿陀开口道。

众人心头一震，天神书院的最强者之一要出手了吗？

绿陀站在那里，浑身散发出混沌之气，声音如同金钟一般，震得许多人站立不稳，险些跌倒。

他光是说话就让人不禁气血翻腾，由此可见实力有多强！

“先过我这一关！”莫道大声道，挡在石昊前面。

“兄台，你不愿与我一战吗？”绿陀看向石昊，并没有回应莫道。他想与石昊一战，亲自掂量其实力深浅。

石昊嘴角微翘，露出一丝笑意，并没有说话。

莫道冲到场中央，“轰”的一声，左手拿着一杆金色的战矛，右手拿着一柄龙蛇形状的剑刃。

他的兵器都是重宝!

众人都不说话了，无不感受到了莫道的决心。三道仙气冲起，在莫道的头顶上方结出三朵大道之花，将他的战力展示得淋漓尽致!

石昊的瞳孔内散发出耀眼的光彩，在他看来，莫道是十分难缠的对手。天神巅峰结成的三朵大道之花，代表着无敌之势。

石昊知道莫道还有一个姐姐，据闻她比莫道更恐怖，深得不朽者看重，就连异域的皇族都忌惮她，不知道她实力有多强。

绿陀点头道：“好，既然如此，我就先领教另一界的手段，看一看到底有什么特别之处，也算为将来的大动乱做准备。”

“砰”的一声，虚空炸开。

在绿陀点头的刹那，莫道出手了。他浑身笼罩着混沌之气，头顶上方悬着一株枝繁叶茂的大树，迅速攻向绿陀。

虚空在绿陀面前就如同破烂的画卷一般，直接被撕开了。他与莫道碰撞在一起，瞬间迸发出惊人的仙光。

这是巅峰大对决，六股仙气碰撞在了一起!

“了不得！绿陀果然厉害，仙气可凝结成三朵大道之花，着实不凡！”人们惊叹道。

两人激战，如真龙争雄，似火凰厮杀，纠缠在一起，异常激烈。

这两人就如同开天辟地前的两尊先天神祇一般，要毁灭地火风水。他们的手段，让其他修士为之震惊。

此时山上可不止一位年轻至强者，他们眼中都发出惊人的神光，形成了一股迫人的压力。

“我想与你切磋！”玄昆大声道。

石昊看看他，又看看对面。他其实和这几个人在仙家战场交过手，不过是以另一副面孔显现而已。

“道兄可否让我来？”王曦问道。

众人看向王曦，都知道这是怎么回事。

从仙家战场归来后，王家的人过于高傲，对石昊不够友好，只因石昊被强行戴上了王家的金刚琢。在王家的一些人看来，这是被降服为仆的标志，结果惹来石昊的强烈不满。

可以说，在那场争斗中，王家颜面尽失，就连王曦也因此惹出一堆麻烦。她现在要对那个少年出手，让人不禁多想了几分。

“你到底是谁？”王曦问道。她一双灵动的大眼一眨不眨，看着石昊，似乎有些不满。

“你不是视我为道友吗？当然，你家族中的人不这么认为。”石昊回应道。

“我问你来自哪里，真身究竟是谁！”王曦继续问道。她拢了拢额头前的乌发，逼视着石昊。

“重要吗？”石昊问道。

“自然重要。你让我的族人很难堪。”王曦答道。

“你怎么不说是他们先让我难堪呢？既然你这么认为，那我也没什么可说的。过来一战吧，赢了我就什么都清楚了。”石昊平淡地开口。

“是吗？既然你这么自信，就让我看一看你究竟有什么值得骄傲的地方！”王曦大声道。她此时心中有气，与平日恬淡的气质不太相符。

“我自问不曾得罪你，你在仙家战场身负重伤时，我还守护过你，现在你要和我分生死吗？”石昊冷冷地道。

“你居心叵测，藏在我身边，回来后又毁我清誉，我自然不会饶你！”王曦厉声道，迅速向前逼来，神色有些复杂。

石昊闻言顿时笑了，道：“不就是在一起双修嘛，有什么大不了的？我都已经说开了，还有什么可忧虑的！”

“你……过来一战！”王曦喝道，恼羞成怒。天空中落下一朵又一朵银色的莲花，清香扑鼻，攻向石昊。

王曦知道族长为她订了婚约，也许不久后她就会嫁给圣院的那个绝代天骄，因此她不想在这时有什么绯闻。

“小心被我擒下，麻烦更多。”石昊这样说道。

“哧！”

王曦一扬手，漫天花瓣飞舞，片片晶莹剔透，都缭绕着混沌之气。这花瓣比任何宝具都强大，向石昊斩去。每一片花瓣都如一把利刃，将天穹斩得千疮百孔。

石昊弹指，一片又一片绿莹莹的叶片飞出。那是柳树叶，如同玉石雕刻而成的一般，它们迅速击穿虚空，迎上那些花瓣的攻击。

“鲜花还要绿叶来配。”石昊笑道，不忘调侃王曦。

众人听到这句话，顿时觉得这个少年真是狂妄无比。

而这听在王曦耳中，自然是一种调戏，再加上早先的事，让她更加愤怒了。

“轰！”惊天动地的一声巨响。

绿色叶片与银色花瓣撞在一起，让这里发生了大震动。整座丹炉都在摇动，炉中喷薄出阵阵瑞霞和仙气。

“哧！”

这时，王曦手中出现了一柄黑色的仙剑。原本乌黑的剑体上此时五光十色，非常绚丽。

众人都倒吸了一口凉气。这绝对是一件了不得的秘宝，光是这样看着就让人心惊肉跳。

外界一直在传，王家不断收集仙金，想要打造出无上法器，赐予族中最重要的几人。

显而易见，王曦就是当中的一人。她的这柄剑中肯定蕴含着少量仙金，不然不可能这么妖异。

“黑暗仙金！”石昊小声道。他一眼就看出了它的不凡，不过并没有将其放在心上。

要是王曦惹急了他，他就直接用大罗仙剑毁掉这柄剑，将其精华汲取过来。

“轰！”

一声巨响。石昊主动出击，在空中幻化出一只土黄色的大手。这是神通的体现，是法相的凝聚。

他毫无顾忌，以大手覆盖天宇，欲抓向王曦！

第908章 平乱诀

“斩！”

王曦断喝一声，纤手持剑，挥动间散发出蒙蒙光辉。她手中的黑色利剑切开虚空，刺向那只大手。

石昊的土黄色大手并未躲避，只不过有了新的变化。雷电滔滔，若长河滚滚，猛攻而来。

这只大手原本是由光雾组成的，现在由闪电交织而成。它无惧仙剑铸成的剑胎，哪怕被割裂了，依旧迸放出璀璨的光芒。

“轰！”

雷电炸开，响声震耳欲聋，让整座石炉都剧烈摇动起来。

王曦立刻施展宝术，让自身融入空中，尽全力与那雷电隔绝开来。

那只大手中顿时出现一颗又一颗大星。那是球状闪电，汇聚成雷电星河，轰然作响，惊人至极。

远远望去，所有人都目瞪口呆。

那只手太大了，遮蔽了苍穹，其中竟然有宇宙星河旋转，铺天盖地地落下。

“这……”就连邀月公主等人都心惊胆战，将雷电运用到这一步，当真是惊天动地、空前绝后！

“破天式！”王曦喝道。她原本清丽出尘，此时却英姿勃发，挥动手中的黑暗仙金剑，施展出一种古老的剑法，迎击星河雷电。

“咔嚓！”

清脆的响声传来。苍穹破碎，成千上万道雷光淹没了此地。

虽然那只大手被劈开了，但是数不清的球状闪电如同一座又一座火山从天而降，不断喷发。

虽然王曦被闪电缠绕、雷霆轰击，但是她手中的剑仿佛有奇异的魔力，不断对抗着周围的雷光。

“锵！”

突然，黑暗仙金剑剧烈地颤动了一下，一道奇异的电弧还是沿着剑进入了王曦体内。

金属剑本就导电，即便她拥有强大的法力，也有疏忽的一刻。

“砰”的一声，王曦踉踉跄跄地倒退了几步，还好伤得不重。

“平乱诀！”

王曦一声断喝，眼中带着煞气，杀气腾腾，如同黑暗女王一般。由清纯出尘到英气逼人，再到王者姿态尽显，她的变化太大了，让人瞠目结舌。

“平乱诀”三个字如同闷雷一般在许多人心中响起，他们失声惊呼：“王曦连族中的镇教宝术都练成了！”

这种神通和一般的宝术不一样，需要满足各种严苛的条件，不是说练就能练成的。

据说，王家已经有十三代人尝试修炼此神通，无一人成功，可见有多难。那可不是十三个人，而是十三代！

平乱诀再现世间，那柄黑色的剑不断迸发出刺目的光芒。那些光芒化为人形生灵，仿佛在平定天下大乱。

那种景象太恐怖了——凶兽咆哮，声震大荒；神禽展翅，撕裂天穹。而一个人形生灵以一柄剑平定天地，斩凶兽，灭神禽，所向披靡，威力十足。

无论是那个人形生灵，还是神禽与凶兽，爆发出的力量都冲向了石昊。

“咚！”

一片混乱之中，石昊施展出鲲鹏真义。一黑一金从他的双臂蔓延到双手，左手灿若黄金，右手漆黑如墨。

鲲鹏真义包含阴阳变化之道，是世间最古朴的法则。万物相生，因阴阳而转，万灵繁衍，因阴阳而生。

此时，黑色右拳挥动之间，石昊背后的黑色浪涛击天，太阴之气弥漫，一条鲲鱼巨大无边，横渡汪洋。

当他的金色左拳挥动时，鲲鱼由海中腾起，化成一只巨大的金色鹏鸟，释放出太阳之气。

由鲲到鹏，这就是一个阴阳变化的过程，蕴含着这个世间最本质的力量，自然恐怖至极！

石昊双手捏拳印，黑光与金光一起释放，阴阳流转，一下子粉碎了天地，撕裂了长空！

“砰！”

一声巨响。

这股力量太强大了，王曦被震得不断后退。虽然她动用了平乱诀，但是也没有占到便宜。

以往平乱诀一出，什么敌人都会被镇压，没有任何力量可以阻挡！

“鲲鹏法！”

“他是……”

众人大吃一惊，没想到在这里见到了这种盖世宝术。而且石昊的鲲鹏法已经修炼到了极致，实力不凡。

“锵！”

石昊挥动拳头，与黑暗仙金剑碰撞在一起，发出刺耳的金属颤音。

“嗯？”

王曦心头一震。黑暗仙金剑居然没有伤到对方的拳头！他的一双手臂不断变幻，由虚而实，由实而虚，刀兵不侵。

“平乱诀！”王曦再一次发出断喝。

霞光万道，瑞彩千条，又一个人形生灵出现，释放出如同汪洋般汹涌的力量！

王曦此时是在召唤仙道之力，仙气弥漫，无坚不摧。

石昊凌空而起，手结鲲鹏印，不断向前攻击。

两人激烈搏斗，不断大战。

很快，他们如同两道闪电般纠缠在一起，从天上打到地上，又自地上打到石炉前，战况激烈。

“平乱诀不愧为古今最强的三大剑诀之一，果然厉害！想不到她竟然练成了。上次在仙家战场上与异族激战，她都没有施展平乱诀，隐藏得好深！”邀月公主在一旁感叹道。

“说不定那个时候她还没有练成，近日闭关才有所突破，也正因如此才要在此时与石昊决战。”玄昆分析道。

“平乱诀夺天地造化，果然是至强的天功！”十冠王叹道。

外面也有平乱诀，不过和王家的平乱诀根本不可同日而语。这才是终极奥义、无上大法，外界流传的平乱诀都是残缺的。

此时，所有人都盯着石昊。如今的九天十地中，会施展鲲鹏法的不超过四人！

“难道是他？”十冠王自语道。

“他不是被元青擒下，放逐到太初古矿，殒命在里面了吗？”邀月公主大声质疑道，神色复杂。

这时，不少人都想到了下界的那个少年，不禁有些毛骨悚然。

他居然还活着吗？

所有人都在等待，一切都将被证实！

清漪的心中难以平静。那个人真的是石昊吗？他这算是王者归来，再次出现在世间了吗？

“轰！”

巨大的响声不断地传来，两人的战斗越发惊人。

石昊手捏拳印，上击九天，下扫九幽，一会儿太阳精气滚滚，一会儿太阴黑雾翻腾，亦神亦魔。

石昊不得不叹，平乱诀的确了得，神威不可估量。

要知道，他现在施展的鲲鹏法至真至纯，正如古籍记载的那般，足以挡天功，破万劫。

现在两人已经进入了天功级别的对抗！

王曦口中平乱诀不断，同时施展出了另一种古天功。无量杀伐之光冲起，攻向石昊。

“六道轮回！”石昊大喝一声，双手不断结印，催动六道轮回古天功，当场镇住了所有人。

“至尊殿堂的无上天功在他身上出现了！”有人大叫道。

无论是场中的王曦，还是不远处的邀月公主、玄昆等人，都大吃一惊。就连在远处跟莫道激战的绿陀也无比震惊。

天功对决后，一片虚寂……

两人都在后退，可是此时天空中出现了一根又一根金色的枝条，无声无息地快速蔓延，将王曦遮住了。

这是从空中突然生出的枝条，令人意想不到。

王曦挥动宝剑，想要将这些枝条全部斩断，可是结果出乎她的预料。金色枝条太坚韧了，迅速覆在了她身上，第一时间将她缠住。

“给我断！”王曦大喝一声，浑身燃烧，爆发出神力，想要震断这些枝条。

“断不了。”石昊轻声道。那些枝条上出现了一片又一片符文，将王曦越缠越紧，禁锢在空中。

众人都愣住了。王曦被擒住了？这是幻觉吗？

第909章 擒仙

金色枝条发出金属碰撞的声音，如同锁链一般缠绕在王曦身上，将她牢牢捆住。

“开！”王曦断喝一声，满头秀发飞舞，修长的躯体剧烈地挣动。她不断挥动手中的黑暗仙金剑，与金色枝条碰撞，溅起一串又一串火星。

她想破开束缚，斩断这些金色神链，然而这些枝条越勒越紧。

虽然黑暗仙金剑斩断了一些枝条，但是马上就有其他枝条蔓延过来，这些金色枝条的生命力十分顽强。

“王曦被擒住了！”众人瞠目结舌，一个个都说不出话来。

王曦可是长生世家的小姐，一个修出三道仙气的人，今日却被他人擒住了。

“轰！”有火光腾起。

王曦化身火炬，从每一寸雪白的肌肤中喷薄出光焰，焚烧着那些枝条。很快，她就被火光淹没了。

此时，石昊化成一道光冲了过去，快速出手，就要将她拿下。

“哧！”

王曦尽管肉身被束缚，但是依旧能动。她撕开虚空，横跨了出去，想要逃离此地。

此时她的右臂还未脱离束缚，所以黑暗仙金剑脱手而出。在她的元神催动下，这柄剑继续劈着她身上的秩序神链，同时抵挡后方的强敌。

可是这依旧不能阻挡石昊的脚步，毕竟王曦的身体被禁锢了，战力锐减。

“轰！”

下一刻，王曦周围冲出十道身影，一起向石昊攻去。这些身影都是她养在洞天中的灵身，有朱雀、金乌、九头蛇等神禽凶兽，当然也有人形的生灵。

“王曦竟被逼到了这一步，开始动用灵身了！看来她是真的没有办法了。”

“想不到一代天骄居然被那曾经追随她的人压制，即将成为俘虏，真让人无语！”

所有人都明白，出动灵身是难以改变现状的，因为对手也有灵身。这只能说明王曦走投无路了。

石昊身体一摇，并不像常人那样一下子释放十口洞天，而只是释放出一团朦胧的光，很多道身影从那团光中冲了出来。

“鲲鹏！”一些人惊叫道。

“人形雷电！”

“还有一株柳树！”

……

惊呼声此起彼伏，众人都睁大了眼睛。

虽然他们在看到石昊施展鲲鹏法，而后又莫名施展柳神宝术时，就已经大致猜到了他的身份，但这时才算确认。

当石昊释放的灵身跟他擅长的宝术结合起来时，他的身份便彻底暴露了。

“轰！”天崩地裂，鬼哭神嚎。

石昊的灵身一起出动，迎击王曦的十大灵身。

很明显，对自己身份不加掩饰的石昊是十分强势的。此时他的每一个灵身都释放出一种惊世大神通，然后叠加在一起，威力无与伦比。

这个地方沸腾了！

“是荒！他竟然没有殒命，还来到了我们天神书院！”

“元青不是将他送进太初古矿了吗？传闻他已经在矿中殒命，为何在这里现身了？”

“天啊，原来他就是荒，是下界那个名为石昊的少年！我的猜测终于得到证实了。我就说嘛，怎么可能无缘无故出现这样一位年轻至尊！”

场中响起此起彼伏的议论声。众人既激动又兴奋，继续热切地观战。

如果王曦此时被拿下，对王家来说绝对是一件糟糕透顶的事情。要知道，王曦可是该族最强大的弟子，已经修出了三道仙气！

况且，这个少年还曾经冒犯王家，让他们下不来台。

被这样一个年轻男子擒住，对王曦自己乃至整个王家来说，绝对不是什么好事！

“砰！”

空中，王曦有两个灵身遭受重创，预料中的结局要提前上演了。

忽然，一股难言的压抑笼罩着众人，石昊也没能幸免。他暗叫一声不好，快速倒退。

一道绝世光芒从王曦的眉心中冲出，摇曳着刺目的光华，直接攻向石昊！

太快了！

“那是什么？”

“王曦的元神出窍了吗？”

“天啊，这剑气怎么会如此可怕，甚至比平乱诀都要恐怖几分！她是怎么练成的？”众人惊叫道。

此时王曦虽身体未动，可是眉心间释放出一道光芒，想要斩灭石昊。

只有少数人看明白了，那是王曦的元神出窍了。她的元神是一个与她一模一样的小女婴，拳头高，抱着一柄手指长的黑色小剑，冲向石昊。

这种景象非常诡异！

那小人儿虽然是元神，但是体外流动的不是元神力，而是剑气。这些剑气形成剑罡，在她的体表形成循环。

元神力怎么能化为剑气，形成无敌剑罡？

众人大惊失色，一个个看得心惊肉跳。

“这比平乱诀更强啊！这是什么剑意？”

“错了，这就是平乱诀，而且是练到高深地步的体现。”

“天啊，这丫头是怎么练的？太可怕了！你们看到她手中的黑色小剑了吗？它如同黑暗仙金剑般，无坚不摧，是元神所化啊。如果女婴消失，她的元神彻底化成一柄剑，那就无敌了！”

那个元神冲过来时，凌厉无比，斩杀神魔，无坚不摧，简直太可怕了！石昊顿时感觉身上的汗毛嗖嗖竖了起来。

若非他躲避迅速，身体就被直接洞穿了！

他还真没见过这么可怕的剑罡，从空中斩来，仿佛要破灭万物。最重要的是，她的动作太快了，令人难以躲避。

若非他动用了鲲鹏法，拼命扇动神翅，疾速闪开，刚才就可能被王曦的元神剑胎砍中了。

这太惊人了！

石昊移动躯体，留下一道又一道残影。

一道道黑色残影划过，快到天眼通都难以将其捕捉。这就是平乱诀中的元神剑胎，杀人于无形中，令人防不胜防。

“锵！”

火星四溅，响声震天。

石昊停下了，不再躲避。

“完了，平乱诀中的元神剑胎速度超过意念，他这样停下来的话，将再也无法躲避了，会被一下子斩灭！”有人叹道。

“平乱诀简直无敌啊！”一些人附和道。

“锵！”又是一次碰撞。

石昊怒了。他双手捏拳印，跟元神剑胎碰撞，火星四溅。

“什么？他拥有的是何等拳力，竟能跟上王曦的速度，对抗平乱诀中的元神剑胎？”众人大惊失色道。

要知道，元神剑胎超越意念，一旦祭出，原则上可以打败一切同等级的对手。

“他在刚才的攻击中融合了鲲鹏法等诸多奥义，凭直觉拦住了平乱诀中的元神剑胎！”观战的众人看得心惊肉跳，不断猜测着场上的形势。

此时他们已经看不到王曦的元神剑胎，即便睁开天眼，也只能看到一道残影，捕捉不到其真身。

这样的王曦未免太可怕了，一旦遇上，有几人可敌？

“轰！”

突然，石昊浑身发光，至尊血液复苏，一下子施展出了三种宝术——上苍、轮回，还有一种未知的神通。

第三种宝术可以让前两种的威力更盛。此时三种宝术的符文在石昊的血液中纠缠着，叠加在一起，让他发出了极其刺目的光！

刹那间，无尽光雨从石昊的肉身中冲出，淹没此地，席卷四方。

第910章 真身面对

一声惊叫传来。

王曦的元神剑胎遭遇阻击。女婴怀中抱着的黑色小剑一下子变暗淡了，让她大吃一惊。

元神剑胎无坚不摧，怎么受损了？王曦不解，心中有些慌乱。

石昊此时也很惊讶。换作常人，在他的轮回宝术之下早已衰老了，根本无法抵挡这一攻击。可是王曦的元神不曾衰老，只是抱着的黑色小剑受损了。

王曦不敢这样继续斗下去了，控制元神快速向着肉身飞去。她不敢再冒险，因为她的元神还没有彻底化成剑胎，还未达到万法不侵、不朽的程度，再耽搁下去的话，说不定就要遭劫。

“轰隆隆！”

光雨飞舞，席卷此地。上苍、轮回等宝术一起发动，以气吞山河之势攻向王曦，将她的元神卷住，让其又暗淡了不少。

“锵！”

女婴挥剑抵挡，但手中的黑色小剑一下子龟裂了，随后在石昊那三种宝术的侵蚀下折断了一截。

王曦的元神虽然遭此重创，但也借此挣脱，冲向自己的肉身。

石昊自然不会放过继续进攻的机会，此时将目标转向王曦的肉身。

“哧！”

终究还是王曦的元神快了一步，先回归到肉身中。

“她的平乱诀还是差一些火候。若是元神可以完全化成剑胎，那才算无敌之姿。到了那时，就该别人想着怎么逃命了！”许多人叹息道。

一眨眼，石昊追了过来，抓向王曦的肉身。

“哧！”最后一片剑光飞出。

王曦嘴角溢血，终究无力回天，被石昊擒住了。金色枝条发出莹莹灿灿的光，将她勒紧。

王曦受伤不轻。

“道友，你败了。”石昊说着，将王曦提了起来，此时她被金色枝条捆得跟个粽子似的。

这个姿势很不雅，令王曦又羞又气。她贵为天之骄女，是王家璀璨的明珠，眼下却这么狼狈。

石昊那一声“道友”更像是一种讽刺。昔日她跟石昊以道友相称，请他进入天神书院，跟随着她。可是后来发生的一系列事，令王家跟石昊反目，想来令人唏嘘。

“王曦被擒住了！”

“天啊，我心中最完美的仙子竟然落在了那个家伙手中！”

“那可是长生世家的千金小姐啊，地位极高，想不到却在这里败了！”

这个地方一片嘈杂，所有人都看向石昊和王曦。

对王曦来说，这简直是奇耻大辱。她本就与石昊有恩怨，现在落到他的手里，更加恼怒。

即便石昊放了她，这件事传出去后也会发酵成一场轩然大波！

她修成元神剑胎，本以为可以横扫四方劲敌，没想到还是大败，心中震惊不已。

短暂的喧哗后，人们想起了石昊的身份！

石昊身份暴露，比王曦被擒引发的轰动还要大！

“这竟然就是荒！他看起来不过二十岁而已，就已经有了这么惊天动地的本领，修出了三道仙气！”

“元青被人请出来针对他，也没能阻挡住他的脚步，他依旧来到了天神书院，而且越发强大。这个少年简直是天纵仙姿啊！”

石昊站在石炉上，浑身骨骼噼啪作响，就跟炒豆子似的。与此同时，他的身躯变得更加修长，面容也变了，露出一张清秀的面孔。

他第一次在天神书院显露出了自己的真容！

惊呼声瞬间此起彼伏地响了起来。

清漪衣袂展动，向他挥手。

月婵心情复杂，神色当即就变了，自言自语道：“果然是他！”

“这就是荒吗？原来他长这个样子，如此清秀、俊美，我还以为他是一个威武霸气的大汉呢！”

“这还不够威武吗？你没看到他将王曦仙子提在手里吗？”有人小声说道。

王曦听到这样的话，一阵羞恼。

这个时候，绿陀与莫道已经停止战斗了。

“还有人要来一战吗？”石昊说着，看向绿陀、邀月公主、十冠王等人。

“还战什么？荒，我郑重邀请你来我家做客，也不要你带什么贵重礼物，就送一个王家的丫头好了。”邀月公主笑嘻嘻地道。

众人都一阵无语。

王曦十分生气，虽然行动受限，不能起身，但还是忍不住瞪眼。

这个世界上没有什么比在对头面前吃瘪更糟糕的事情了。她和邀月公主两人一直在竞争，结果她现在被一个男子这样提着，这让她情何以堪！

“有什么好处吗？”石昊一本正经地问道。

“你想要什么？”邀月公主笑道，一副很开心的样子。见到对头受苦，她自然幸灾乐祸，十分高兴。

“你能给我什么？古天功、十凶宝术？如果你能从这个俘虏口中套出王家的平乱诀，我立刻就将她送你。”石昊说道。

“这么大方？让我想一想，看是否有办法拷问出平乱诀。我对这古往今来最强的三大剑诀之一也非常感兴趣。”邀月公主说道。

众人面面相觑，哑口无言。这两人当着王曦的面商讨她的价值，太过分了。

果然，王曦躯体微微颤抖，气得差点昏厥过去。

大战后的气氛原本很凝重，结果邀月公主和石昊竟旁若无人地商量着贩卖王曦，让人哭笑不得。

“喀喀！”就在这时，一个苍老的声音传来。

天神书院的四长老走来，开口道：“你们都是书院的学生，切磋也就罢了，不得折辱同门。”

随后，他看向石昊道：“小友，还请放手。”

石昊早就知道在天神书院中不得伤人性命，也不能真的带走俘虏，所以只能无奈地准备放手，让王曦恢复自由。

“好了，你们已经战斗很久了，都请放手，还这里一片清静吧。现在你们可以各自去寻宝丹了。”四长老说道。

石昊果断地将王曦放在地上。金色枝条立刻消失，她恢复了自由身，而后快速跃起，跟石昊拉开了一段距离。

“走！”石昊带着莫道冲进石炉中。

绿陀、王曦等人不甘落后，也行动起来。其他人看到修出三道仙气的年轻至尊都进去后，才放开胆子进去了。

众人进入石炉里面，仿佛来到了一座太古大山的腹中。地上有厚厚的灰烬，传说是药材焚毁后留下的，灰烬中有袅袅仙气腾起，缭绕在上空。

这么多年过去了，灰烬中蕴含的药性竟然还在，而且释放出仙道气息，令人惊叹不已。

“这是书院中的长老故意所留。”他们知道这是长老们送出的机缘。

“一汪神液！”石昊惊呼一声。他寻到的第一处腾起神光的地方，掘开灰烬后，露出的居然是一些神液。

这池子中的液体不多，却非常不凡。

“收！”石昊说着，取出一个三寸高的小玉瓶，将这些液体收了进去。

“神丹！”远处有人大叫。

竟有人从灰烬中找到了金色的神丹!

“嗯？”

石昊睁开天眼，专门寻找奇异之处。他看到了一处仙气弥漫的地方，再次掘开地上厚厚的灰烬。

“这是什么丹药碎片？”隐约间，石昊觉得不对劲。他找到一块龙眼大的丹药碎片，上面有繁复的纹路，十分神秘。

石昊把它放在手中，心脏狂跳不已。难道这是九转仙丹的残片？

石昊对此早就有所耳闻，在炼这类仙丹时，一个弄不好就会爆炸，只能留下丹药碎片。

第911章 古丹

这龙眼大的丹药碎片呈暗金色，带着金属的质感，散发出淡淡清香。即便悠长的岁月过去了，埋藏在灰烬中的药丸也还有灵性，实在太惊人了。

“难道真是九转仙丹吗？”石昊将它放在掌心，看着上面星辰状的痕迹和神禽猛兽模糊的影子。

这还是丹药吗？这些痕迹不会是人为刻上去的吧？上面的大道痕迹未免太逼真了，显化成了天地万物中存在的事物。

“这不是九转仙丹，但效果也不会太差。”莫道开口道。

“你认识？”石昊回头问道。

“我曾在骨书上看过相关的记载。这是炼制无上仙丹时的伴生丹，虽然效果跟真正的仙丹不能比，但是对于修士来说也非常珍贵，有伐毛洗髓的功效。”

石昊闻言点头。神秘仙丹在炼制的过程中被炸碎，其伴生丹自然也难逃爆开的下场。

他将这块伴生丹碎片收了起来，小心地放在玉瓶中。

在这个过程中，莫道也有收获，他用一个白玉罐收了些许浆液。

他们不敢耽搁时间，继续寻找。

虽然这个石炉很大，但是此次来的高手太多了，且都是人中龙凤，再多的好东西都不够分。

唯一值得庆幸的是，这个地方仙气弥漫，有特别的规则压制宝术，包括天眼通在内的很多神通都不能施展。

当年这个石炉的主人在炼丹时不允许旁人窥视，设下了不朽的禁制。正因如此，灰烬下的宝丹才没有在第一时间被这群人搜罗干净。

“这石炉在外面看着如同一座山，进来后比想象的还要大，方圆足有八百里，实在不可思议！”

什么人炼丹需要这么大的地方？

丹炉内发生过大爆炸，很多有灵性的东西遗留了下来，都是伴生丹药！

“真不知道当年的人要炼制怎样的丹药，才会留下这么多灰烬。这不像在炼丹，倒像炼制了一方小世界的精华。”有人惊叹道。

进来的人绝大多数都有所收获，面露喜悦之色。

在一处药性的集中之地内，光华冲霄，雾气氤氲，共发现了十块丹药碎片。这些碎片都白如雪，乍一看像羊脂玉，上面没有一丝纹路，却隐约间从里面传出了经文声。

“好东西啊！这可能是炼制失败的主药的碎片！”莫道惊道。

这里自然有激战。拥有三道仙气的年轻至尊都在此地争夺宝药，一时间罡风浩荡，宝术缭乱。

石昊、莫道二人自然也加入了战斗行列，进行争夺。

“可惜啊，时间太长了，药效流失得太严重了，不然这些丹药碎片足以让人涅槃，不断脱胎换骨。这可是仙家炼制的丹丸啊！”场中的炼药师第一时间就查出了此丹药碎片的药性。

没有什么东西能挡住岁月，这是没有办法的事情。但是即便如此，这雪白的丹药碎片依旧价值连城，能极大地改善人的体质。

这么珍贵的丹药在当年炸开后，其主人便弃之如敝屣，彻底将它们放弃，不曾收集。

众人有理由相信，这石炉上之所以有很多裂痕，多半与那最后一次炼丹有关。那次炼丹失败，不仅导致丹药炸裂，就连炉体也裂开了。

“走开！”绿陀大喝一声，跟莫道激烈碰撞了一次。

两者间光束四射，简直要淹没整个炉体了。

“该走的是你！”石昊怒斥一声，加入他们的战斗中。现在他没有什么可掩饰的，抬手就是一记鲲鹏拳。

“轰！”

鲲鹏可吞天地，庞大无边。

石昊在舒展身体时，背后出现了一个模糊的世界。一个巨大的生灵由鱼化禽，在宇宙星海中遨游，继而撕开无尽的星河，粉碎亿万星辰。

那种气息太恐怖了，场面更是惊人！

鲲鹏一旦展翅，可以清除一切障碍！

“轰隆隆！”

在石昊与绿陀之间，成百上千道神光绽放，撕开虚空。神力浪涛将众多强者掀翻出去。

为了争夺那些雪白的丹药碎片，他们两人并没有恋战，都不想浪费时间。

“哧！”

石昊抬手，获取一块丹药碎片。

就在这时，五色霞光浮现，混沌气汹涌而来，十冠王出手了。他手持一株小树，口中喝道：“定乾坤！”

白光一闪，石昊那只拿着丹药的手顿时被禁锢了。

世界树名不虚传！

“呜！”空中刮起一股狂风。

石昊的那只手掌前，出现一株通体碧绿、闪耀着淡金色光芒的巨大柳树。他开始双手结印，施展柳神的法，显化其可怕的奥义，继而一拳轰出千万丝绦。

柳树化成无数秩序神链，欲锁住世界树幼苗。

“唰”的一声，石昊带走了那块雪白的丹药碎片。与此同时，他一拳向十冠王轰去。

二人施展的宝术如两颗大星般撞在一起，先是光芒璀璨，接着如同天地在湮灭，越来越暗淡。

这个地方发生了大混战，修出三道仙气的修士在此争锋，争夺那雪白的药块。

“噗！”

玄昆吐血，在这一战中负伤了。

混战实在太激烈了，战到后来，这些年轻至尊或多或少都受伤了。他们见人就要拼斗一番，没有人后退。

一位修出两道仙气的修士怀着侥幸心理潜入这里，直接被打得飞了出去。若非四长老及时出手，护住了此人的元神，他当场就会形神俱灭。

事已至此，再无其他普通修士敢靠近此地半步。这里成了年轻至尊的专属战场，可谓是一块禁地。

战到后来，石昊披头散发，嘴角溢血，身上的衣服破破烂烂，很是狼狈。当然，他的对手们也好不到哪里去，每个人都负伤不轻。

“刺啦”一声，石昊在跟邀月公主争夺一块丹药碎片时，直接将其蚕丝战衣撕下一大截。

“石昊，你混蛋！”邀月公主惊叫道。

虽然她的蚕丝战衣坚韧无比，比许多神金战甲都结实，可在鲲鹏爪下还是被毁掉了。若无此物保护，邀月公主恐怕已被石昊伤及身体。

“砰！”

石昊的后背挨了一击，一块黄金宝印结结实实地砸在了他的背上。这是王曦祭出的一种秘宝。

“哇！”

石昊虽然没有被伤到筋骨，但还是气血翻腾，遭受了一定的创伤。

“我刚才没有将你收拾够吧？”石昊对王曦怒喝道。

“轰！”

与此同时，绿陀又一次出手了。这次他结出一百零八种大手印，轰向石昊，空中到处都是磨盘大的手掌。

“哧！”

数百根金色柳条冲起，迎向绿陀。接着石昊腾空飞起，一脚向着绿陀的胸口踩去。

“咻！”

石昊的身体突然改变方向，刹那间从原地消失，继而攻向再次以宝具压制过来的王曦。

激战升级，人影翻飞，石昊与王曦的对决越发惊险！

“砰！”

到了最后，石昊一掌拍在王曦的胸口上，震碎了她的神金甲胄，而她的护心宝镜更是当场碎裂。

王曦大口吐血，整个人横飞出去。她的身体上出现了一个清晰的巴掌印，令她又羞又恼。

“绿陀，纳命来！”石昊怒喝一声，再次腾空而起。他全身遍布雷电，双手结印，仿佛推动着日月星辰般向前走去。

无尽的雷电化成一片宇宙，组成诸天星辰，以及一条又一条星河，璀璨夺目。

“轰！”天雷爆响，一颗又一颗雷电化成的大星炸开，将绿陀的身体淹没。

“还有你，十冠王！你真的以为龙拳无敌了吗？”石昊如同一尊无敌的战神，从东打到西，不断跟人交手，双眸中绽放出闪电般的光芒。

最后，这场战斗终于结束了。年轻至尊们皆身上带伤，血染战衣而归。

石昊得到了三块雪白的丹药碎片，可谓满载而归，收获巨大！

回来后，所有人都立刻闭关，用刚得到的丹药疗伤。

当一块雪白丹药碎片化在鼎中，跟神泉一起熬成芬芳扑鼻的汁液时，石昊盘坐了进去，淬炼体魄。

此药中蕴含的仙道气息被石昊吸收，神性精华没入其躯体，而后一些黑色杂质从他的毛孔中排了出来。

这一刻，石昊感觉自己身轻体健，灵活了不少，仿佛真的拥有了仙道气韵。

更神奇的是，他体内居然能排出一层黑色物质。肉身得多么肮脏才能有这样的事情发生？

“这也太夸张了！”石昊忍不住感叹道。

“不用多想，那是因为你第一次尝试运转白玉山上的文字道法，并服用了与之相匹配的仙古丹药。从某种意义上说，这是你第一次动用仙古法，并因此获得了第一次蜕变，效果自然非凡！”四长老解释道。

第912章 最年轻的天神

听了四长老的解说，石昊如释重负。现在他手中还有两块丹药碎片，自然不容浪费。

此时，所有人都跟石昊一样在闭关，包括莫道这个异域来客。他们都在用得到的丹药洗涤肉身。

石昊长舒一口气后开始静修，让自己的身心都放松下来，然后准备骨鼎与神泉，化开第二块丹药碎片。

神泉中有氤氲精气蒸腾而起，香气扑鼻，让人恨不得痛饮几口。

石昊赤裸着身躯，再次进入大鼎中，开始修炼体魄，熬炼筋骨，进一步让自身发生玄妙的变化。

他听从四长老等人的建议，没有直接服食丹药。毕竟漫长的岁月过去了，万一产生丹毒，不容易处理。

他直接浸泡在药液中，通过运转玄功汲取有用的仙道物质，根本不用担心丹毒入体。

鼎内的药液沸腾了。

石昊承受着药性的冲击，肉身越发灿烂，之前的伤早就愈合了。此时他的身体宛若一具白金之躯，闪耀着璀璨的光华，蕴含着爆炸性的力量。

石昊闭着眸子，贪婪地呼吸。药香从水雾中腾起，但不会扩散到远处，最终所有氤氲精气都没入了他的体内。

他的躯体中还有丝丝灰白雾霭溢出，跟药液中的精华进行着交换。

“真是奇怪。我修炼今世法后，肉身近乎无瑕，应该已经没有什么污秽了，怎么一旦动用仙古的百万古字，就会排出一些杂质呢？”石昊对此感到十分不解。

难道仙古法真的远胜今世法吗？他摇摇头，觉得这个猜想应该不对。刚才四长老已经明示过他，这应该是第一次服食古丹效果奇佳所致。

石昊默默思忖着，仔细参悟。他虽然没有全面修行仙古法，只是从文字蕴含的奥义中初步接触，但也已经明白了。修炼体系不同，开启肉身宝藏的方式就不同，侧重点自然也就有区别了。

故此，今世法修炼到极致，体魄看似无瑕，但以仙古的眼光来看，身体有些地方不见得彻底开启了。

这个道理同样适用于仙古法。即便上一纪元的玄功练到了尽头，看似完美，但用如今的目光审视，自身的潜能也不见得完全释放了。

正是因为如此，当他换一种法门修行时，身体中才又有杂质排出。因为在仙古法的体系中，他还有进化的空间。

当第二块丹药碎片被吸收大半后，石昊感觉肉身又轻灵了不少，而且神觉变得更加敏锐了。这是一种很明显的进化，他的气质变得越发出尘，举手投足间如同一位仙人谪落人间。

不过他的神力并没有增加。

不久后，第二块丹药碎片的药性全部被他吸收。

石昊并没有停止，立刻将最后一块丹药碎片置入鼎中，再次开始修炼自身。

此后他的身体还是有变化，但并不明显。而在他吸收了大部分药性后，这种变化竟然停止了。

“这种药对我来说应该用处不大了，我应该已经利用它在这一领域进化到了尽头。”石昊做出这样的判断。

很遗憾，这些丹药碎片埋于灰烬下的时间太久了，药性精华流失得很严重，不然药力比现在要强很多倍。

石昊想了一会儿，摇了摇头，觉得这样也好。这些都是仙道强者炼制的无上大药，若是无损，他还没有办法吸收呢。毕竟他才修炼到圣祭境，根本承受不住此药的完整效力。

石昊没有浪费这药，运转那些仙古文字中蕴含的道则，汲取最后的药力。

“咦？”石昊心中一惊。虽然他的肉身与神觉已经没有发生明显的变化，但三道仙气被不断滋养，其中一道有结成花朵的趋势。

石昊已经结成两朵大道之花了，还差最后一朵。

“继续闭关！”石昊坚定地说道。他身上还有一些暗金色的伴生丹，效果可能不会比那些雪白的丹药碎片差。

果然，这是一次惊人的锤炼。暗金色的汁液在鼎中沸腾，将石昊淹没。

石昊的第三道仙气不断凝聚、盘旋，一会儿化成龙，一会儿化成神禽，在他头上沉浮，神秘莫测。

最后，那道仙气越发粗壮，欲结成一朵花！

在得到仙古纪元的宝药滋养，催动仙古文字中蕴含的奥义后，他拥有的仙气发生了变化。

“想要修仙气，真的需要修炼仙古法，这样最适合！”石昊叹道。他想到了相应的仙古经书，心头一片火热。唯有先将百万文字辨识明白，他才能进一步研究与进化。

最后，石昊将得到的那些古丹都用完了。他的头上发出龙吟凤鸣之声，景象惊人。

“那是何人的闭关之地？动静为何这么大？”

“天啊，一片星河在那里交织，慢慢浮现！”

远处，许多人被惊动了。

因为石昊在闭关时弄出的动静太大了，各种异象接踵出现，一会儿星河漫天，一会儿遍地金莲，一会儿真龙翱翔，一会儿凰鸟振翅……

任何一种异象出现，都意味着一位绝世高手要晋阶天神领域，而石昊那里一下子挤满了异象，让人目眩神迷。

“异象太多了！这个人强得离谱！”

“这个人究竟是谁？怎么会如此惊人？”

“荒，那是他的闭关地！”

一声又一声惊呼响起。

人们意识到那里的人是谁后，全都脸色骤变。那个少年越发强大了。

王曦出关后，秀发飘舞，灵动的眸子中出现复杂的光彩。她的额头上出现了一个黑色小剑的印记，那是平乱诀留下的无敌剑胎！

不久前她生平第一次败北，至今难以释怀。她很想出手，再跟石昊一战，但终究放弃了。她知道短期内去挑战石昊，难以取胜，除非让元神彻底化成无敌剑胎，那时才是她无敌于天下之际。

她有信心，一旦剑胎修成，可斩灭一切敌人，哪怕对方是荒。因为这是古今最强三大剑诀之一。

绿陀也出关了，正在遥望石昊那边，眸子中的光芒明灭不定。一股气息将他全身覆盖，让他整个人都变模糊了。

十冠王站在一座山峰上，盯着远方，暗暗点头。他承认石昊是一个劲敌！

“这家伙越来越强了，真是恐怖啊！”邀月公主自言自语道。她被一团月光笼罩，皎洁而出尘。

此时她紧咬下唇，正在思忖是否能将石昊拉进她的家族中，成为皇朝的一个强大援手。

星河坠落、真龙遁走、凰鸟涅槃……所有异象全部消失！

而在那片山地中，石昊周围缭绕着混沌气，头顶上方发生着惊人的变化——他的第三道仙气凝聚成一朵花蕾，在这一刻绽放！

刹那间，祥光普照，仙霞闪烁，席卷了天地。

这朵花一开，乾坤都明亮起来。

石昊经过漫长的等待，终于在这一朝修成道果。

“轰隆！”

石昊突然被一股乳白色气体包裹了，而后感觉身体无比轻灵，仿佛就要羽化登仙。

成功了！

结出三朵大道之花原本是在天神领域才能完成的，但是石昊在圣祭境界就做到了。

毫无疑问，他没有办法停留在圣祭境界了。

此时此刻，他身体发光，每一寸肌肤都在喷薄瑞霞，刹那间晋升到天神领域！

石昊成了一位名副其实的天神，傲视同辈所有人。此时他才二十余岁，年轻得过分！

“看其骨龄，他真的太年少了，在这个年纪晋升天神领域，可以说是前无古人了！”

“史上最年轻的天神诞生了吗？”

“石昊果然不凡，成了最年轻的天神！”

天神书院中，一些长老忍不住赞叹道。

第913章 空灵

“这种感觉真好！”石昊睁开眼睛，射出一缕缕金光。夜空下仿佛出现了两道最刺目的闪电，将黑暗中的迷雾破开。

他依旧盘坐在那里，一动不动，感觉全身舒畅。这是一种全新的体验，肉身与神识凝聚在一起，跟仙气交融，格外敏锐。

此时他的身体就像一件生锈的利器被人精心打磨，除掉了岁月污尘，抹去了铁锈，发出灿烂的光辉。

石昊整个人都变得无比空灵，神清气爽，这是他最直观的感觉。

他的身体表面有少许灰色杂质，是在刚才晋阶天神领域的过程中排出的，隐约间可见有些是骨质碎屑。

石昊站起身来，而后尝试出手。他化成一道电光在这里出没，融入了虚空，快得看不清影子。

这不是错觉。他的身体被重新打磨后，露出了本应有的锋利光芒，神觉也变得敏锐了。

此时他如同涅槃重生了一般，越发强大了。

石昊试了一下，发现自己的攻击强度与速度都提升了一截！

这就是天神境吗？

石昊慢慢感悟，适应现在的状态，内心一阵狂喜。这是一种收获的喜悦。

圣祭境很不稳定，在此境界的人实力忽高忽低，强时可以比肩天神，弱时不见得比得上真神。甚至有人会在此境修行失败，最终沦为连神火境都达不到的人。

而石昊由于修出了三道仙气，只在最初阶段经历过修为忽高忽低的折磨，后期基本稳定了，没有遭劫。

也正因如此，他的实力逐渐稳定，最终水到渠成，达到了天神境。

“我的实力虽然增长了，但是并没有想象中那么强大啊。”石昊皱眉道。以往他每次突破，战力都会提升，但这次提升得不够猛烈。

“看来是因为没有渡劫啊！”认真思忖后，石昊知道这是怎么回事了。

不过眼下不是他渡劫的好时机，因为自从进入天神书院后，他就踏上了修古法这条路，已经了解到了足够多的信息。

这个境界是最关键的，不能有半点马虎！

事实上，王曦、绿陀等人也没有渡劫，所以他们虽然已经进入天神境了，但也只是在巩固阶段。

修古法后，最重要的一环就是与仙种融合，任何人踏上这条路，都要寻到一枚属于自己的“种子”。在今后的岁月中，两者需要一起成长，一同进化，最终在合道时达到最强！

在上一纪元时，修古法的人都是一开始就尝试融合种子，没有任何问题。可是石昊他们这批人都是半路出家，早先并未寻到自己的仙种，所以错失了这个先机。

然而天生万物，纵然陷入绝境，也有一线机缘，更不要说修行之道，自然也有补救措施。

当然，想要补救，有一个前提——修习古法者不得超过一定的境地，不然什么都晚了。

修出三道仙气，凝聚成三朵大道之花之后，没有新的仙气贯体以及终极蜕变之前，可以补救，接纳仙种。

所以石昊知道，现在的天神境不可轻易突破过去，更不能在此境直接渡劫。他需要找到仙种，然后以雷击之法与其进行融合。

以雷霆洗礼，用闪电轰击己身，这是融合仙种最本质的一个过程。

所有人都在等待机缘，静等书院中的长老带队，前往界坟获得绝世仙种，然后才能踏出那至关重要的一步。

现在石昊终于也在这一列人中了，只等机会来临！

“唔，实力还是有所增长的。如果再面对敌人围攻，我应该会从容很多吧。”石昊自言自语道，心中涌现出一股强大的自信。

他现在最大的收获是，自身空灵若仙，肉身与神觉灵敏得过分，几乎可以提前预知危机。

此时他如同仙域中的真仙临尘，又若仙王的子嗣降世，不食人间烟火一般超凡脱俗。

石昊现在一念之间就可以让三道仙气发生各种变化，如今仙气已经成为他身体的一部分。

三朵大道之花在他的头顶上绽放开来。

道生一，一生二，二生三，三生万物，这是一种极致的体现，蕴含真义！

只是这三朵大道之花是不同的。石昊轻轻一叹，感到有点遗憾。

第一朵大道之花上盘坐着一个生灵，仙雾遮掩其身，看起来很模糊。他像是坐在过去，镇压着万古沧桑，独对整部古史！

而另外两朵大道之花上并无身影，只有一缕缕仙气，以及隐隐约约的诸天规则。

“总有机会修出另两个生灵的，那个时候一定会有全新的体验，应该会很强吧！”石昊自言自语道。在另外两朵大道之花上修出生灵后，他不知道自己会达到何等地步。

这里恢复平静后，各处探寻的目光都收敛了。

石昊背负双手，来到白玉山前，开始观看上面的百万古字，认真揣摩起来。他惊讶地发现自己参悟的速度变快了，效率比以前高了一截。

果然想学仙古法，就要遵循仙古路。仙气融合，宝丹修炼己身，这些都会影响后续的修行。

在他出关时，早有不少人回到白玉山前，而后又有一些人陆续出关，都回到白玉山前参悟。

到了这一步，没有几人敢挑衅石昊了，旁人即便对他有敌意，也只能憋着，因为现在的石昊可不是一般人能招惹的。

他在那石炉中参与了大混战，独得三块丹药碎片，更出手擒住了掌握平乱诀的王曦，震惊当场的众人。

目前，修古法的人都知道了这件事，对他敬畏有加。

“石兄！”邀月公主笑嘻嘻地跟石昊打招呼。她乌发披散，眼波如秋水，一笑倾人城，称得上国色天香。

现在只有修出三道仙气的人才敢跟石昊走在一起，跟他不熟悉的人都不敢轻易靠近他。

邀月公主热情相邀，道：“我的承诺还有效哦，你什么时候提着王家的小丫头来我家？我一定会以最高规格的礼节相迎。当然，即便你不带礼物，我们也同样热情招待，绝不会倨傲到做出将一位年轻至尊拒之门外的事。”

将王曦当成礼物，这样讽刺王家，也只有她干得出。

“好说！”石昊哈哈大笑，一点也不谦虚。

幸好王曦才出关，还没有赶到这里，不然又要郁闷了。

“石昊！”清漪来了，大喊石昊的名字。她清丽的面容上带着温和的笑，出关后立刻赶到了这里。

石昊笑了，虽然他早已进入天神书院，但直到今日才算有机会与清漪交谈。他迎了过去，毫不客气地就要牵起那只纤纤玉手，结果清漪侧身躲了过去。

月婵从另一个地方出现，身段婀娜，美丽大方，如同仙子一般。

“喂，小妞，好久不见了。”石昊和月婵打招呼。

许多人脸上的表情非常精彩。难道这家伙跟这两个绝代佳人认识？未免太轻浮了吧？

所有人都觉得很怪异。石昊可是一位睥睨同代的年轻至尊，怎么能说出这样的话？

月婵美丽的脸上原本带着淡笑，听到石昊的话当即变了脸色。

第914章 出关

一声“小妞”让风华绝代的月婵身体一滞，脸上顿时一僵，当她知道是石昊喊的时，脸色变得更难看了！

月婵很想抄起一块翻天印盖在石昊的脸颊上，这股冲动太强烈了。但她知道自己不与清漪融合归一，绝对不是石昊的对手，真要发生冲突，自己只会被压制，自取其辱。

“原来是石族的道兄，好久未见，看你身体无恙，真是万幸。”月婵虽然在心中诅咒，但脸上还是带着笑容。

如果换一个地方，两人不可能有什么交流，估计会直接开战。月婵庆幸这是在天神书院，不允许他们发生冲突，不然后果难料，如今这个“恶徒”比以前更加强大了。

“月婵仙子这么想念我吗？”石昊笑嘻嘻地问道。

他们两个可是死对头，昔日月婵在石昊闭关时发动袭击，两人自然没有什么交情可言。

石昊一直想帮清漪收拾月婵，而后让两者归一，成全清漪。但详细了解后，他发现真那样做的话，还真不知道是成全谁呢，多半会害了清漪。

毕竟月婵是主身，她们融合后，谁是主导，很难说！

众人的神情都很怪，觉得这个少年至尊跟他们想象的完全不一样，居然敢轻薄他们眼中的绝代丽人。

“荒不是想象中那么威严啊！”有人小声嘀咕，觉得这种话不算犯忌讳。

事实上，很多人都想问：这家伙是个登徒子吗？为什么跟想象中力敌十方、独抗诸敌的霸气样子不相符啊？

“石兄，你真是会说笑，这等脾气该改一改了。”月婵淡淡地笑道。

“是啊。”石昊点点头，而后一本正经地道，“正要向你讨教呢。许久不见，有时间我们切磋一番。”

月婵的脸色顿时变了。自己被这家伙盯上，真要跟他切磋的话，那绝对是一场灾难。

“我最近没有时间！”月婵很干脆地拒绝了。

清漪咬着红唇，右手手指上缠绕着自己的头发，在那里笑着看月婵。

因为两人心灵相通，这么近的距离内，彼此在想什么一清二楚。清漪洞悉月婵内心的一切想法，看到她吃瘪，自然笑容明媚。

若非清漪利用秘术换了一副面孔，不是原本的容貌，两张一模一样的绝丽的面孔同时出现的话，一定会让众人震惊。

“呵呵……”邀月公主笑得很甜，道，“石兄真是不懂得怜香惜玉，这样一位绝代佳人，我见犹怜，你怎么开口闭口就挑战呢？”

“我们是老朋友，在三千道州时就一直在对决。我之所以有如今的成就，全靠她陪我大战。”石昊说道。

“真的假的？”一名心思单纯的青年男子露出吃惊的神色，而后看向月婵道，“还请仙子不吝赐教，有时间我们也切磋一番。”

这句话顿时引来嗤笑声。一些人摇头，暗叹此人真是直肠子。

“有人在恃强凌弱吗？”就在此时，绿陀、王曦等人走来，冲月婵打招呼。

月婵浅笑，向王曦走去。她们竟然是熟人，站在一起，有说有笑。

“绿头发的，上次在石炉中跟你打得不够尽兴，找时间我们对战一场？”石昊看向绿陀问道。

“可以，我正有此意！”绿陀相当强势，答应得一点也不勉强。

周围一下子安静下来。自然有不少人是绿陀的同路人，他们此时都很紧张。

“好，我们找机会一战！”石昊说道。

“唔，平乱诀真的很神奇，王仙子可愿与我交换？我愿以天功大法跟你换。”石昊又看向王曦道。

他对平乱诀念念不忘，说这话并非故意刺激对方，而是真的动心了。他已经请教过四长老，知道了那种剑诀的不凡。

早在仙古纪元中期，那一界就出现了危机，有强大的异域生灵攻来，造成了极大的动乱！

关键时刻，绝代强者出世，施展无上剑诀，平定十方战乱，斩灭了那些入关的人，强势将他们赶出边荒。

这就是平乱诀的来历！

可惜仙古纪元末年，那个施展出平乱诀的绝世人物因昔日重伤而过早坐化了，无法再重现神威。

那个绝世人物的后人虽然再次祭出平乱诀，威震天下，但难挽颓势，因为没有人能将平乱诀修炼到当年那个人的程度。

有人说，如果平乱诀的开创者不死，跟无终仙王、六道轮回仙王等人一起出手，上个纪元的结局也许不会那么惨。

当然，也有人说平乱诀昔年之所以能平定八荒，是因为异域那几位终极强者没登场。

不管怎么说，平乱诀都称得上震古烁今的功法，毕竟它曾经是取得“界战”胜利的无上大法。

王曦冷哼一声，对石昊不予理会。无论如何她也不可能将平乱诀泄露出去，这关乎重大！

闭关的人几乎都出现了，他们个个都神采奕奕，进步不小。在服食古丹后，他们全都道行精进，越发适合修行古法。

但他们都不愿意跟石昊开战，包括王曦。

“有时间，我们切磋一下。”不远处走来一个人，他龙行虎步，若帝王出世，正是十冠王。

他拥有真龙宝术，将龙拳修炼到了极致境界，最是恐怖。当初在三千道州时，他就是石昊最大的对手。

“好啊，随时可以！”石昊回应道。

众人面露异色。在石昊这么强势的情况下，十冠王还敢直接挑战，当真不一般！

“你们要抓紧时间参悟这些文字。一旦掌握，我便可以带你们前往界坟，去寻找属于你们的仙种！”四长老出现了。

这是督促，也是警告，不然石昊与十冠王现在就要交手。

“你叫什么名字？”直到今日，石昊还不知道十冠王的真实名字，只是意外了解到，十冠王虽然栖居在三千道州的某一帝族内，但是另有来历。当年他是被其师带到下界去的，疑似是九天上的人。

而今这事虽然还没有公开，但已经算不得什么秘密了。

“天子。”十冠王答道。

许多人闻言，不禁倒吸一口凉气。

这名字……还真是敢起啊！

场中只有少部分人，如王曦、绿陀、玄昆、邀月公主等知道十冠王这个名字。

他们有人是从家族中了解到的，族中长辈跟昔日的老怪物有些渊源，还有人是在书院亲口询问到的。

其他人因为不敢接近十冠王，所以此时才知道他的真名。

“名字很有气魄。”石昊笑了。

石昊和十冠王擦肩而过，并没有对战。

天神书院的四长老亲自监督，现在不允许他们内斗，要他们留着精力去对抗圣院、仙院。

“清漪，我们去参悟古文字吧。”石昊招呼清漪，笑着说道。

一晃又是半个月……

所有人都有了极大的收获，悟字的速度也快了很多。

石昊和清漪在一起修行，参悟的速度飞速提升。因为他脸皮很厚，抓住清漪的一只手，跟她的神念交流，所以效率提升了一大截。

“这青月焰内不会真有一位真仙吧？”石昊私下问清漪。

清漪摇了摇头。她不想被太多人关注，几次想甩开石昊的手掌，但都失败了。

当然，最不愿见到这一幕的是月婵，她气得忍不住暗中磨牙。

三个月后，石昊与清漪悟透百万文字，最先被允许走出这片封闭的废墟。

他们成功了！

“不要走远，不得离开天神书院，不久后会有长老为你们讲解一部属于仙古的真经！”四长老嘱咐道。

石昊对这件事并不热心，因为他身上有仙道经文，而今学会了古文字，可以自行参悟。

“我们去看看曹雨生、小兔子、凤舞、长弓衍他们吧。”清漪提议道。根据她以前了解到的情况，这些来自下界的朋友日子不见得过得好，因为在天神书院内，来自不同地域的人之间的对抗很明显。

曹雨生这群人选择了今世法，在另一片区域修行。

“好，去看一看！”石昊爽快地答应道。他很想看一看魔女、秦昊等人如今怎样了。

第915章 今世法高手

自从分成两大体系，归结出不同的修行路后，天神书院的气氛明显不同了，无形中形成了一种竞争关系，让人不得不奋力进取。因为一旦松懈，就意味着会被别人赶超！

“轰！”

乱石堆中，一个赤裸着上身、肌肤呈古铜色的青年正在打坐。很多巨石居然在跟随他的呼吸起伏，一同震动，最后更是在半空碎裂。

这种景象相当恐怖。一个人在吐纳时，血气强到了这等地步，也算是天下罕有了。

毫无疑问，选择踏上这条路，追求今世法的最高境界后，所有人心中都竖起了一座灯塔，追寻前方的光明。

书院中的长老给了他们明确的提示：世间有一座圣院，那里的人走在了这条路的前沿，证明此路前途光明璀璨！

而他们是天神书院的天之骄子，选择这条路后，有前人指点，必将突飞猛进。

他们自幼就是同区域的最强者，学什么都快，一旦学习新知识，便可瞬间掌握。如今他们不会落后于人，全都想一飞冲天。

能进入天神书院的没有凡人，皆有野心。现在机会来了，很多人认为，当他们崛起时，不会弱于修出三道仙气的人。

“哧！”

下一刻，盘坐在乱石堆中的男子吐纳时，所有巨石依旧飘浮而起，随着他的呼吸跃动，但是不再破碎。

这景象更为惊人，因为有些巨石发红，最后竟然熔化为岩浆，从半空洒落到地面上。

这不是神力造成的。一个人正常外放的血气阳刚至此，可见其血魄之力有多么厉害。

“有所精进！”男子倏地睁开眸子，射出两道光芒。滚滚血气翻腾，从他的肌体中飘出，将他环绕。他的身体如同一座大火炉般，精气喷薄，熊熊燃烧。

这是至刚至阳的体现，他的肉身已经登峰造极！

毫无疑问，经过一段时间的修炼，许多人真的焕发出了原先不曾拥有的光彩。

王阳就是其中一个。这几个月以来，他的实力突飞猛进，肉身越发强大，呼吸间阳气澎湃。

“王阳兄真是一代奇才，短短数月便脱胎换骨，和以前相比简直判若两人！”一个蓝衣男子走来，带着温和的笑意这般称赞道。他说的是实话，相比以前，王阳的确是判若两人。

“蓝蒙，你是来看我进境的吧！谁不知道你在化灵境有了全新的突破，洞天养灵，蜕变成了养神，孕神胎。”王阳说道。他目光如电，盘坐在乱石堆中，赤裸着古铜色的上半身。

“我没有你的根基深，你从血肉开始修行，重视根基，夯实自身的根本所在。”蓝蒙笑道。

看着地上的岩浆，蓝蒙确实吓了一跳，道：“再过一段时间，说不定你就能突破现在的境界，到时候就可以比肩曹雨生了。”

“不得不说有些人有大气运。他来自三千道州，并不属于九天，却得了大造化，将三大杀阵之一成功刻入了体内，一般人很难有如此成就。”王阳说着，眼中闪过带着野性的光芒。

“他不过是下界来的人而已，侥幸将无上杀阵刻入体内，真要再修行下去，算得了什么？”蓝蒙冷哼道。

“运气也是一种实力。虽然他是下界的人，不属于九天，但终究是成了气候，得了造化，不容小觑。”王阳说道。

蓝蒙道：“唔，王阳兄什么时候去露一手，震慑一下他？最近大家竞争激烈，争斗不休，据传下界的人虽然被镇压了几个，但有些反弹呢。”

“都有哪几个下界的人？”王阳问道。

在九天人眼里，十地都算下界，跟九天上的生灵有不小的差距。

“总共有三四个吧，闹得很凶，不过终究不及九天的修士。听闻三千道州被格外‘照顾’了。”蓝蒙笑道。

王阳闻言也笑了：“三千道州出了一个曹雨生，自然要被重点关照，他出关了吗？”

“还好那个荒消失了，不然肯定是个麻烦人物，不好对付。”蓝蒙说道。

“死了的人算得了什么人物？”王阳说道。

天神书院的人早已听闻过石昊的事迹，毕竟他修出了三道仙气，还被长老重点提及，他曾达到十洞天归一的境界，前无古人。

不过眼下修今世法的人还不知道，石昊还活着，并且已经回到天神书院，正式显露了真身。

显而易见，这里区域观念强烈，不同的古界之间有碰撞，有对抗。三千道州接连出了两个不凡的人，在今世法这条路上走在前面，所以被人针对。

这是一种竞争，也是一种情绪的宣泄！

另一片山地中，大山高耸，一条银色的瀑布从天而降。一个灰袍人站在山脚下，任数千丈高的银瀑砸在身上，纹丝不动。

他身上有一片片纹路，是铭纹境中镌刻的奇异符文，此时这些符文正在显化，逐渐影响了空间。

随后，时光碎片浮现，连光阴都被影响了。

灰袍人没有刻意施法，只是在运转肉身内的精气，镌刻于他体内的纹路在自行显化，造成了天地异象。

“轰！”

突然间，数千丈的大瀑布逆流，倒冲向天，接着又消失了一大截，像是进入了异界。

此外，还有一截瀑布被时光碎片包裹着，仿佛被隔断在了不同的时空中。

这是影响时空的铭纹，这个生灵很惊人！

“元腾兄好手段！我想你在铭纹境要迎来惊人蜕变了，敢将两道仙气融在体内，有意打散，这是一种大气魄啊！”不远处有人赞叹道。走来的是一个银袍女子。

元腾身穿灰袍，是一个修出两道仙气的奇才。因为要专心踏出今世法的巅峰路，他竟有意击散仙气，滋养肉身与元神，不给自己留后路。

“金芸，你这是何意？”元腾问道。

“呵呵，最近有点乱，你不去看一看吗？竞争激烈啊。”这个名为金芸的女子说道。

“听闻你夺了下界一个叫凤舞的女孩的重宝，该不会是惹出什么乱子了吧？”元腾道。

金芸掌心发光，释放出七色光彩。那是一支箭，闪耀着光芒，一看就知道是绝世宝物。

“以七彩仙金铸成的绝世秘宝，的确值得我出手，我没想到一个下界来的野丫头身上竟有这等神物！”金芸笑道。

如果石昊在这里，一定会大吃一惊。当年在火州大草原时，凤舞与清漪所在的书院曾经要寻觅七彩仙金，并用其打造一件法器给凤舞用，正是此物。

“下界可是有一些厉害人物的，你这样乱出手，当心引来强人报复。”元腾说道。

金芸嘴角翘起，满不在乎地道：“能有什么厉害人物？十冠王、谪仙的确实力超凡，但他们其实不属于下界，是从我们九天上出去的生灵。还有一个荒，他跟凤舞、曹雨生等人关系亲密，但是已经殒命在了太初古矿。一个死人还能强出头吗？这里本就是优胜劣汰的地方，失败者自然要献出秘宝。我只是将她击伤，留她一命已经不错了。”

事实上，这里允许弟子之间互相挑战，纵容争斗，但是不得相互残杀。金芸没有资格取人性命。

“当心，下界还是有一些厉害人物的，真要惹出来，不见得好收场。”元腾说道。

“我这不是寻你来了吗？我们一起出去看看吧，最近很热闹，该出手时就出手。”金芸微笑道。

此时，这片区域出现了两个带着仙道气韵的人，一个是清秀的少年，一个是绝美的白衣女子，正是石昊与清漪。

第916章 寻故

林地幽幽，山峰起伏。鹅卵石小径蜿蜒，从茂密的竹林中穿行而过。

石昊与清漪听着周围“叮咚”的水声，有一种别样的感觉。他们出关后，径直来到这片区域，想看望一些老朋友。

因为来自三千道州的人大半都选择了今世法，基本都在这里活动。

“你已经洞天圆满，可谓前无古人，在今世法这条路上得天独厚，不考虑将来继续走下去吗？”清漪问道。她美丽出尘的脸满是恬静之色，给人一种安心的感觉。

“自然要走上一遭，只是眼下我想尽窥古法，两相印证才会有所得，也能得到最大的机会。”石昊说道。

他修出了三道仙气，非常不容易，险些付出生命的代价，自然不可能放弃。同样，他生在今世，又怎么可能会抛下今世法呢？

他有勃勃的野心，想要开创出一种全新的法，一种只属于他自己的法！

那将是他的路，一条与众不同又能真正超脱的路。

石昊在思忖未来的路要怎么走，要如何才能踏出一条不凡路。

“你怎么了？”清漪问道。

“没什么，即将见到我的一些老朋友，心中高兴。他们一定会觉得很意外吧，给他们一个惊喜。”石昊回过神来，微笑着道。

这么长时间以来，石昊生不见人，死不见尸，还传出许多谣言，比如说元青逼得他客死他乡……再加上许久未见，一些人多半以为他殒命了，如今只有修古法的人知道他还活着。

“他们一定会惊讶，但有一些人对你抱有很大的信心，肯定早就猜到你还活着。”清漪笑了笑，道，“许久没有见到小兔子还有凤舞了，倒是有些想念。”

石昊很诧异。在他眼中，无论是月婵还是清漪，都如同仙女一般，圣洁且端庄，平日间很少有这种女儿风采。

“当年，在火州畔的天仙书院，多亏凤舞照应，我才能静心隐居在那里。”清漪叹道。

于她而言，那是一段不容忘记的岁月。

石昊闻言也想到了很多事，觉得有些好笑。他本应进入天仙书院，结果被齐道临捉走，成了至尊道场的弟子。

“说起来，我跟凤舞的交情也非同一般。”石昊点头笑道。

当年，他还没有来到三千道州，元神却沿着虚神界先一步过来了，在铜雀坛与凤舞大战，还取得了胜利。

当日的凤舞，身穿一身黄衣，美丽又清新脱俗，还问他是不是妖怪。虽然两人有过一场对决，但双方并无敌意，反倒彼此欣赏。

“走吧，反正快见到了。”石昊微笑着道。

“什么人！止步！”山中，守在山门那里的一位老者开口了。

这片区域最近一直在封山，不许人随意出入。这里专属于踏上今世法的天才，里面的弟子都在进行艰苦的修行。

“见过前辈！”两人很客气地道。他们不敢造次，因为这是一位长老，是真正的前辈高手，在这里尽守护之责。

石昊与清漪说明了来意。

“你们是修古法的人，暂时不能入内。”老者皱眉道。

“我也学今世法，在洞天领域走到了极尽，今日过来也是想切磋一番。”石昊说道。然后，他撑开了唯一洞天，一时间，光芒笼罩，将他衬托得如同一位战仙。

“好小子，竟然是你！”这位长老虽然没有见过石昊，但是对他显然有所耳闻，知道他在洞天领域无人可及。

就这样，这位长老不再阻拦两人，他们很轻松地进去了。因为这里的长老也希望这个真正超脱了洞天领域的少年能够给这里的弟子带来启发与机遇。

“长老，能赐给我一些前人总结的经验手札以及秘法吗？”石昊走了一段路又突然回头，这样问道。

“只有一些残法，真正的无上奥义在圣院，毕竟那里才是走上这条路的大成者的集中地，此地的佼佼者将来也注定会前往圣院深造。”长老说道。

石昊点头，转身，不再停留，跟清漪向山地深处走去。

这里的沼泽中有浓郁的毒气，却有人在那儿闭关，以磨砺己身。同时，这里有桃花林，法阵转动之时，阵纹不断出现。这里的太古魔岳高耸入云，山边有银瀑高挂。

“魔女、长弓衍、小兔子、曹雨生、秦昊等人都在哪里？需要分开去找吗？”

说起来，下界来的那群人虽然都在此地，但应该分散在不同的区域。

“你和魔女见面，是不是还要对战一场？”石昊似笑非笑地看着清漪道。

“你说呢？”清漪反问他。

“我觉得，你们两个可以成为好姐妹，然后一起去对付月婵。”石昊笑嘻嘻地道。

“……”清漪一阵无语。

“咦，你是清漪仙子？你不是选择修古法了吗？怎么来到这里了？还有，这个人是谁？”有人出现了，他认出了清漪，不过他不识石昊，因为这次石昊是以真身出现的。

“我们来这里看望老朋友。道兄，你知道凤舞在什么地方吗？”清漪问道。

那人神色微变，小声道：“她的情况不算太妙。”

“发生了什么？”清漪问道。

“她被人打成重伤，七彩仙金箭也被抢走了！”那人说完就急匆匆地走了，似乎怕惹上麻烦。

“凤舞她在哪里？”清漪眉毛微挑，在后面追问。

那人不说话，用手指了一个方向，然后掉头就走。

清漪不再淡定了，此刻，她难以保持平静。因为凤舞在天仙书院时对她照顾有加，算是她最好的朋友。

清漪眼中满是担忧，转头看了石昊一眼。

“走，让我们看一看是何人敢这样出手。”石昊平淡地说道。

不知道为何，清漪听到他这样开口时，焦躁、不安等情绪一下子平复了，因为这个少年有这样的底气，他有那种魄力可以独自面对一切对手。

很快，消息传开了，有人要去看望凤舞，路上不少人惊讶极了，在一旁议论纷纷。

“清漪回来了，居然能踏进我们今世法所在的区域，她是想为凤舞出头吗？恐怕会吃苦头！”

更有一些年轻男子走上前去好心劝解，告知清漪要谨慎，因为敌人非常厉害，莫要强出头。

清漪倾国倾城，在天神书院有极高的人气，因此不少人劝她止步。

这个消息极具爆炸性，连远方瀑布下的金芸和元腾都被惊动了。

“呵呵，那个下界的丫头来了，这是要为凤舞强出头不成？”金芸冷笑道，

“走，该出关了，我看谁敢踏足那里！”

“砰！”

路上，有人在激战，其中一人被打得横飞了出去。

“这么激烈，一路上总是能看见有人在打斗。”石昊惊异地道。

“这算什么，前一阵子才算激烈呢。对了，清漪，你们三千道州不少人都受伤了，你得小心。”途中又有人提醒。

很快，清漪与石昊来到一块平缓的山地间。这里松树翠绿，清泉叮咚，幽静得很，一座茅屋坐落在松林中。

“是谁？”茅屋的房门被推开了，一个脸色蜡黄的女子走了出来，气血不足，显得非常憔悴。

“凤舞姐姐！”清漪惊叫道。

清漪起初竟未认出凤舞来，仔细辨认后才知这是故人，没想到她元气大伤到这种程度。

要知道，凤舞原本非常美丽，肤色白皙如象牙，而今却成这个样子了。

石昊也不禁皱眉。他看得出来凤舞已经休养了一段时间，结果还是这种状况，可见当日的对决有多么凶险，敌人下手有多狠，差点让她丢掉性命。

“是你们！”凤舞惊喜地道。

她没有想到这两人会来，看到石昊后眸子更是亮了起来，笑道：“妖怪，你还活着！”

“看你自己都伤成了什么样子，还有心情笑。”石昊取出一滴凰血，这是天神书院的神圣之物，当初他跟人赌战，赢了很多滴凰血，还有余留。

“这次我虽然输了，但是我不服，还很气愤！”平日里十分开朗的凤舞此时一肚子火，气得咬牙切齿，握紧了双拳。

“凤舞姐姐，谁将你伤成了这个样子？”清漪问道。

“一个叫金芸的女子，说好了只用今世法切磋，结果她动用两道仙气将我重创，还夺走了我的七彩仙金箭！”凤舞气愤地道。

看得出来，她在这里得到的今世法的手札的确非同一般，让她得到了极大的收获，不然何以让对方动用仙气才能将她重伤。

“原来是这样！”清漪嗔怒。

“我倒要看一看是谁敢来此地看望凤舞，还想救我打伤的人吗？胆子不小啊！”一个冷淡的声音传来。

一个银袍女子走来，停在远处。在她的旁边站着几人，有男有女，其中就有元腾。

“金芸！”凤舞银牙紧咬。

“我当是谁，这不是清漪吗？”金芸淡淡地笑道。

她身旁的一个女子袅袅娜娜而来，走到茅屋近前，绕着石昊、清漪、凤舞转了一圈，笑道：“找了两个帮手，凭他们也想报仇吗？”

“先滚出此地，一会儿找你们算账。”石昊冷漠地开口，同时扫了一眼不远处的银袍女子。他看都没看近前这个女子一眼，自顾自地将手中的凰血递给凤舞，让她服下。

“你是谁？算什么东西，也敢对我如此无礼！”近前的女子冷冷一瞥，无比倨傲地道。

“滚！”石昊呵斥一声，如同砸出一柄紫金大锤，震得虚空摇动。

霎时间，这个女子面色苍白，嘴角溢血，整个人横飞出去，撞在不远处的石壁上。

附近的所有人都震惊了。

第917章 道伤

女子撞在石壁上时呈“大”字，四周的岩石龟裂，向四方蔓延。

在最后一刻还出现了一股怪力，女子像是又遭受了一次重击，身子竟然嵌进石壁中。整面石壁被撞出一个人形的凹坑，看起来相当怪异，但又很吓人。

“啊——”女子惊叫着从石壁中挣扎出来，落在地上，然后如同喝醉酒般踉踉跄跄向前走，脸色通红，同时眼睛也红了。

“你敢这样对我！金芸姐，你们快出手啊，给我打死他！”她披头散发，在那里尖叫着。

显然，平日间她颐指气使习惯了，现在吃了这么大一个亏，自然受不了，恨不得立刻除掉石昊。

众人面面相觑，心中极不平静。那个少年露的这一手非常不简单，一道音波而已，就将这个实力不弱的女子震开了。

“你还是不知死活啊！”石昊一声断喝。一时间，声音滚滚，向一个方向集中涌去。

这一次，场面更加奇异。因为那音波化成了有形之质，荡漾出一片银色的涟漪，然后又凝聚在一起，向那个女子的躯体冲击过去。

“给我破开！”女子发出一声尖叫。她双手环抱，施展秘法，当即有一轮银色月盘浮现出来，挡在她身前。

可是，这一切已经晚了。音波虽然看起来轻柔，但是有撼动山岳的力量隐藏其中，全部砸到了她的身上。

这一次，如同莽牛撞山般地动山摇，不仅有“砰”的一声巨响，还有“咔嚓”声，那是骨头折断时发出的声响。

这个女子惨叫着砸在那座低矮的石山上，这次更为凄惨。

“轰隆！”

矮山被撞断了一截，山体裂开之时，那个女子跟着碎石块等飞了出去，她的身体有些扭曲，显然体内的骨骼不止断了一处。

“吧嗒”一声传来，女子坠落在地，一动也不能动，在那里直翻白眼，几乎就要昏过去了，但是又没有。她只得忍着剧痛，盯着石昊，她的眼中既有怨毒，同时又有一些畏惧。

这是她从未有过的体验，那个少年神情轻蔑，根本就没有将她看在眼里，一副不屑一顾的样子。

“太古莽牛吼！”一道冷淡的声音从远处传来，发声的正是金芸。她没有什么情绪波动，似乎并不将那个女子的死活放在心上。

金芸身着银袍，束着腰，衬托得身材很完美，她面容姣好，姿色不凡。此时，她的下巴微微扬着，显得很自负。

“金芸！”凤舞咬牙挤出这两个字。她本是一个开朗乐观的少女，但现在呼吸急促，心绪不能平静。

上次一战，她真的受了很重的伤，回忆起当时的情形，她到现在仍耿耿于怀。

天分惊人的凤舞得到今世法的修行手札后有了长足的进步，也正是因为如此，才引起了金芸的注意，金芸说要以今世法跟她切磋。

关键时刻，金芸违背承诺动用两道仙气，出其不意将她打成重伤。而且金芸在她重伤倒地后更是走上前，踏在她的胸口上进行羞辱。不光如此，金芸又搜出她的七彩仙金箭，夺走时还冷嘲热讽，称她不配拥有这样的重宝。

很明显，金芸就是为了七彩仙金箭才与她切磋的。

“手下败将，我懒得理你。”这时，金芸轻描淡写地说道。

“你这无耻之人，跟我对决时曾说不动用仙气，只在今世法这条路上切磋，在你落败之时，却突然食言！”凤舞咬牙道。这是最让她生气的地方，而且她的七彩仙金箭也被夺走了，因此她非常憋闷。

“你实力不行，败了就是败了，哪里有那么多理由。”金芸扬着下巴，冷冷地道，摆出一副傲慢的样子。

“你很卑鄙！”清漪斥道。

凤舞脸色更显蜡黄，气得大口喘气。这正是那一战的结果，金芸害得她元气大伤。

石昊阻止了她们两人，道：“没有必要跟这种人动气，一会儿将她的脑袋打成狗脑袋，打到她服气为止。”

他将那滴凰血送进凤舞的嘴里，并且转到她的背后，接连出指，点在她的身上，帮她催动血气，助她疗伤。

“你倒是有些手段，能将太古莽牛这一族的音功练到这一步也算罕见，不过，对你而言，强出头可不是什么明智的选择。”金芸说道。

石昊并不理会她的言语，专心为凤舞疗伤。在他手掌拍击间，一道又一道紫色涟漪浮现并没入凤舞的体内。

石昊在使用雷帝法，以阳刚手段活血，让那滴凰血在凤舞体内扩散并沸腾起来，帮助她修复体内的各处伤痕。

“呼！”

凤舞的体内像是腾起了一团火焰，从体表逸出，覆盖了她的躯体，让她如同浴火重生的凤凰一般。

这是凰血在发挥作用。这种神禽的神奇之处就是可以涅槃，即便处于濒临死亡的境地，也能再生！

同时，一声清亮的凤鸣响起，一个模糊的虚影跟凤舞重合，帮她修复了身体。她脸上的蜡黄色当即褪尽，肌肤重新焕发光彩，白里透红，吹弹欲破，跟以前相差无几。

石昊蹙眉，他并没有放松，而是选择连续拍掌。因为凤舞最严重的问题不是这些暗伤，而是真正的道伤。金芸非常狠毒，下了重手，伤了凤舞的本源，这是要瓦解她的根基。

这一次，金芸脸色大变，不再像先前那么平静了。眼前的少年居然这么厉害，在帮她的对手修复道伤，这种手段可以说非常令人震惊。

“祁宏，你是蓝狮族的，可以去跟他较量一下，看一看是他的莽牛吼厉害，还是你的狮子吼更强。”金芸传音道。

在她的身边，有一个人身狮面的高大男子，其狮子头摄人心魄，铜铃大眼让人心颤，看起来威猛、雄健。

祁宏毫不犹豫地向前走去，而后爆发出一声狮子吼，响声大得惊人。这片天地开始摇动，凤舞的那座茅屋受到冲击，当场崩塌。

附近不少人都为之一惊。

虽然有些人畏惧金芸，但也有些人看不下去了，觉得她很过分，那个少年正在为凤舞疗伤，她却让人用这种手段对其进行干扰。

石昊周围腾起一片光幕，挡住了狮子吼的音波，护住了他们三人。也正是因为如此，他才没有受到影响，只有茅屋损毁。

“你找死吗？”石昊只说出这样几个字。他说话时手掌依旧在拍击，帮凤舞治疗道伤。

祁宏再次发出一声大吼。

这一次，祁宏露出了本体，化成一只小山般巨大的蓝色狮子，满口獠牙，威猛而狰狞。蓝色毛发根根发光，显得非常吓人。

狮子吼发出之时，蓝色涟漪如同大浪般一重接着一重，拍向石昊。

石昊断喝一声，他所用的音波可不是什么莽牛音，而是纯粹的大道神音。只是他达到了一定的境界，触类旁通，模仿了莽牛音而已。

他精通几种非常厉害的宝术，还掌握了古天功，悟透其中一种就受用终生，自然可以演化、推演出一些特别的法。

这大道神音中便掺杂着雷帝神通，如同天雷般炸开，一下子就将蓝色涟漪击散了，并且有一股巨力轰在蓝色狮子的耳畔。

“砰！”

蓝色狮子的身体剧烈摇动，满身狮毛根根竖立，口鼻有血溢了出来。

蓝色狮子再次发出狮子吼，并且向前扑去。它猛力一摇身子，那些竖立的成千上万根蓝毛化成钢针飞了出来。

狮毛针！

许多人脸色大变。狮毛针可是一种非常出名的宝术，满身狮毛脱落下来，漫天激射，威力惊人。

这是施展者被逼到一定地步后的全力反扑。

石昊的体外出现了一片炽盛的光焰，阻挡住了狮毛针，而且，所有的蓝色毛发都燃烧了起来。

这次运用的依旧是雷电，电芒炽烈，如火光一般耀眼，而后将所有神针劈得焦黑、碎裂，最后变成灰烬。

与此同时，石昊腾出一只手进行攻击。一时间，他的掌心出现了一把雪亮的刀。

这把刀是由雷霆化成的，它迅速变大，一下子长达百丈，被快速挥了出去。

“嗷——”

伴着惊天动地的惨叫声，蓝色狮子被斩了！

它的嘶吼声震裂了天空，整个身子翻滚了出去，庞大的躯体压塌了许多小山丘。

与此同时，石昊松开了手掌，凤舞伤势痊愈。

凤舞的道伤已不复存在，这让远处的金芸心头剧震。

“幸好不是什么严重的道伤，不然的话我也没有办法，你休养几天就可以恢复如初。”石昊对凤舞道。

而后他转过身，冲着金芸冷笑道：“你过来，咱们算一算总账！”

第918章 班门弄斧

“你算什么东西，想跟我算账！”金芸淡淡地道。

“将七彩仙金箭交出来。”石昊对她没有一点好感，径直向前迈了几步，盯着这个很自负的女子，准备将她拿下。

“笑话，她技不如人，愿赌服输，七彩仙金箭自然归我所有。”金芸嗤笑一声，道。

“你卑鄙！分明你一开始就说要以今世法来对决，为什么突然变卦，用仙气袭击我？”凤舞愤愤不平地道。

“真是可笑，我有说过吗？你该不会是输得不甘心吧！你认为我的今世法修行不如你吗？不过是来自下界的野丫头，凭你也能跟我争锋？再对战一次，你还是会输！”金芸言语中带刺，说话很不客气。

“好、好、好，既然你这样说，一会儿我希望你别哭喊求饶。”凤舞见她这么无耻，拒不承认，也不想多说什么了，打算都交给石昊，让他出手解决。

“你觉得自己很了不起吗？以这副倨傲的姿态面对凤舞，偷袭不讲规则也就罢了，为什么还要一副理所当然的样子？”石昊冷冷地问道。

“我需要对一个弱者怜悯吗？这是天神书院，不是落后的三千道州，不是她的下界，优胜劣汰是这里的通行规则！她自己不行，能怪得了我吗？失败了，奉上仙金箭，这不是理所当然的事情吗？莫名其妙！”金芸说道。

在这么多人面前，她袅娜而行，姿态优美，尽管知道石昊是一个了不得的对手，但是她不想显得自己气势很弱。

同时，她在暗中准备，打算动用最强一击！

石昊的身体周围腾起一道又一道光束，如同一根又一根粗大的撑天支柱，耸入高空，散发出灿烂的光芒。

这是罡气，是石昊体内精气勃发的体现。这并非他有意为之，而是自然外放。

众人倒吸一口凉气，全都开始倒退。不用多想便知道，这个人的肉身绝对强得可怕，因为走上今世法极尽路的人都明白，只有肉身达到一定的境界才会有如此惊人的表现。

“轰隆！”

就在这时，金芸的眉心发光，冲出一方滴溜溜转动的小印，向石昊压去。

距离这么近，石昊应该很难躲避。事实上，石昊也没想躲避。

这方小印翠绿无比，仿佛由玉石刻成的，上面有各种符文，带着古朴的韵味，居然压塌了虚空。

周围的众人忍不住心中一凛。这方小印不过一寸见方，怎么会如此沉重，力量之大未免有些骇人。它所划过的虚空全部扭曲、塌陷了，神圣的威力实在让人难以想象。

“当！”

一声巨响传来，如同两块金属板撞击在一起，然后又传来它们颤动的声音。那少年居然以拳头砸在能压裂虚空的宝印上，使得两者间绽放出璀璨的符文。

那个少年的拳头竟然堪比稀世秘宝？

石昊又发出一击，发光的拳头跟小太阳一般刺目，打在那方小印上时十分炫目，“当”的一声便将它荡开了。

石昊很惊讶，自己的拳头居然没有将那方小印打碎。

金芸更加吃惊，这个少年实在太厉害了，他是什么人？这件秘宝非比等闲之物，他居然能以拳头抵挡住！

“破！”

金芸轻呼一声，催动秘宝。

那方宝印发出光来，看起来青翠欲滴，它迅速放大，仿佛瞬间化为一座大山般遮天蔽日，威压遍布天地之间。

“覆天印！”有人惊叫，认出了它是何物。

“确切地说，这应该是覆天印的仿品，真正的至宝一出，谁能挡得住？”一些人眸光灿灿地说道。

即便是仿制品，威力也是惊人的。任何一件至宝都很难被仿制，首先是因为材质的问题，不是绝品级别的不可用。其次，需要刻进去无数繁复到极致的道符等，常人根本不知如何操作，就连一些积淀很深的古老世家都难做到。

仿品一般都是从显赫而又辉煌的长生世家流出来的，只有他们才有机会接触到传闻中的无上至宝。

覆天印散发着朦胧绿光，上面有蛮荒的气息向四周扩散。

“轰隆！”

覆天印砸了下来，石昊发出一声长啸，催动雷电迎了上去。一时间，到处都是雷霆，轰向覆天印。

在激烈的碰撞中，这里沸腾了，绽放出璀璨的光华，同时，地上的一些山峰在覆天印降落的过程中崩塌开来。这种状态的形成，完全是神力波动对山峰造成碾压之势所致。

这覆天印虽然是仿品，但是威力大得惊人。

最后，当光芒消散后，石昊被压在这覆天印之下，如同背负太古大山的魔神。

“镇压住了！”有人欢喜地大叫道。

“金芸姐姐真是厉害，这种手段果然无人可破！”

金芸催动这覆天印着实消耗了不少神力，此时连脸色都微微发白。若非感觉到石昊的实力异常可怕，她绝不会轻易在人前动用这件秘宝。

“镇压我？你们想多了。”就在此时，覆天印下的石昊开口了。他目光如电，扛着覆天印，渐渐挺直了脊梁！

随后，他的身体周围腾起成片的光华，后又化成秩序神链，一条又一条，像是柳树的枝条，迎击覆天印。

“嗖！”

覆天印变小的速度非常快，最后化成一寸多高的碧绿小印，被他一把抓在手里。

“这东西真坚固，倒也不是寻常物件，应该算得上是一件不错的兵器，用来砸人真的不错。”石昊说话时催动骨文，将之彻底炼化，而后一口吞了下去。

“你……还我秘宝！”金芸惊怒交加。

“用你的话说，优胜劣汰，你只是一个失败者，你的东西不就是我的吗？”石昊发出一声嗤笑。

金芸的脸色沉了下来，但很快便恢复了冷静。她觉得问题很严重，这个少年太厉害了，看不出实力有多强，实在不好对付。

“朋友，你这是何必呢，为了一个从蛮荒之地走出来的女子值得吗？”金芸说道。

“什么叫蛮荒之地？”石昊问道。

“这个野丫头是从三千道州过来的，相对九天来说，那里就是一个苦寒之地。你我应该可以成为朋友，没有必要因为她而开战。”金芸说道。

“你在作死！”凤舞笑道。此刻，她并没有生气。

“很遗憾，我也来自蛮荒之地，朋友没得做，把你的头打成狗脑袋倒没什么问题！”石昊冷冷地道。

这一刻，附近一片哗然，所有人都大吃一惊，他们忍不住思忖：这个人是谁，怎么也来自三千道州？怎么以前没有听说过呢？

“你也来自那片蛮土？”金芸目光冷峻，向后退了几步。

石昊的神色越发凛冽了，盯着她。

“轰隆！”

金芸抢先出手，从她双手间冲出一头饕餮，希望能占据先机。因为她知道两者间的矛盾不可能化解，有些话说出后就没有挽回的余地了。

饕餮仿佛拥有吞噬一切的能力，它巨大的身影矗立在苍穹下，浑身散发出恐怖的气息。

只是，她遇到的是肉身无双的石昊。

石昊直接冲了过去，将那头饕餮生生掀翻，完全是想走肉身搏斗的路子。

一群人彻底傻眼了，这得是多么野蛮的人才能做到啊，力气未免太大了！

“嗡！”

石昊挥动拳头，砸向饕餮。一时间，连虚空都产生了共鸣。

这头饕餮乃符文所化，但是跟真实的古兽没什么区别。它张开大口时，血腥味扑鼻。它吞天纳地，连虚空都能吞食，让周围一下子黑暗了。

但即便如此，这头饕餮还是吃了个大亏，被石昊三拳轰断了脊椎骨。“轰隆”一声，它如大山般倒了下去，重新化成纹路。

与此同时，石昊双臂一展，一下子就冲了过去，带着大片金色的羽翼残影，呼啸着扑向金芸。

“轰！”

金芸施展宝术对抗，并大喊道：“我用今世法与你决一死战！”可惜，她虽然手段高超，但是在这条路上怎么比得上石昊呢。连天神书院的长老都曾说过，目前只有他与曹雨生在今世法的某一境界上有所突破。

“砰！”

石昊一脚震散金芸的宝术，而后右腿横扫，将她扫得连连咯血。

金芸催动秘宝，数种武器同时冲向石昊。但他向前扑击的过程中双手动作不停，不断传来“咔咔”声，武器被全部捏碎了。

金芸左右闪躲，不跟石昊正面交锋，希望通过秘法在远处与他针锋相对，用宝术来对付他。

可惜，金芸发现这个人不光肉身强大无比，宝术也厉害得很。这样一来，她彻底胆寒了，因为有些骨文就算落在对方身上，也起不到作用。

“哧！”

对方的右手如同一只龙爪伸来，抓碎了虚空，让金芸神色大变。她快速躲避，结果银袍“噗”的一声被抓下来一大块，在对方的手里化成灰烬。

她的一条手臂露了出来，尽管没有被抓中，但那罡风已然让那里鲜红如血，几近破损。

金芸大吼一声，在石昊临近时，悄然催动两道仙气，仙气如两柄绝世仙刃，迅速而无情地斩向对方的头颅。

“你永远不会知道修出两道仙气的人有多么可怕！”金芸低语，用无情的目光盯着石昊，露出一丝冷笑。

远处，人们惊呼。凤舞更是忍不住咒骂道：“无耻，又一次食言，自打嘴巴！”

“你可以上路了！”金芸寒声道。然而，她的话音落下后，预料中的场景并没有出现。

石昊很自然地抬起右手，竟然抓住了她的两道仙气！

“嗯？”金芸惊悚万分。比今世法，她不如眼前的少年，可是，当她突然动用两道仙气时，竟然仍不如他。

她恐惧地发现，那个少年的掌心竟有三道仙气隐现！

“砰！”石昊一把攥住金芸的脖子，直接将她拎了起来。

“你就这点本事吗，有什么可自傲的？”石昊冷冷的话语如同皮鞭抽在金芸的脸上，让她脸上发烫。

第919章 羞耻

“怎么会如此？”金芸面色苍白无血，一阵失神。

她从未想过自己会面对一位拥有三道仙气的至强者，这不符合现实，这个人是哪里冒出来的？

因为书院中修出三道仙气的年轻至尊她都认识，绝对没有这个人，所以她才丝毫无惧。她拥有两道仙气，再加上秘宝，除了王曦、绿陀这类人，谁会是她的对手？

发生了什么？周围的众人大吃一惊。金芸的脖子居然被人一把攥住了，整个人被高高拎了起来！

金芸平日间也算是一个强势人物，很是自负，很多人都不愿招惹她，现在她却被人这么揪了起来，实在不可想象。

毫无疑问，这对金芸来说是莫大的耻辱，在这么多人面前受到这样的对待，真比杀了她还难受。

“金芸怎么败了？”到现在很多人还没有弄明白。

刚才金芸突然祭出两道仙气，众人虽然不齿其出尔反尔的做法，但一致认为这个少年要吃大亏。

可是，人们只觉得眼前一花，那个少年便擒住了金芸，变化太快了，甚至没有看到他掌心内弥漫的仙气，一切就都落幕了。

“好快的速度，这个少年在今世法的极尽路上踏出了那关键性的一步吗？连金芸祭出两道仙气都被他躲过了，并且后发制人，擒住了她！”

“天啊，不曾看到他动用仙气，他一定是今世法极尽路上的高手！”

许多人兴奋地大叫起来，睁大眸子，盯着场中央。更有一些修士热血沸腾，因为他们看到了希望。

石昊的出手，证明今世法可胜古法。

这里一片喧嚣，人声嘈杂。因为这些人都在修今世法，一直想为自己树立信心，现在看到这一幕，自然振奋而又激动。

他们虽然知道圣院有这类超绝人物，也许能打败同代中的年轻至尊，但毕竟没有见到过。现在亲眼看到这一幕，许多人觉得前方的路一下子变得光明了。

“喀喀喀……”脖子被攥住后，金芸觉得十分难受，忍不住咳嗽起来，脸色也变得通红。

什么今世法极尽路上的高手！她想大声咒骂。

因为她分明看到了三道仙气。

她心中含恨，很想大喊出来。但是，她刚一张口，就灌进来许多凉气，引得她咳嗽不断，眼泪都快流出来了。

“砰！”

石昊拎着她，直接摔在了地上。

金芸疼得直蹙眉，同时愤怒无比，她何曾被这样对待过！

“你就这么点本领，也敢欺负、羞辱人，竟然敢看不起三千道州！”石昊俯视着她道。

金芸身上的银袍有许多地方破损不堪，她抬起头来，双目中怒火喷涌。这样当众被人折辱，她实在难以忍受。

“怎么，被人光明正大地打败你还觉得委屈吗？当日出尔反尔，以卑鄙的手段对付凤舞，当众以脚踏在她的身上，用刻薄的言语羞辱她时，你在想什么？现在又有何感想？”

石昊自然不会留情面，当众针对金芸，并且一脚将她踢了出去，发出沉闷的“砰”的一声。

金芸一声闷哼，目光更加阴鸷了。她觉得身体跟折断了一般，翻滚出去后，半边身子都麻木了。

同一时间，她金芸颤抖着握紧了拳头，因为石昊竟然没有封住她的神力。这让她又喜又悲愤。

对方是粗心大意吗？绝对不是！这是不在乎，不怕她反抗，所以不禁锢她的修为，但这何尝不是对她的一种蔑视呢？

她金芸是何等人物，来自一个古老的家族，自身足够厉害，虽然很遗憾，没有修出第三道仙气，但在同辈人中也算是了不得的超级高手。放眼九天十地，也就只有少数的年轻至尊可以压制她，而今她却被人这么低看，甚至不在意她是否能反抗。

金芸脸色阴冷，但她恢复了冷静，死死地盯着石昊道：“你来自下界，不过是三千道州的人而已。你可要想好了，跟我撕破脸皮，对你没有任何的好处！”

她这话虽然不算彻底挑明，但也很明显，她来自金家，是九天上的一个古老家族，势力庞大得不可想象。石昊如果执意为难她，那么就要承受她的报复，很有可能会面对九天上的古老家族的怒火！

所以，从另一种意义来看，这是恫吓，是赤裸裸、不加掩饰的恫吓！

“你太高估自己，也低估我了。”石昊说到这里，又一次抬脚就踹，一脚将金芸蹬了出去。

“啊，你敢这么对我！”金芸尖叫道。

“你算什么东西，金族那么庞大，会为了一个渺小且不成气候的你得罪天神书院吗？我现在是天神书院的弟子！”石昊说道。

有些话他没有说，比如，他修出了三道仙气，并且在今世法的极尽路上走得很远，十洞天合一，可以说是前无古人。

有这样成就的人，天神书院怎么可能会放弃，必定会将其当成种子选手来培养，他即便不是唯一的种子，也是最重要的几人之一。

“你……别过来！”金芸声音发抖，想要服软。

然而，石昊根本不理会，再次抬脚，这一次更是将她踢得飞了起来。“砰”的一声，她撞在一块巨石上。

金芸披头散发，声音尖锐，道：“你这个从下界不毛之地来的野人，终究会明白在九天上你什么都不是，会被我族收拾得生不如死！”

她算是看出来了，这个人不会停手，索性大声喊叫，希望能将天神书院中的长老叫来，制止这个可怕的年轻人。

虽然隔了很远，但是石昊抬手，一只巨大的巴掌浮现出来，将她扇飞了出去。

“啪！”

石昊冷冷地道：“不毛之地的人你都对付不了，还有什么可自傲的。说到底，你不过如此，弱小得可怜！”

“你才可怜，你才可悲呢！”金芸愤怒地道。

石昊迈步，向她逼近过去，道：“我替凤舞出口气，收回一些利息。”

“哧！”

突然间，金芸抬手，一道带着仙雾的流光飞出，它有着世间最璀璨的光华，瞬息间向石昊射去。

在这个过程中，金芸嘴角露出一丝冷笑。她早先的尖叫、恼恨发狂，不过是为了掩饰，都是为了这一刻。

“小心！”后方的凤舞焦急地喊道。没有人比她更清楚那道彩光多么恐怖。

那是七彩仙金铸成的箭羽，当中镌刻着至强符文，修士一旦被击中，将会形神俱灭！

这是金芸觊觎很久然后从凤舞那里抢走的七彩仙金箭！

这支七彩仙金箭让她产生了贪念，所以她才会不顾一切地将之夺到手。如今，她早已将它炼化，成为她的秘宝。

这是她的绝杀之器！

这种七彩仙金箭随着主人成长，可以不断蜕变，到时候成为仙器都没问题。因为其材质极其不同凡响，诞生时便镌刻有天地的纹路，可成为至宝。

七彩仙金箭洞穿前方的那道身影，一冲而过。

惊呼声瞬间传来，箭羽钉死了那个少年？

金芸露出惊喜之色，忍不住想要大笑，眼中的怨毒消失，取而代之的是兴奋，随后她从地上站了起来。

“你高兴得未免太早了吧？”这时，冷冷的声音传了过来。

金芸惊悚不已，前方那道被洞穿的身影消失了。

原来那只是残影。

而在她的身侧，一道修长的身影站着，其背后有一对雷电翅膀，冷漠而宁静地看着她。

对方的速度太快了，超乎她的想象，骗过了她的眼睛，那必杀的一箭落空了！

对方一把揪住了她，而后“啪”的一巴掌扇在她的脸上，而后又“咚”的一脚踹在她的身上，让她横飞了出去。

这一次，金芸再也站不起来了，因为她身上很多处骨骼都折断了，剧痛难忍。

“我真不知道你的骄傲究竟来自哪里。”石昊平淡地说道。

金芸挣扎着想起来，此时，她羞愤到了极点。然而，她正好趴在凤舞近前，倒在她的脚下。没有比这更糟糕的事情了，这让她感觉分外耻辱。

“金芸，你这是何必呢。我知道你无耻，但也不用这样趴下来求我吧？”凤舞说道。

听到这样的调侃，金芸气得吐出一口血。

“噗！”

她脸色苍白，愤怒地挣扎着，想要站起来，可是又倒了下去。

被凤舞奚落，金芸的脸色鲜红如血。她很不忿，因为她曾经将这个女子踩在脚下尽情嘲讽。现在，对方站在前方，这样俯视着她，角色完全对调了。

金芸当即觉得郁闷极了，仿佛有一股血冲上天灵盖，让她双眼发红，她尖声道："我会向你求饶？别做梦了！你这个从下界侥幸上来的野女子，有什么资格在我面前摆谱，忘记那一日我是怎么收拾你的了吗?!"

石昊开口道："凤舞，还等什么，尽管出手——不，是出脚。"

"啊——"

凤舞抬脚落下，金芸当即惨叫，脸色一下子就变了。

这个时候，金芸眼中的红色消失，她清醒了过来，但是身体已经开始遭罪。

第920章 我是荒

“住手，我有话说！”金芸喊道。

她快崩溃了，她这样的天之骄女什么时候被人殴打过？现在，凤舞一双秀气的小脚在她身上踏来踏去，简直将她当成了一条青石路，或者说将她当成了一个出气筒。

凤舞跟石昊着实“不见外”，听从他的劝告，又蹦又跳，还在金芸身上走来走去。

金芸的面孔几乎都扭曲了，她觉得凤舞每多走一步，她身上就会有一块骨头裂开。

“你那是什么眼神，是恨我吗？”凤舞低头问道。

“恨得要死！”金芸很想这样大声吼道，但是她又不敢。她已经清醒过来了，她不再选择与他们针锋相对，免得自己更加痛苦。

“凤舞，你我不过是有一些误会而已，过去的就算了好吗？你赶紧让我起来。”金芸尽量让自己的语气和善起来，与凤舞好言商量。但是，她的声音还在发颤。

无论是谁，一旦被这样折磨，心中都会无比悲愤。对一个心中痛恨的人低声下气，她又怎会真正甘心呢？

“我怎么觉得你在咬牙呢，该不会是恨不得食我肉、喝我血吧？好怕怕。”凤舞说道。

这一次，她终于出了一口恶气。

这段日子以来，凤舞实在憋闷坏了，被人欺辱，无法反击，自己又性命垂危，心中非常难受。

清漪很了解凤舞，凤舞平日间很活泼开朗，同时也很善良，如果不是被欺辱到这个地步，凤舞绝不会有如此行为。

金芸想要站起来，奋力挣扎着。可是，石昊留在她体内的力道非常诡异，以她的能力，她根本无法化解这股力量，并且它在不断伤害她的肌体，还有侵蚀她本源的趋势。

金芸吓坏了。如果受了大道伤，想要治好，天知道会花费多么大的代价，这让她不禁颤抖起来。

“不，我低头，向你们道歉，快让我起来！”金芸高声叫道。她意识到自身的状况后，彻底服软了。

远方，山脉深处的一片乱石堆中，王阳赤裸着上半身，古铜色皮肤发着光，血气旺盛如海，周围的巨石随着他的呼吸全部飘起，而后又熔化成岩浆，落在地面上。

这是肉身走向极尽，达到一定地步后的可怕体现。

旁边，一个身穿蓝衣的身材挺拔的男子叹道：“王阳兄已经成为一个纯粹的炼体士，在今世法这条路上更是走到了极尽，即将蜕变。我虽然有些嫉妒，但不得不承认，你是我天神书院走上这条路的第一高手。”

“我还未超脱，谁知道会发生怎样的情况呢！”王阳平淡地说道，“不要忘了，下界有两人早已成功。”

“曹雨生侥幸得了天缘，不值一提，早晚会被王阳兄超过；至于荒，他不过是一个死人，不提也罢。”蓝衣男子说道。

“死人自然不值一提，但是曹雨生日后的成就会有多高很难说。此外，蓝蒙兄，你恐怕比我要强一些，洞天养神胎，结茧待新生，神秘得让人敬畏。”王阳说道。

“呵呵，王阳兄说笑了。走吧，我们也去看一看，方才居然有七彩仙金铸成的箭羽飞上高天，那边肯定发生了一些什么。”蓝蒙微笑道。

王阳点头道：“我也耳闻金芸抢了下界一个女子的七彩仙金箭，现在居然射了出来，倒是有些门道。”

“不久前我还与道兄说，有几个古界的人闹得很凶，我们去看一看是不是下界的人在作乱。”蓝蒙说道。

两人一起动身，向事发地赶去。

此时，凤舞出完气了，将金芸踩得出气多进气少，在那里翻白眼，眼看就要不行了。

显而易见，金芸伤了大道本源，遭受了重创，险些殒命，不付出巨大代价的话，很想能复原。

肉身之伤是凤舞造成的，至于道伤，则是石昊“赏”给她的。

“你们……”金芸身上的银袍早已碎烂不堪，她艰难地开口，想说狠话都不敢，只能吐出这样两个字。

此时，石昊转身看向不远处的青年男子。

那是一个身穿灰袍的男子，他器宇不凡，静静地站在那里。他手中持着一支箭，正是早先射出去的七彩仙金箭。

其他人也一起向前看去。

人们知道，这是一个极其厉害的人物，名为元腾，他平日间在一条大瀑布下修行，很少出来。

有人传言，元腾修出了两道仙气。

但是为了走上今世法的极尽路，他竟想击散两道仙气，用来滋养肉身元神，这样的做法，等同于不给自己留后路。

石昊不认识元腾，只看到他是同金芸一起来的。

“将仙金箭拿来。”石昊伸手道。

“可以，也请道兄放过金芸，她纵然有错，但已经受到惩罚，一切就到此结束吧！”元腾说道。

“这是我的事，将七彩仙金箭拿来！”石昊冷冷地说道。不管怎么说，这是凤舞的兵器，不允许别人拿来谈条件。

事实上，石昊如今站在这里，没有什么好忌惮的，他可以横扫敌手，根本就不用跟人谈什么条件。

“道兄，你是否会放过金芸？”元腾再次问道。

“你在跟我讲条件？别的我不想多说，那七彩仙金箭本就是凤舞的，你若不归还，那么尽可过来同我一战！”

“我一直反对金芸恃强凌弱，也曾告诫过她，世间多奇人，总有一些厉害的高手可以压制她。”元腾说道，而后抖手将七彩仙金箭抛出。

“哧”的一声，七彩仙金箭插入一块大青石上，距离石昊很近，也算是归还了。

随后，元腾又开口道：“我并不是想以七彩仙金箭要挟道兄，而是真的想恳请道兄放过金芸。”

石昊闻言，看了看元腾，见他很坦然，便点了点头。

“砰！”

石昊一脚将金芸踢飞，让她撞在远处的一座石山上，这才罢手。

“除此之外，我想向道兄讨教，这是真正意义上的切磋，不带一点个人情绪。”元腾说道。

“可以！”石昊只有这两个字。

“首先，我想以仙气对决，因为这将是我最后一次动用仙气，不久后我将化开两道仙气，全心全意修今世法。至于道兄，你可以随意出手，不用加以限制。”元腾说道。

要化掉艰难修炼出来的两道仙气？人们哗然，这家伙还真是一个武痴，连这种事情都做得出来。

就连石昊也很震惊，这得是多么大的决心与毅力，寻常人怎么会有如此气魄？

石昊不禁多看了元腾几眼，发现他的血肉、筋骨等超乎寻常人，也许日后真能有大成就，敢这般破釜沉舟，需要一种莫大的勇气！

“出手吧！”石昊神色温和地道。面对这种一意向武、为了超脱而不惜断绝自身后路的人，他心中还是有点佩服的。

故此，他也没有什么保留。

刹那间，石昊祭出三道仙气，使其环绕在自己体外。他若不展现真正的实力的话，是对这样一个武者的侮辱。

“什么？”所有人都惊叫起来，一副活见鬼的样子。这太不可思议了，居然是一个修出了三道仙气的年轻至尊，为什么之前他们都没有见过？

他是谁？

一刹那间，所有人都有点发蒙。

就连元腾也不例外，一时间竟愣住了。这还怎么对战，无须再比试下去了，他根本不可能战胜对手。

唯有金芸一点也不意外，因为她早就见识过了。她此时有一股冲动，很想大声冲着众人喊：“你们知道了吧，我之所以大败，不是因为实力差，而是因为这个人太厉害，是一位年轻至尊！”

当然，她没有喊出来，觉得那样更丢人。她原本就被揍了一顿，再吸引人们的目光，实在是给自己找不痛快。

“你……你是谁？”附近一些人很想知道这个少年到底是谁。

书院中的几大高手，他们都见过，唯独没有此人。这是凭空冒出来的一位至强者，实在让人震惊。

要知道，以他的实力，他可是同龄人中绝顶的人物，此前竟然一直默默无闻，有些不可思议！

这个地方一片嘈乱，人们皆难以平静。

元腾发出一声叹息。

他很果断，将两道仙气融入体内，而后猛力一震，让它们涌向血肉与百骸间。自这一日后，他准备将这两道仙气全部化掉！

人们大惊，他们没有想到元腾会这么干脆，说到做到，居然真的选择了这种做法！

“我还想用今世法跟道兄切磋。”元腾说道。他在这条路上很有心得，这次想检验一下自身的道果。

石昊闻言点头，同样为了表示尊重，展现了最强姿态。

一刹那而已，他的体外腾起绚丽霞光，化成一轮金黄色璀璨夺目的太阳，他站在当中，如同无上的战神！

那个光团将石昊笼罩，令他万法不侵，超脱尘世。

“那是……什么？”所有人都一愣，顿时感觉心惊肉跳。

面对那个光团中的人，他们觉得呼吸都有些困难了，有发自内心的敬畏，想要对其顶礼膜拜。

“唯一洞天，这是……十洞天融合在一起的无上道果吗？”这一刻，元腾激动了，连声音都在发颤。

他的眼神无比热烈，盯着洞天中的人影，像是朝圣一般，颤颤巍巍地向前走去，想要伸手触摸，几乎要跪伏下去。

“是！”石昊简洁地回应道。

“唯一洞天，今世法修到极尽后，真正超脱出来的道果？”

“天啊，他到底是谁？怎么能走到这一步，不是只有那个人成功了吗？”

当场，就有一些人大叫起来，至于金芸，更是脸色大变，一副活见鬼的样子。

“请问……道兄你是？”元腾眼神火热，其中有些希冀，有些渴望，看向石昊，带着颤音问道。

“我是荒！”石昊答道。

“什么，他是荒……是那个成功踏出无上路，融合十洞天的人！”

“天啊，他不是死了吗？居然还活着！”

“这个人修出了三道仙气，还演化出唯一洞天，我居然……亲眼见到了！”

这一刻，此地不能平静，一下子沸腾了。

不少人都看向石昊，就跟见到了一个活着的传奇般，一些少女更是尖叫起来，美眸中散发出异样的光芒。

第921章 觊觎

荒，他没有死？

这片山地到处都是议论声。

石昊再现，让许多人大吃一惊。

人们盯着石昊，看着他体外的光幕，那是唯一洞天，它如同一个一人多高的神盘，将他笼罩在内，使他万法不侵，能立于不败之地。

“他修出了三道仙气，还在今世法这条路上走到了前沿，在洞天境前不见古人，真正超脱了出来！”

想借洞天境超脱的人眼睛都在冒光，他们激动万分，因为对于他们来说，这就是一个领路人、一个奠基者。

此刻，他们恨不得扑过去，不过他们不敢，生怕触怒这个少年。万一惹火了他，那可真会惹来大祸。

对于众人来说，这是一个活着的传奇，如果能够向石昊讨教，比得到任何前辈的手札都要强很多倍！

毕竟，圣院的人实力再强也只是达到相同层次而已，如果能请动眼前这个人亲口讲述，那是何等难得的机缘。最起码，这个人在洞天境是无敌的！

事已至此，元腾怎么可能还会挑战石昊，他有一种朝圣的心情，因为越是在这条路上向前走，越能体会到想要超脱有多么不易。眼前这个少年能走到这一步，真的太超乎寻常了，让人敬畏。

“我能……追随在你的身边吗？”元腾开口道，跟他平日的气韵大相径庭，他的声音有些不自然，显得很不好意思。

“还是算了，你有你的去处，圣院是你最好的选择！”石昊说道。

元腾很失望，他是真的想请教，哪怕行半师之礼也可以。

“当然，如果最近你有什么疑问，可以过来，我们相互探讨。”石昊笑道。

元腾大喜。他根本没有达到那个高度，根本没有探讨的可能，这是石昊有意要给他指点，他自然明白，也领情，急忙施了一个大礼。

这个时候，这片松林颇为安静，众人都听到了他们的对话。不少人露出希冀之色，也想向石昊讨教。

“你去将她带走吧，不想再见到她！”石昊指着金芸道。

裂开的石山下，披头散发的金芸嘴角溢血，躺在那儿，银袍破破烂烂的，显得狼狈不堪。这次她遭受了重创，想要复原，天知道需要花费多大的代价。

此时，她神色复杂无比，如果知道对手是荒，她绝对会绕道走，说什么也不会跟他动手。

石昊绝对是一个人物，修出了三道仙气，谁能与之争雄？此外，他还练成唯一洞天，这是一个突破。

可以说，无论是古法还是今世法，他都达到了巅峰！

金芸现在回头想一想，头皮有点发麻，她居然敢跟这个人叫板，真是有点活得不耐烦了，简直是寿星公嫌命长。

元腾扶起金芸。然后，他看向石昊，准备打个招呼，再带金芸离去。

此时，场地很宁静，许多人的目光游移在石昊与金芸之间，没有人说话，这让金芸觉得异常难堪。

忽然，两道破空之音传来，有至阳罡气冲来，此外还有一道蓝幽幽的光芒跟随而来。

这是两道人影，都是青年男子。

一个人赤裸着上半身，皮肤如同黄铜浇铸而成，充满了力量感。他披散着浓密的长发，有一股至强的阳刚气。

“王阳！”有人惊呼，没想到他在这个时候出关了。

另一人身穿蓝衣，儒雅而俊秀，气质非常出众，带着神道之人特有的气息，出现时有一种威严之感。

“蓝蒙！”有人低语。他们很忌惮这个人，因为他的修为在王阳之上，行事非常可怕。

这两人像是刚出关一样，精气神都很饱满，沐浴着一层神辉，看起来超凡入圣，让人敬畏。

王阳一眼就盯住了七彩仙金箭，它插在距离石昊不远的一块巨石上，散发着七色光彩，带着仙雾，神圣无瑕。

这种瑰宝，哪怕是隔着很远也能让人发现它的与众不同，无论是箭头还是箭杆都是仙金铸成的，绚丽至极，闪烁着梦幻般的光泽。

蓝蒙眼中同样闪过一道光芒，面对这样的重宝没有人不会动心，不过他掩饰得很好。

蓝蒙与王阳的目光很快从七彩仙金箭上移开，然后，他们看向对面那少年，又看向不远处被搀扶而起的金芸，脸上露出惊讶之色。

连金芸都败了，这个少年不简单！

两人到来后，气氛有些诡异，一时间竟无人说话。

“阁下好本事，将金芸都击败了，是想夺走七彩仙金箭吗？”蓝蒙开口道。他真的动心了，迫切想得到这支七彩仙金箭，尤其是看到它现在插在巨石上，如同一个无主之物，正好有介入的理由。

周围的众人都露出异色，蓝蒙想要这支七彩仙金箭？

“别打它的主意，因为它不属于你。”石昊平和地开口道。

“不属于我，难道属于你吗？我记得这是金芸的兵器，现在她虽然败了，但是不意味着这支箭可以被你拥有！”蓝蒙说道。

“这不是我的，是凤舞的，如今将物归原主。”石昊瞥了他一眼，冷淡地说道。

“凤舞，下界那个女子？”蓝蒙露出怪异的神色，看样子，他并不是很在意它原来的主人凤舞。他看向石昊，仔细打量，道：“你难道也是来自下界，要为她打抱不平？”

与此同时，蓝蒙思忖着，在他所知的高手中没有此人，十冠王、谪仙其实不属于三千道州，宁川则不长这个样子。

简单排除掉实力强大的一些人后，蓝蒙不认为还有谁能阻挡他。就算此人比金芸实力强，也不会是他的对手，下界没有表现太抢眼的人。

“没错，我是来自下界，正是为凤舞讨个说法，才有了刚才的战斗，你有意见吗？”石昊平淡地问道。他已经看出来了，此人眼中闪过几分贪婪，在觊觎这件重宝，不会有什么善意的举动。

“来自下界？”蓝蒙扬起了头，看了看石昊道，“下界的人上来不易，你要珍惜才对，何苦这样树敌？”

石昊一时竟不知该说什么。还需要此人继续说教吗？他这分明是在彰显优越感吧！

石昊忍不住想冷笑，这个人完全没有搞明白情况，不知道自己几斤几两。此人若是知道他的身份，肯定不至于做出这样的举动。

蓝蒙看向金芸道：“金族的小姐，你在他手中吃亏了吗？我们同为九天上的人，我等岂能坐视不理，定要为你讨个说法，如此仙道兵器不容落入他的手中！”很明显，他就是冲着七彩仙金箭才要出手的。

众人都大吃一惊，蓝蒙想干什么？从荒的手中夺七彩仙金箭？活腻了吧！

人们知道他很强，但是这得看跟谁比，在大家看来，他绝不可能是荒的对手。无论是今世法还是古法，荒都可以称得上是天神书院中的顶级弟子，是不可战胜的人物！

金芸闻言，面无表情地道：“随你，如果你能胜过他，这七彩仙金箭就归你，我不要了！”

许多人愕然。金芸还真是狠啊，故意让蓝蒙陷入险境之中。她虽然没有要求他去挑战荒，但这不算是变相的刺激与鼓励吗？

有些人原本还想开口提醒蓝蒙一声呢，结果看到金芸这个样子，都很识趣地闭嘴了。

甚至，一些人兴奋起来，期待蓝蒙挑衅荒，向他发起挑战，这样他们就有一场好戏可看了！

因为他们同样选择了今世法，都是竞争对手，到时候难免会有一场角逐，毕竟唯有最优秀的人才有可能进圣院。如果蓝蒙在此遭受重创，那么他们就会有更多的机会进入圣院。

“呵呵……”蓝蒙笑了，点头道，“同为九天上的人，自然需要相互扶持。你放心，我会出手相助，不让这件秘宝被他们带入下界！”

听到这样的话，众人的表情要多精彩有多精彩，一个个都为蓝蒙的下场担忧，但是没人出言提醒。

金芸皮笑肉不笑地点了点头，但多少有点心虚，偷偷看了一眼石昊，发现他正好望来，她当即打了个冷战。

“元腾，不是我说你，我们九天上的道友被人欺辱，你怎能不出手，当挺身而出才对！”蓝蒙看向元腾，这样说道。

元腾面无表情，他真的不想说话，蓝蒙是死是活，跟他无关，他不想掺和进去。

“你似乎认定能战胜我？你觉得这仙金箭非你莫属了？”石昊开口道。

“呵呵，这九天之上，不是谁都能撒野的。你或许可以赢一两个高手，但九天之上古老世家林立，不是让你横行的地方。”蓝蒙淡淡地说道。

“比如说呢，你要压制我吗？”石昊问道。

“不错！”蓝蒙点头，而后回头看向王阳道：“道兄帮我压阵。”

王阳点头道：“七彩仙金箭自然不能被他带走。你出手吧，我在这里掠阵。他若想逃，我会出手。”

“你赤裸着上身，看上去血气方刚，原以为是个直性子，没想到也在觊觎重宝。你们两个一块儿出手吧，谁若是能伤我分毫，这七彩仙金箭就是他的了！”石昊冷冷地说道。

“我收了你！”蓝蒙抢先出手了。

王阳也释放出恐怖的血气，随时准备出击。

围观的众人都一阵无言，真是无话可说了。当然，他们内心也很兴奋，迫切想看到接下来的一幕！

第922章 明了

蓝蒙在原地留下一道模糊的影子，然后消失，最后又突兀地出现在石昊的眼前。

“砰！”

蓝蒙抬起右手，化成一个金色的大磨盘，压得虚空轰然作响，这片区域都随之剧烈地震荡起来。

这是赤金手，是一种赫赫有名的宝术。

尽管人们知道蓝蒙肯定不是荒的对手，但是见到这一幕还是很震惊。

这个人的掌力太雄浑了。

这种力量十分可怕，别人上去的话肯定会被打成飞灰，那金色的大磨盘上有诸多骨文，繁复至极。

蓝蒙冷笑一声，赤金手威力惊人，他曾经跟金芸切磋过，震得她大口咯血。

他认为这个少年实力比金芸强，但也不可能强太多。毕竟十冠王、谪仙这些人都被排除在外，这个少年不会有太不可思议的手段。

可惜，他注定要失望了。

当然，在此过程中，蓝蒙还是没有体会到石昊的可怕之处。因为他看到石昊只是漫不经心地抬起手掌，向他拍了过来。

“这样随意，也想和我对抗？”蓝蒙冷笑，觉得石昊是在作死。

蓝蒙一声轻叱，化成金色大磨盘的手掌显得更加璀璨，符文一下子激增数倍。他决心一击便分出胜负，在此立威。故此，他强行提升力量，不惜动用潜能，消耗掉一口先天精气。

蓝蒙倒也谨慎，毕竟金芸败了，他认为这个人不简单，所以这一掌毫不留情。

“轰！”

一声剧震，金光四散。伴随着沉闷的哼声，一道身影口鼻溢血，横飞了出去。

在后方掠阵的王阳，原本脸色平静，双目深邃，可是此时，他嘴角忍不住一阵抽搐，他都替蓝蒙觉得疼。

蓝蒙直接被一只土黄色大手拍飞了出去，就像是随手打苍蝇一般，那种巨大的力量让人心颤。

“啊——”

蓝蒙大叫一声，撞在远处的一座山峰上。一时间，乱石穿空，草木折断，烟尘四起，他感觉浑身剧痛，骨架都要散了。

蓝蒙有点蒙，这是怎么了？感觉像是被一头太古莽牛撞了，他满身的骨头嘎吱嘎吱作响，不知道断了几根。

此外，他胸腔发闷，五脏破损，每一寸肌肤都在疼。

这也太夸张了！

就算是被一头太古莽牛发狂撞飞也不至于如此吧，他觉得自己更像是被太古魔象踩了一脚！

其他人也都愣住了，他们不是不知道石昊的强悍程度，可是眼前这一幕还是让他们心惊肉跳。

那可是蓝蒙啊，一个非常强大的修士，他还动用了一种威力浩大的宝术，气势如虹，整个人精神饱满，带着强大的力量向前冲去，结果被一巴掌拍飞了！

别说蓝蒙不知是怎么回事，就是其他人也都看得不明所以。

“啊——”

蓝蒙发出一声怒吼，浑身血气沸腾。他从乱石堆中站了起来，气势更加凶猛。

蓝蒙毕竟并非常人，此刻，他浑身骨骼爆响，如同浴火的凤凰一般，快速接续，天神的顶级战力尽显无疑，血肉开始重塑。

到了这个境界，断肢自然可以再生，更何况他的处境远没有那么凄惨。

“你是谁？我低估你了，这件事没完！”蓝蒙眼睛都红了，大吼道。在他的周围，十大洞天沉浮，每一个当中都有一个神胎在沉睡，结成了茧，等待破茧而出。

这是洞天境与化灵境的结合，是蓝蒙在寻求超脱这条路上的尝试。

石昊惊讶，这个人倒也有一些想法。石昊稍微露出异色，仔细凝视着眼前的一切。

“斩！”

蓝蒙断喝一声，动用了自己的撒手锏。在这么多人面前遭受耻辱，他觉得有些下不来台，所以不惜耗费元气也要出手挽回面子。

十口洞天中，那些神胎都飞出了，那些茧在裂开，发出炽烈的光芒。而后，所有的茧都炸开了，十尊神胎出世，睁开了眸子，一个个宝相庄严，如同古神庙中供奉的神像般。

“轰！”在这些神像睁开眸子的刹那，如电的目光犀利无比，且同时结法印，攻向石昊。

“祭祀之力！”石昊大吃了一惊。他感觉到了一阵妖异的力量，蓝蒙所孕育出的十尊神胎极其古怪，像是一种召唤仪式，唤醒了天地中一些古老的存在，这些古老的存在借助那十尊神胎现世。

“纳命来！”蓝蒙呼喝道。他释放出修出的仙气，跟十尊神胎纠缠在一起，像是在为他们献祭，越发显得庄严与肃穆。

十尊神胎释放出诡异而神秘的力量，力道惊人，此时像是真的有十尊邪神宗祖复活了！

石昊冷哼一声，他站在那里，根本就没有动，头上浮现三朵大道之花，它们在那里绽放，同时响起了诵读古经文的声音。

道生一，一生二，二生三……像是最为古朴的真义在此得到体现。

三朵大道之花的花蕾摇动起来，产生了万道光华，规则如泉涌，秩序神链密布，交织在一起。

一时间，那里神光如水，灿烂的霞光倾泻而下，当场扫中那十尊神胎。

“啊——”

蓝蒙发出一声惨叫。这一次，他伤得太重了。

蓝蒙动用了最强手段，原以为可以镇压石昊，没想到十大神胎全被截断，他的十口洞天也龟裂开来，险些破碎。

“砰！”

蓝蒙摔了出去，在这个过程中，三口洞天接连破碎。那里神霞腾起，景象极其恐怖。

蓝蒙面色苍白，再也站不起来了，他想要重塑洞天的难度很大。这个时候，他有种生不如死的感觉。

“看来那七彩仙金箭你也拿不走。”金芸说道，有点幸灾乐祸的意味。她自然知道对方本来就是因为觊觎重宝才出手的，根本不是为了帮她。

蓝蒙早先就吐了很多血，现在又“哇”的一声，接连吐出几大口血，这完全是被金芸气到了。这个女子太狠了，居然敢坑他！

那个少年头上浮现出三朵大道之花，是一位年轻至尊，蓝蒙怎么可能是他的对手！

而金芸居然不告诉他，反而刺激与鼓励他去争夺七彩仙金箭，蓝蒙觉得自己就像是一个小丑，居然去挑衅拥有三道仙气的至强者。

“你这个恶毒的女子！”蓝蒙呵斥金芸。

“是你自己太贪婪！”金芸冷笑道。

“还有你，你想怎么办？”石昊边开口边向前走去，封住了王阳的退路。

“我……不是你的对手！”王阳低声道。他裸露着上半身，有些肌肉像小蛇一样缠绕在身上，呈古铜色，看起来雄健有力。

这是一个有些野性的男子，可是现在他低头了。面对石昊，他收起了所有的狂态，再也不敢多说一句。

“不跟我对战一场怎么知道。你不是说这七彩仙金箭当留在九天上吗？可我总有一天会带到下界去的。”石昊淡淡地说道。

王阳的脸色极其难堪，早先竟没人提醒他，所以他现在才这么被动。他真的有点恨周围这些人。

“如果不动用仙气，我愿意与你一战！”最后，王阳这样说道。被逼到这个地步，如果不出手的话，他还有什么脸面在此立足？

“你尽可出手！”石昊直接收起三道仙气，而后大步向前走去。

王阳见状，眼中射出冷光，显得极有野性，他的气息疯狂涌出，如洪水出闸，又如真龙出渊。

一瞬间，在铺天盖地的至阳气息面前，周围的山石等早已化成岩浆，似乎能将这虚空熔化。

这完全是王阳的血气外放所致，这气息太恐怖了。

就连石昊都很惊讶，这个人的血气果真雄浑，虽然比不上自己，但也非常惊人。

王阳展动手臂，结出法印，攻向石昊。

石昊仍旧站在那里没有动，体外出现了一道光幕，那是唯一洞天。

“轰隆！”

一时间，地动山摇。

无数法印、宝术、骨文全面交织，都攻向石昊，他一动也不动，依旧安然无恙。

当真是先天不败，万法不侵！

王阳嘴角抽搐，张了张嘴，满脸苦涩。

“轰”的一声，王阳被震飞了出去。那唯一洞天发着光，璀璨夺目。

王阳遭受重创，那唯一洞天将他的骨头都震断了。

这一刻，无论是王阳还是蓝蒙都知道了此人是谁，心中苦涩无比。他们觉得自己被坑惨了，都恨不得斩了金芸。

两人觉得很憋屈，他们刚才的所作所为就像是一场笑话，怎么能去挑战这个人，这是在找死啊!

一个被元青至尊放逐到太初古矿都没死的人，岂会败在他们手下？只是，谁又能想到他会活下来，并出现在这里呢?

两人心中愤懑无比。

“我想知道，仙家战场那个人是否就是你？”王阳很不甘心地问。他拥有一种野兽般的敏锐，觉察到了什么。

“是！”石昊点头承认了。

“王曦身边的那个人就是你？”王阳失声大叫。

“不错！”石昊做出肯定的回应。

这一刻，别说是王阳，就是蓝蒙、元腾、金芸等其他人也都近乎愣住了。他们刹那间醒悟了，彻底明白了是怎么一回事。

不是荒又是谁?

“杀了三头王，斩了虚空兽，这都是真的，是荒做的！”有人大叫。

早先，不少人都有疑问，不太相信是王曦那个追随者做的，现在他们全都明白了。

那个人是荒，他有那样的实力！而且，他更是毫不惧怕地跟王家翻脸了。

一切都清楚了，人们不禁在心头嘀咕，这个强得惊人的家伙早就进入书院了。

第923章 相聚

荒来了，这个消息像是一股巨大的风波，席卷了这片山脉！

但凡没有闭关的人都得知了这一消息，毕竟修炼今世法的生灵着实不在少数，因此这引发了巨大的轰动。

凤舞的栖居地来了很多人，他们都想看一看荒究竟是什么样子。至于早先在此观战的人更是被团团围住，大家都在向他们询问刚才发生的事。

不过，此时石昊已经从这里消失了，跟清漪、凤舞找故人去叙旧了，他可不想被人当作猴子般观看。

“哇，你果然还活着！”出关的小兔子得意而张扬地大笑道。她抱着一只雪白色的幼兽，从一座古洞府跑出来。

小兔子依旧像从前那般，是个乐天派，她的大眼如同红宝石一般，面孔精致，银发齐腰，欢快得如同一只鸟。

她怀中的小麒麟被捏得呜呜直叫，它在抗议，心里有不满。真是可怜，一头仙兽而今被频频“虐待”。

对于这件事，天神书院中的长老真的很不满，也很心疼，他们曾经几次找小兔子谈话，结果都被她当成了耳旁风。

若非这只小麒麟很喜欢她，跟定了她，书院中的长老早就黑着脸抢走了，并且会责罚她一顿。

正是因为如此，小兔子的地位有点特殊，没有人愿意招惹她，便是金芸等人得知她闭关后都没有来惊扰。

“什么，凤舞姐姐被人欺负了，怎么不来找我，直接砸死他们！”小兔子瞪着红红的大眼，凶巴巴地喊道。

这自然吓得她怀中的小麒麟一缩脖子，真要砸人的话，它肯定会被当成板砖丢出去，每次都不例外。

“我就知道，那个人肯定是你！”小兔子盯着石昊说道。她早就怀疑王曦身边那个人是石昊，如今得到了证实。

很快，来自三千道州的其他修士纷纷出关，都赶到了此地，比如灵族的甄古、火金族的藤一等。

可惜，曹雨生、长弓衍等人没能立即出现，因为他们在闭关，那片区域倒也算安全，有长老守护。但凡进去的人，只要自己不出关，外人就不得去打扰。

最后，石昊前往曹雨生、长弓衍等人的闭关处，见到了那位负责守护的长老，跟他商谈了很长时间，才得以呼唤曹雨生、长弓衍出关。

“哈哈……真是没有想到，你即便是被元青那老家伙针对，也能大摇大摆地赶来，并闹出这么大的动静！”曹雨生大笑道。

虽然一直相信石昊没有死，但在得知详情后，众人还是有点目瞪口呆。

一群人在山地中围绕着篝火，一边畅饮美酒，一边聊天。提到这段时间以来发生的事，很多人都愤懑不已。

九天上的一些修士一直针对他们，不少人因此而受伤，想想就让人火大。

曹雨生嗷嗷叫着，表示要去报仇，其他刚出关的人，如长弓衍、龙女等也愤慨极了，表示要出手反抗。

“没有必要如此了，石昊刚才已经出手，一下子降服四大高手，不会有人再针对我等了。”凤舞笑道。其实她才是受害者，不过已经出完气了，她也不想把事情闹大，避免让彼此走向对立面。

“天地都要大变了，异域的生灵随时会攻来，执迷于九天与十地的小恩怨，真的没有必要。”龙女说道。

众人一阵沉默，都知道未来很可怕，没有几人能活下来，这个话题太过沉重。

“哥哥，你进太初古矿发现了什么？是怎么脱困的？”秦昊也来了。如今他已经长大，身材修长，穿着银色甲胄。

到了现在，秦昊虽然还有一些心结，还是以石昊为目标，但已经不像过去那样偏执了。当然，他的心底还是有一些异样情绪的。

太初古矿是一个神秘之地，它太过古老，仙古纪元前就早已存在。

上一次，石昊虽然进去了，但是并没有走到最尽头，只因为里面太过神秘，充满了未知，他不可能全部探查清楚。而那一次，他最大的收获就是得到了六道轮回这种古天功的传承。

石昊有选择地介绍了一番，众人听得心荡神驰。

“哈哈……上一次书院去了不少人，结果有数十人在古矿中被人擒住，而后又被丢开，原来是你所为！”众人都大笑起来。

“如今，石昊身份公开了，很快那些人就会知晓是怎么回事了，因为他曾被元青放逐到太初古矿。”

一些人脸上露出笑意。

事实上，上一次一群高手成为俘虏，最终虽然侥幸脱困，但是引起了轩然大波。刚才这片区域的其他人就提到了这件事，而且意识到了当日是谁在太初古矿出的手。

“元青这个人是个大麻烦，石兄你得小心一些！”长弓衍提醒道。

不用他说，所有人都明白，元青不死的话，对石昊始终都是威胁。元青当日就敢针对石昊，现在得知他活了下来，多半又要生出什么坏心思。

“他的后人元丰殒命在仙家战场，该不会是你所为吧？”曹雨生怀疑道。

听他这样一说，其他人都大吃一惊，如果是这样的话，那麻烦就大了。

石昊沉默不语。

元丰自然是他亲手除掉的，当日他虽然以一副外人不认识的面孔出手，但是细想的话，瞒不住人。

只因为他是荒，活着出现了，且曾经去过仙家战场，有这些信息就足够了！

谁都知道他跟元青结下大怨，他这样的一位年轻至尊，在那里对三头王都痛下杀手，怎么可能会放过元丰呢？

“坏了，元青不会善罢甘休啊，听闻他对那个后人非常看重，他定会震怒！”凤舞叹道。

“他不敢轻易出手。”石昊说道。有大长老的庇护，他相信元青不敢来书院撒野。

不过，石昊还是忍不住蹙眉，心中有些担忧，因为他可不是只灭了一个元丰那么简单，还除掉了风行天，那可是风族的年轻至尊。甚至，一位超级大人物——风行天的六叔风钊也因皇蝶死在了仙家战场，这些都是大事件。

风族的人若是得知这一消息，肯定会发狂！

显而易见，现在风族应该已经发怒了，若得知石昊出现在天神书院的话，他们多半会生出杀意。

但是，石昊并不后悔。他就是想让风族心痛，这才有意去除掉风行天，因为元青压制、放逐他，就是风族授意的。

风族是第三古老的长生世家，没有多少人敢与之为敌。

“大乱将起，哪有时间内斗。我想那些人如果不讲规矩，大长老等肯定会霸气出手，一并铲除！”清漪说道。

石昊笑了笑，不想在这个问题上继续纠结，他转而看向小兔子道："这头小麒麟是怎么回事？"

他有很多疑问，曾听闻这头麒麟跟宁川也有些亲近。最为关键的是，当初石昊梦回仙古，曾经见到过这头雪白的小麒麟。

"这家伙差点当叛徒，不过还是我的魅力大，它最后不再理会那个比女子还美丽的宁川了。"小兔子说道。

有人说，宁川身上有麒麟血脉，近乎返祖，故此能吸引小麒麟。还有人说，宁川可能就是白麒麟转世。不过有一点是可以肯定的，那就是宁川掌握有十凶之一的麒麟宝术！

"你还认识我吗？"石昊一声叹息，看着雪白的小麒麟。此时此刻，他想到了神游仙古末年的种种事情。

那样一群风华正茂的奇才，只是他们过早地凋零了，在他眼前一个接一个地逝去，真是太可惜了，至今想来还让他心酸。

"有点熟悉，我在梦中好像见到过你，那个时候是另一个很单纯的小姐姐抱着我……"小麒麟传音。

石昊鼻子发酸，心神剧震。

这头小麒麟果然就是当初的那一头，它不是轮回的，也不是转世的，是当年侥幸未死而被封印下来的。

石昊还记得小麒麟曾经的主人抱着它无奈地笑，然后倒在血泊中的场景，那个样子无比凄美。

石昊眼睛发涩，问道："你还记得谁？"

"有凰女，还有背负仙金剑的那个青年，还有很多人，只是我的记忆有些模糊了，我……很想哭！"雪白的小麒麟忽然伤心地大哭起来，哭声听起来非常伤感。

石昊抚摸小麒麟，想通过它了解仙古旧事。

第924章 麻烦现

“我还记得无终大人什么样子，依稀也能想起六道轮回王的容貌，还有大赤天之主等。不过那时我还小，现在过去的时间太久，岁月更迭，很多记忆都模糊了。”小麒麟小声述说着，眼中不断落下晶莹的泪滴，看起来非常难过。

那些都是无比久远的人物，在仙古纪元中曾是至高无上者。在而今看来，他们全都笼罩着神秘的面纱。

这头幼兽却有幸见到过他们，只是那时它出生没多久，不可能了解到太多的隐秘之事，那些人也不可能对它讲。

“还有很多人，都是各族的天骄，我都快忘记他们的模样了。”小麒麟道。

石昊一直很奇怪，既然异域的生灵都已经击败了这一界的所有生灵，为什么最后又退走了呢？

隔了漫长的岁月，他们今日又要卷土重来，这是为何？是这片古土不祥，藏着什么祸端，所以那些生灵不能久留吗？还是其他什么原因？

这些疑问，他很想知道。

“我那时了解的有限，不知道详情。好像是有原因的，可是那些大人讳莫如深，即便被问及，也都避而不谈。”小麒麟道。

“追究旧事无用，那些人都归土了，一切都还得向前看。”

这个地方很热闹，众人谈古论今，切磋道法，推测天地大变何时到来，同时也说到了圣院、仙院等。

宁川也在这片山脉中，但是一直都没有出关，无论什么时候，他都选择不现身。

“他竟然选择了今世法。”石昊露出怪异的神色。

“还有石毅也是如此，他闭关后，从未出现过。”曹雨生说道。

在很早以前有人曾见到过石毅一面，那时的他说，今世法是根基，是源头，是他成道的根本所在，生在今世，怎能不修今世法？

“不久后，圣院、仙院的人都会来，到了那个时候，他们会选拔出杰出者进入两院之中。”

他们都很期待这一天的到来。

无论是金芸还是蓝蒙、王阳等人，都看似强大，但是跟两院的人比起来，什么都不是。

比如说今世的极尽法，那只是从圣院流传出的残缺手札，此地的人不过是追寻那些人的足迹而已。

人家流出的残篇所记载的部分感悟与经验就已经有如此威力，可见真正的圣院中人实力有多么可怕。在那里，所有修行者都以突破各大境界极限为目标。

“石兄如果前往两院，也许会遇到一些麻烦，因为元青来自那里，认识不少人。”长弓衍说道。

据说，元青来历很不一般，当年也是一个了不得的惊艳人物，只是后来表现不佳，被放弃了。这事传到世人耳中之后，两院的威名震动了每一个人的心神。

堂堂元青实力恐怖，目前也算是一个大人物，传闻他一只脚已迈入至尊境，实力极其可怕。可正是这样一个强人，竟然被两院抛弃了，那里的人会有多厉害，简直不可想象。

“的确，我也有耳闻。元青虽然离开了那里，但是认识不少人，我若是去那儿，多半会被人刁难。”石昊蹙眉道。

“可是，不进两院就难以追寻那些强者的足迹，个人的智慧与力量终究是有限的。在那个地方，一代又一代人研究出了诸多法门，都能帮助修士突破极限道，所以格外值得前往。”曹雨生说道。

关于仙古法，石昊倒是不太在意，因为他身上有玉石经书，这是他当年在三千道州的仙古遗地中得来的。

只是今世法情况特殊，除了两院，外界多半没有什么古书可以借鉴，因为那是今人开创的。

“元青不过是一个被抛弃的弟子而已，能有多大的能量可以影响到两院的修士？而且，他究竟是来自圣院，还是仙院？”凤舞问道。

“有传言称，他原本是圣院弟子，但后劲不足，被放弃了，但他的一位师尊将他送进了仙院，想让他走另一条路，进行补偿。不过，最后他还是从仙院中离开了。”就在这时，一位长老走来，透露了这个消息。

众人大吃一惊，元青果然不简单，竟然先后出入过两院，那么认识的人肯定不会少。

“特别是圣院，不提他的那位师尊，单单他的一位师兄目前都已经成为大人物，在圣院中地位尊崇，位列长老级人物。”路经这里的老者说道。

众人闻言，都不禁倒吸一口凉气。这可不是一个好消息。

石昊眼中光芒大放，向这位长老请教道：“风族有人在两院中吗？”

“自然有。漫长的岁月过去，这世间出了诸多天才。百世沧桑，人间沉浮，但无论怎样，长生世家都是大家族，自然会出现一些极其惊艳的人物，有些必然会被那些老怪物暗中收进两院。”天神书院的这位长老说道。

石昊心一沉，这可不是什么好消息。他觉得风族的个别人轻轻松松就能请到元青出手，多半就是因为风族在两院中有认识元青的人，而且交情不错。

石昊在迟疑是否还要进两院。虽然说两院有绝世高手，有无法想象的老怪物，很值得他前往历练一番，但他并不想莫名其妙地被人针对，特别是有些人极其危险，若是想加害他，很容易就能得手。

事实上，麻烦来得很快。数日过后，就有人寻到了天神书院，表示要见石昊一面。

这几日来，石昊很清闲，掌握百万古字后，他一直在巩固修行，为进界坟而准备。他想要得到仙种，到时候他就可以参悟身上的玉石经书了。

可是，就在今日，有人来找他。

这几日，石昊一直在这片山脉中，除了巩固修行外，时常跟老友小聚，畅饮神酿。

“石昊，你避一避，据闻那是元青的子嗣，要来向你问话。”凤舞神色凝重地说道。

“来者不善，需要小心！”曹雨生也提醒他。

石昊知道对方因何而来，一定是因为元丰殒命在仙家战场，让元青惊怒不已，所以派人前来打探消息。

“元青怎么没有亲自来？”石昊问道。

“他多半也不敢太过放肆，这里毕竟是天神书院。如果他敢在这里动手，多半会惹出大长老来强势镇压他！”长弓衍说道。

石昊点头，大长老可不是一个简单人物，他是九天十地中屈指可数的高手，就是两院的老怪物也不敢轻易得罪他。

“石昊何在？元族一位高人让你过去。”这时，有人脸色古怪地来传话。

消息传开后，这片山地的许多人都明白是怎么回事，曾经吃过石昊亏的人幸灾乐祸地等着看戏。

“我为什么要见他，不见！”石昊很干脆地回绝了。

“你……那可是元青至尊派来的使者，你不肯见上一面？”传话的人脸色变了。

“什么使者，关我什么事，我懒得理会元家的人！”石昊沉下脸来，补充道，“我记得，元青只是一个半步至尊，还没有突破呢，算什么至尊？”

这可不是拒绝那么简单了，还是一种措辞严厉的表态，很显然，他对元青很不满。

周围有不少修士跟着传话的人而来，原本一些人还想看戏呢，现在都忍不住心中一惊。

“有些人在幸灾乐祸吗？以为元家的人会对我出手？”石昊看向前方，淡淡地开口道。

那些人急忙低头，唯恐触怒这个煞星。

“石兄，他毕竟是元青至尊遣来的使者，你还是去迎见一下吧！”传话的人再次开口。

“迎见？滚！”石昊斥道。他心中有一股火气，真是欺人太甚，元青曾对他出手，要压制他十年，最后更是将他放逐到太初古矿，要置他于死地，现在居然还摆出这种高姿态，派使者过来让他去见。

“这……不好吧，元青至尊痛失一位后人，传闻与你有关，你不去解释一下吗？”传话的人说道。

“砰！”

石昊直接一脚将传话的人踢得重重地撞在山上。

“元青对我出手在先，要断我成道之路，现在还有脸派人来问询？”石昊冷着脸说道。

第925章 张扬放肆

那个人撞在山上，很长时间都没有爬起来，看起来受伤颇重。

附近的人心里都有些发毛，尽管他们都知道荒是一个修行奇才，天赋绝佳，纵然是在天神书院中也没有几人能与之比肩，但是人们怎么也没有想到他的脾气会这么大，浑然不将元青的使者放在眼中，不去迎见也就算了，还将传话的人揍了一顿。

“你这样做……元青至尊会发怒的，到时候会针对你。哪怕你是年轻一代的至强者，也抵挡不住元青至尊的一根指头！”躺在山脚处的人颤抖着，指着石昊道。他真是又气又怒，原本还以为会受到礼遇呢，结果居然被这样一脚踹开，多处骨头都断裂了。

此刻，他脸色铁青。

“想拍元青马屁借此进入圣院吗？”石昊冷冷地看向他，而后又隔空拍出一掌。“砰”的一声，那人再次飞了出去。

至此，那个人再无动静，因为他昏了过去，丝毫不能动弹。

周围一些人原本是来看热闹的，以为元青的使者会压制石昊，没想到见到了这一幕。

当石昊的目光扫来时，许多人心中一凛，一些心怀叵测的人更是浑身不自在，甚至有点战战兢兢的。

“荒，你好大的胆子！”远处传来一个声音，如同一道滚滚的惊雷，音波如潮水席卷长空，震慑着在场人的灵魂。

众人心中一惊，瞬间想到了此人是谁。

那个使者到了！

石昊自然也明白了，这是元青的子嗣。

石昊心中有一股郁闷之火。这是哪里？天神书院！元青的子嗣居然敢如此张扬，这样咄咄逼人。

“什么人？敢在书院中叫嚣？不想活了吗？”石昊大声斥责道。

“荒，你是在跟我说话吗？架子太大了，想自绝前程吗？”那人带着一股威严，在远处喝道。

“你是谁？天神书院岂能容你大言不惭，在此撒野！”石昊喝道，一副睥睨天下的样子，姿态非常高，语气毫不客气。

“放肆，你敢对我如此说话！”那人出现了，他身穿灰袍，相貌清癯，身材颀长。

来人是一个老者，正大步走来。初看时，他颇有一股出尘的气质，可是细看的话，他的双眸开合间光芒四射，一看就不是一个简单的人物。

“你在说谁放肆，真当自己是此地的主人了吗？未免太张狂了！”这个时候，石昊针锋相对，没有一点示弱的迹象。

他着实有一股怒火在燃烧，元青的使者欺人太甚，竟来到天神书院呵斥他，若是在其他地方，他多半就下狠手了。

同样，对方若是敢在这里撒野的话，那还真是不给天神书院的众多强者留情面。

“好大的胆子！”灰衣人已经走到了不远处，冷厉的目光破坏了他的仙道气韵，看得出来，他并非善茬。

“老匹夫，你才是胆大妄为，在这里叫嚣什么，不服吗？想挑战各位长老的威严吗？”石昊斥责道。

所有人都愣住了，这家伙还真是强势得一塌糊涂，面对一位教主级人物居然也如此严厉，大声责备。

“你这小贼，看到前辈来此，居然敢如此无礼，毫无敬畏之心。既然说不得，那我就教训你一顿！”元宏脸色阴沉地斥责石昊。

说话间，元宏袍袖一展，灰蒙蒙一片，将天地万物都包容了进去，一下子将整片天地都遮住了。

这是大神通——袖里乾坤。

元宏这是要炼化石昊，让他遭罪。

“哧！”

石昊展动鲲鹏翅，瞬间离开原地，出现在山脉深处，速度极快。

“小子，对我无礼，还想走吗？”元宏冷笑道。

“到底是谁放肆？长老在此，岂容你逞凶威，还不快滚！”石昊呵斥道。此时，他已经来到了一座山峰上。

这个地方有一位老者盘坐在蒲团上，看起来普普通通的。此时，他倏地睁开了眼睛，看向元宏呵斥道：“放肆！”

“咚！”

在这声呵斥中，所谓的袖里乾坤瞬间溃散。元宏身体一个踉跄，宽大的袍袖炸碎了。

“老家伙，继续逞凶啊！”石昊当面挑衅元宏。

“前辈，不是我放肆，实在是这个小贼无礼，一再挑衅，我不得已才出手的。”元宏辩解道。

“我如何对你无礼了，是你一再逼迫。你当这里是什么地方，元青的后花园吗？敢来此质问我！”石昊说道。

山峰上，那位盘坐在蒲团上的五长老没有开口，整个人非常平静，神色没有一点变化。

“我只是想来问一问，我那侄儿元丰是怎么殒命在仙家战场的，你却避而不见。我现在有理由相信是你加害了他！”元宏说道。

“拿出证据来！”石昊斜视元宏一眼，冷冷地道，“你的长辈元青曾经暗算过我，想要压制我十年，断我成道之路，这些事世人皆知。你还有脸在这个地方质问我，还想要所谓的解释，真是可笑。我若是你，直接就自己滚了。”

“你很嚣张，不知死活！”元宏大声斥责，又补充道，“你不想进圣院、仙院了吧？”

“你在威胁我吗？元家真是好大的威风，都能替圣院、仙院做主了！”石昊嘲讽道。

“我只问一句，元丰是你杀的吗？”元宏冷冷地问道。

“关你屁事！”石昊一句话气得元宏怒发冲冠。

“你为什么要这样做？”元宏怒气冲冲地问。

众人都知道怎么回事，但石昊就是不屑回答，且大声质问道：“元青欺人太甚，一把年纪了，还加害一个后辈。我还想问你们元家人呢，元青为什么妄想压制我十年，最后更是想除掉我？你们元家是否该给我一个说法！”

元宏脸色发青，这真是一个大逆不道的少年，根本就没有一点敬畏之心，简直要气死他了！

元宏看向那位盘坐在山上的长老，道：“还请前辈允许我询问他，我元族子弟死得很冤枉，一定要弄个明白。”

“你想怎么做？”天神书院的长老问道。

“我想探查他的识海，或者请前辈出手，一切都将水落石出。”元宏说道。

“请前辈做主，元家的老匹夫元青曾加害于我，阻挡弟子进入书院，还请将他缉拿！”石昊开口道。

众人愕然，这家伙真是什么都敢说，直接与元青为敌！

“你……真是大胆，活得不耐烦了吧！”元宏大声怒斥。同时，他暗自抬起了右掌。

“请前辈做主，元家人嚣张跋扈，不仅在来书院的路上加害我，一个小小的使者也想对我动武。请前辈成全，让我们两人以同样的境界一战。”石昊说道。

“准！”天神书院的五长老点头道，居然立马就答应了。

“轰！”

下一刻，石昊感觉身体暖洋洋的，像是被注入了一股暖流。接着，他浑身的法力沸腾了，道行达到了一个骇人的地步。

石昊震惊万分，这实在让他难以置信，才一刹那而已，他就有了教主级的道行，而这一切都是五长老赐予的。

虽然这是暂时的，但是石昊一下子有了全新的体验。此刻，他耳聪目明，身轻体健，道行深厚。

“轰！”

石昊出手，向元宏扑了过去。

“你敢对我出手？”元宏的声音极其冰冷。同时，他也出手了，准备迎击石昊。

“你算什么东西！早晚有一天，我会拿下元青！”石昊冷冷地道。

“找死！”元宏大吼一声。他的掌指间射出十道神光，疾速而来。

“唰！”

石昊撑开万法不侵的唯一洞天，那十道神光融入洞天内，被炼成先天精气。

这就是教主级的法力与道行吗？石昊信心大增，觉得很不可思议。

仅仅一招，他就直接化掉了对方的所有攻击。

“轰！”

石昊举起鲲鹏拳，整条臂膀缭绕着三道仙气，一拳打了过去。

在这次的交锋中，元宏闷哼一声。哪怕他法力高强，道行也比石昊深很多，但还是险些殒命于此。

元宏如遭雷击，嘴里吐出几口血。

“老家伙，你不行啊，元家的人果然都是废物！”石昊第二拳到了，依旧裹带着仙气，神圣无比。

“砰！”

这一次，元宏“哇”的一声大口咯血，整个身体横飞着撞在石山上，脸色苍白无比。他可是一位拥有教主级实力的高手，居然不敌一个被人注入法力的少年，实在丢人现眼！

“真差劲，就这么一点本事也敢来天神书院撒野，在那里大言不惭。你想代表元青教训谁？就你这样也配当使者？看来元青也不怎么样！如果处在同一境界，我能将他直接除掉！”石昊出言奚落。

元宏的肺都快被气炸了，这个少年不但敢轻视他，而且还在不停地羞辱元青。

“砰！”

石昊打来第三拳，元宏极力躲避，但还是被击中了。他体内的骨骼当即发出噼里啪啦的爆响声，一下子就碎了很多根。

“前辈，你就看着这个小贼逞凶吗？”元宏呼喝道。

附近的许多人见到这一幕，皆目瞪口呆。元宏这是在变相求救啊，跟他早先强势而来的样子完全不同，也跟人们的预想很不一样。

“元青来了都没有你的架子大，凭你也敢在此放肆？”这是五长老的话。说话时，他冷冷地扫了一眼元宏。

众人都愣住了。这摆明了是在护犊子，维护石昊，根本就不给元家人半点面子！

“前辈说的是，什么牛鬼蛇神都敢在这里撒野的话，那成何体统，待我将他打得满地找牙！”石昊大笑道。

第926章 痛揍

事情的发展再次出乎所有人的预料，元家人咄咄逼人，以高姿态前来召见石昊，结果现在……被打趴下了。

前后逆转之快，让人目瞪口呆。

“你当天神书院是什么地方！大呼小喝，高声叫嚣，如果不给你们足够的教训，是不是要铲平此地，认为元家是一方霸主了？”石昊撇嘴道。

“砰！”

石昊一脚踢出，元宏惨叫一声，身子斜飞了出去，撞碎了一块数十万斤的巨石，整个人跌落在那里。

变化实在太快了。

原本高高在上、颇为自傲的元宏被打成了这个样子，毫无招架之力，筋断骨折。

“喂，别装死！你不是代表元青来的吗？难道元青就这么不济吗？”石昊走到近前，又是两脚，踹得元宏直翻白眼，差点昏死过去。

“你这样不知进退，对我出手，活不了多久！”元宏发狠地道，实在气坏了。

他的身份很高，来自强大的元族，结果到这里后被人狠狠揍了一顿。对一位高手来说，这实在太憋屈了，气得他浑身颤抖，差点吐血。

“还敢嘴硬，你们元族做的那些破事一堆又一堆，也好意思在这里自傲，把你打成猪头！”石昊说道。

他走上前去，拎起元宏的衣领，而后抡起大巴掌就开始抽。噼里啪啦，响声清脆，就跟打竹板一般。

元宏口鼻溢出血来，气得七窍生烟，甚至连脑袋都快冒烟了。他从没有受到过这样的屈辱对待，被一个少年狠抽，是可忍孰不可忍。

元宏双目喷火，剧烈地挣扎，这与他平日间仙风道骨的样子大相径庭。

“啪！”

石昊可不会客气，二话不说，又落下一顿大巴掌，抽得元宏晕头转向，不知东南西北，眼冒金星。

“小崽子，你竟敢这样羞辱我，这辈子都不要想进圣院了，也不要妄想去仙院。你修不了绝世法，止步于此吧！”元宏怒发冲冠，大声威胁。

“你算什么东西，有什么资格替两院做主，我让你嘴硬，再赏你一顿耳光！”石昊说道。他极不含糊地说揍就揍，又是一顿抽，噼啪作响，响声清脆。

“小子，你在此逞能，等你进入两院，所有高手一并镇压你，让你生不如死！”元宏嘶吼道，眼睛里布满了血丝。

元宏实在快气疯了，什么都不管不顾了，手脚并动，也不管自己是否有力量，彻底失去了理智。

石昊不跟他废话，依旧是一顿揍。

这一次，元宏的脸彻底变形了，他嘴里的牙齿一颗接一颗地飞出来，很快就掉光了。

堂堂一代教主级人物，遭受这样的耻辱，真是比灭了他还要难受。他双目赤红，发丝直竖，浑身绷紧，彻底抓狂。

石昊此时也有了教主级实力，再加上三道仙气缠绕在身上，压制元宏非常容易，所以按着他在那里打。

所有人都目瞪口呆，这两人身份都很惊人，此时却如市井中人，在那里撕扯着争斗。

当然，这肯定是石昊有意为之，为的就是羞辱元宏，所以一直在那里拎着他的衣领揍他。

这一幕让众人啼笑皆非。只见石昊狠抽元宏的嘴巴，用拳头用力砸他，让人看得发晕。

时间不长，元宏的脸肿胀无比，连眼睛都被肿胀的肉给挡住了。

“耻辱啊，真是奇耻大辱！”元宏嘴里没有牙齿，说话都漏风。

“你真是元青的亲儿子吗？可是你的表现太糟糕了，没有一点实力，真为你的老父亲丢人！”石昊摇头，在那里评价道。

石昊已经松手了，将元宏丢在地上，用居高临下的姿态看着他。

众人一愣，刚才都几乎忘记了元宏的身份，那可是元青至尊的子嗣，居然被这样殴打。

“都说了，你们元家人不行，太自以为是了。分明是一个半步至尊，非要冒充至尊家族，现在露馅了吧，实在不禁揍！”石昊继续奚落道。

元宏躺在地上，脸色铁青，脸部肿胀得不成样子，只能张着嘴喘气，而且出气多进气少，基本没脾气了。

“你还有什么话想说吗？因何而来？”石昊坐在一块大青石上，这样问道。

众人一阵无语，这家伙还真不是善茬儿。早先元宏气势汹汹地来兴师问罪，他不搭理，现在将人揍成了这个样子，却反过来开口询问。

元宏气得牙根都要咬烂了，如今趴在地上的他全身骨头尽断，很难动弹一下，只能被这样羞辱。

石昊目光冷厉，一道剑芒在其指端吞吐不定。

“将他丢出天神书院。”五长老忽然开口道。

石昊略有迟疑，但终究是没有下狠手。很明显，书院的长老已经给了他足够的照顾，不希望他下狠手。

最后，元宏被石昊拖着，非常不体面地被扔出了天神书院。

也不知道过了多久，元宏才恢复了些许力气，他咬牙切齿地治疗伤体，内心愤懑无比，但又无可奈何。

“对了，圣院的使者快到了，我要去见上一见！”元宏站起身来，恨恨地看了一眼天神书院，转身便走了。

天神书院中，元青的第三子来到书院，结果被打趴下并丢出书院的消息传开了，这引发了热议。

尤其是在两院修士即将赶来挑选人杰的关键时刻，荒居然毫不忌惮地折辱元青子嗣，这完全是在叫板两院。他就不怕元青跟两院的熟人打招呼然后为难他吗？

“他也是没有办法，跟元青有无法化解的仇怨。与其放低姿态讨好，还不如强势出击，说不定能引起两院中一些老怪物的注意呢，从而提前应对元青的各种小动作。”有人为石昊的行为找到了动机。

很快，修今世法的人，学古法的人都出关了，要做各种准备了，即将前往各自的古地去修道。

特别是修古法的人，他们要去寻自己的仙种，这对他们来说至关重要，甚至会影响他们一生的成就。

天神书院中的景色很优美，有许多灵土。此时石昊跟一群故人聚集在一个如宝石般碧蓝的小湖畔，沐浴着月光，在此饮酒。

湖中的蛟龙沉浮，对月吐出神珠，霞光灿烂，如同灯火，将岸边的景色都照得一清二楚。更有一些神鱼，在湖中游动，闪耀着五光十色。

“我们不久后就要去界坟了，听闻那里有诸多崩塌的小世界残骸，有破灭的大宇宙残迹，而且那里很诡异，很难想象到底是什么景象。”石昊道。

“我也听说过界坟。”小麒麟开口道。早在仙古前界坟就存在了，那个地方充满了迷雾。

正是因为有各种未知，所以才让人有探索的欲望。

那里很危险，外围还好点，而最深处发生过诸多可怕的事，在古代时曾经有一些绝代高手一去不复返。

此外，人们还曾在较深处发现过仙骸，在那里殒命的至强者太多了。

“这么可怕，还去做什么？”有人忍不住咕哝一声。

“那里有好东西啊，听闻有生灵在那里发现过完美的宇宙种子，那是最强大的仙种。此外，据传世界树也是被人从那里带出来的。”小麒麟道。

（本册完）